竹書房文庫

# 無益な殺人未遂への想像上の反響

ギリシャ・ミステリ傑作選

ディミトリス・ポサンジス 編

橘 孝司 訳

ΕΠΙΜΕΛΕΙΑ
ΔΗΜΗΤΡΗΣ ΠΟΣΑΝ

ギリシャ・ミステリ傑作選

# 無益な殺人未遂への想像上の反響

ディミトリス・ポサンジス　編

CONTENTS

前書き　ディミトリス・ポサンジス　8
外向きの視線で　ヴァシリス・ダネリス　12
町を覆う恐怖と罪――セルヴェサキス事件――　アンドレアス・アポストリディス　15
ギリシャ・ミステリ文学の将来　ネオクリス・ガラノプロス　35
最後のボタン　ティティナ・ダネリ　71
バン・バン！　ヴァシリス・ダネリス　103
死せる時　サノス・ドラグミス　119
善良な人間　アシナ・カクリ　143
さよなら、スーラ。または美しき始まりは殺しで終わる　コスタス・Th・カルフォプロス　155

無益な殺人未遂への想像上の反響　イエロニモス・リカリス　175
三人の騎士　ペトロス・マルカリス　219
双子素数　テフクロス・ミハイリディス　241
冷蔵庫　コスタス・ムズラキス　265
《ボス》の警護　ヒルダ・パパディミトリウ　297
死への願い　マルレナ・ポリトプル　317
死ぬまで愛す――ある愛の物語の一コマ――　ヤニス・ランゴス　347
ゲーテ・インスティトウートの死　フィリポス・フィリプ　363
解説　橘 孝司　392
訳者あとがき　橘 孝司　442

アンデオス・フリソストミディスの思い出に

# 前書き

ここの家賃はひどく安い。今いる家は赤く塗られている。バラの赤だ。隣りは黄土色で、そのまた隣りは緑。……ここからは太平洋が、右端には港と中央広場の一角が見える。

どうしてバルパライソを思いついたのか自分でもわからない。チリはお気に入りの国というわけではない。いや、逆だ。ふつう独裁者やそれを称揚する国は嫌われるものだし、わたしも生涯に出会ったどの独裁者たちに劣らずピノチェトを憎んでいた。あいつめ、ベッドで大往生させるくらいなら、喜んでわたしが殺してやったろう。結局かなわなかったが。

それにしてもチリは遠い。ここまでわたしを探しに来てみるがよい。世界の果てのこの小さな町まで。出身を訊かれると、わたしはイタリア人でプーリアから来たと答える。それにイタリア語はかなりよく話せるので、イタリア人でさえ騙されるほどだ。実際に誰かに訊ねられるというわけではない。ここにいるのは貧しい人たちで、仕事にだけ目を向けている。

明日はネルーダ（チリのノーベル賞詩人）の家を見に行く。ここからはただ数キロの距離で、海のそばだ。

悪い癖に気をつけてくれ。給与の支払いを忘れないように。

アンデオス・フリソストミディス、二〇一一年五月一日、バルパライソにて

『ギリシャの犯罪4』

すべては二〇〇五年に始まった。イタリアの出版社Einaudiが著名なイタリア・ミステリ作家たちの作品を集めて『犯罪』(*Crimini*)を出版したのだ。アンデオス・フリソストミディスは一読してすぐ、わたしたちにその興奮を伝えてきた。その後のことはよく知られているはずだ。見事に仕上がった彼の翻訳が二〇〇六年五月に出版されると、かつてない好評をもって受け入れられた。たちまち燃えあがる燈心(とうしん)のように。このイタリア版『犯罪』の成功はわたしたちが以前から持っていた予感を確証してくれた。今やギリシャ・ミステリ小説のシリーズを生み出す機は熟し、わが国のミステリ文学の再生に貢献できるはずだ、と。

アンデオスにはイタリアの書籍を扱った経験があり、イタリア版をギリシャ版の手本としながら、自らすすんで『ギリシャの犯罪』シリーズを監修した。ミステリ分野だけではなく文学全般から、最高峰の、あるいは若い有能な作家たちに呼びかけた。二〇〇七年五月、イタリア版『犯罪』出版のちょうど一年後、『ギリシャの犯罪』は書店に並んだ。第一巻は何千人もの読者に愛読され、それに続く三つの巻も同様だった。数年にわたって『ギリシャの

犯罪』シリーズは夏に向けて待ち望まれる出版イベントとなった。
アンデオスの同シリーズ、およびギリシャ文学への貢献ゆえに、この第五巻（本訳書の原書）は彼の記念に捧げられている。ともに分かち合い、ともに体験したすべてに対し、彼に感謝の意を表したい。

わたしたちの申し出をこころよく受け入れてくれた十五人の作家にも心より感謝したい。特にお世話になったのはヴァシリス・ダネリスである。彼はトルコ語に訳された短編集『グリーク・ノワール』（*Yunankarası*）から十作品を採ることを強く勧めてくれた。この本はダネリス自身が監修し、二〇一八年トルコのİstos社から出た歴史的価値を持つ出版物である。『ギリシャの犯罪5』で作家たちは個人的あるいは社会的な罪に深いところでかかわる事件、犯罪・秘密・謎にまみれた物語をつづる。アンドレアス・アポストリディスはユーゴ内戦末期から二〇〇四年アテネ・オリンピックまで奇妙な人物の夢に現れた人生を追跡する。ネオクリス・ガラノプロスは《ギリシャ・ミステリの父》に駆け出し作家を推挙する。ティティナ・ダネリは一九六五年七月に起きた大物弁護士宅での事故を捜査する。ヴァシリス・ダネリス作品では「バン・バン！」のメロディーの流れる中、ある女性の恋の物語が続く。サノス・ドラグミスはアテネ中心の私立探偵事務所の聖域に忍び込む一方、外では社会の激突が吹き荒れている。アシナ・カクリは焼けるパルニサ山麓で三人の殺害死体を発見する。コスタス・Th・カルフォプロスはタクシーメーターの修理工のとち狂った恋に光を当てる。イエロニモス・リカリスはオーストラリアの砂漠からチリのバルパライソまで旅をし、途方もない驚異に迎えられる。ペトロス・マルカリスは経済危機のアテネでホームレスと物乞いの世界をさまよう。テフクロス・ミハイリディスは超人気のギリシャ人サッカー選手の死を双子素数の秘密にリンクさせる。コスタス・ムズラキスは八十代の男の殺害事件を追ってオスリス山を登っていく。ヒルダ・パパディミトリウはブルース・スプリングスティーンのアテネ・シークレット・コンサート成功までの焦燥の瞬間を描く。マルレナ・ポリトプルはじつに不可解な交通事故の謎を解こうとする。ヤニス・ランゴスは死に至る恋の物語。フィリポス・フィリプの筆はゲーテ・インスティトゥートのトイレで起きたある男の殺害を描きだす。『ギリシャの犯罪』がまたしても我々を魅了する。

この本は巧妙なミステリ物語に熱狂するひとびと、とりわけ、安定して疑えないひとつひとつのことがらの背後に隠れた疑惑や問いを求める読者に向けられている。すなわち、どの人物が犯人で、どの人が無実なのか？　罪とは何、罰とは何か？　誰が加害者、誰が被害者なのか？　物語はどこまで旅を続けるのだろうか？

誰にわかるだろう？　おそらくはいつか世界の果て、太平洋を望むあばら家にたどり着くのかもしれない。

ディミトリス・ポサンジス

## 外向きの視線で

本書『ギリシャの犯罪5』所収作のうち十編は、数か月前トルコのİstos社から出版された『グリーク・ノワール　ギリシャ発の現代ミステリ短編11』(*Yunankarası-Yunanistan'dan 11 Çağdaş Polisiye Öykü*)に収められている。『グリーク・ノワール』は国外で出版された初めての書き下ろしギリシャ・ミステリ短編アンソロジーであり、現代ギリシャ作家の作品がまず外国語訳で出て、その後ギリシャ語オリジナルが出版されるという点でも初めての例だった。

同時にこの企画は、ギリシャ語とギリシャ文学を愛する若くて才能ある翻訳家たちをトルコの出版社に紹介する絶好の機会にもなった。コンスタンチヌポリ(イスタンブール)大学現代ギリシャ文学科ダムラ・デミュロズ教授の指導のもと、何人かのベテランと若手の翻訳家たちが参加する翻訳工房が生まれた。ありがたいことに、コンスタンチヌポリ総領事館とボドサキ財団がプロジェクトの後ろ盾(だて)になって、翻訳メンバーをあらゆる面から支えてくれた。

ギリシャ・ミステリは百年を超える独自の歴史がある。ここ三十年の発展は百花繚乱のごとく目覚ましく、外に目を向けてもいい時期にきている。しかしながら、外向きに宣伝するためにはまず、ギリシャ・ミステリが特別な文学的価値を持っているのだ、とギリシャの作家・読者・批評家自身を説得しなければならない。この点で決定的な貢献をしたのがカスタニオティス出版社だった。

その契機となったのは二〇〇七年アンデオス・フリソストミディス監修『ギリシャの犯罪』第一巻の出版だった。フリソストミディスはギリシャでもっとも重要な翻訳家にして出版監修者の一人であり、ギリシャ文学界に大きな影響力を持つ真の文化人だった。幸運にも彼と知りあい、ともに仕事ができたすべての人にとってその死は惜しんで余りあるものだが、彼の力こそこのシリーズの成功を保証する最も重要なカギだった。読者や批評家の反響は好意にあふれたものであり、こうして『ギリシャの犯罪』の第二、三、四巻が続いた。著名なミステリ作家たち以外にも、ミステリにかかわったことのない優れた文学者たちや、まだ本を出していない若手作家たちもその紙上に招かれた。わたし自身も『ギリシャの犯罪3』で文学への船出を果たした。アンデオスにはデビューの機会を与えてもらったことに深く感謝している。『グリーク・ノワール』監修を依頼されたとき、わたしが念頭に置いたのも彼の姿だった。

『ギリシャの犯罪』シリーズの狙いは、アンデオス・フリソストミディスが前書きで明らかにしているように、現代ギリシャ・ミステリ文学の現状を映し出すアンソロジーだった。同様の狙いと方針を掲げながらも、外向きの鏡として、『グリーク・ノワール』は生まれた。そこから『ギリシャの犯罪5』への《変質》はごく自然な発展である。

サナシスとアルギリスのカスタニオティス父子とディミトリス・ポサンジスはこの試みに

賛同し、重要な作家数名の素晴らしい作品を追加して『ギリシャの犯罪』シリーズに組み入れ、敬愛するアンデオスへの追悼に貢献する機会をわたし自身にも与えてくださった。心より感謝申しあげたい。

ヴァシリス・ダネリス

二〇一九年三月

# 町を覆う恐怖と罪

## ――セルヴェサキス事件――

アンドレアス・アポストリディス

*Υπόθεση Σελβεσάκη*

ΑΝΔΡΕΑΣ ΑΠΟΣΤΟΛΙΔΗΣ

わたしが翻訳家と知り合ったのはユーゴスラビア内戦終結の一九九五年セルビア・クライナ共和国（一九九一年クロアチア領内でセルビア系住民によって独立宣言されたが、国際的には承認されなかった。一九九五年クロアチア軍により鎮圧された）だった。彼はもっぱら地雷回収を担当していた国連の国際援助監視団――白衣をまとっていたため《牛乳屋》と呼ばれた――といっしょにいた。その後二〇〇四年アテネ・オリンピックの際にもふたたび会った。

記憶では彼はそのときアルカーイダの小冊子を精読していた。いかにして眠れる忠実なイスラムの中核部隊を覚醒させるか、というタイトルだった。

その小冊子はマンチェスターで見つかり、インターネットで流通していた。いかにして組織の家を借りるか、中核部隊をうまく庇護するか、部下に共謀の規律を伝えるか、といった違法行為と自決行動に関する実践面での手引きが記されていた。

翻訳家はそれといっしょに、違法な教条をテープ起こしした出版物も持っていた。ギリシャ共産党（ＫＫＥ）が一九五一年から五五年にかけてブカレストのラジオ局《自由ギリシャ》（《自由ギリシャ》はギリシャ共産党のラジオ局。一九四七年内戦期に創設され一九五六年まで続いた。初め本部はベオグラードに置かれ、一九四九年以降ブカレストに移った）の特別番組《戦士の教室》の中で発信したものだった。この教えは注釈をつけられて、一九七三年アテネで、当時の違法活動を支えるためにキューバで訓練を受けた左派たちにより流通していた（この時期は軍事政権末期で左翼活動家が弾圧されていた）。アルカーイダの小冊子との類似は共謀の実践面において驚くべきほど顕著だった。イデオロギーの面では、《兄弟（きょうだい）》を《同志》に置き換える（あるいはその逆）だけで十分だった。それですべては片付いた。引用に関する問題が残されてはいたが、その頃わたしたちは両者の比較にはまったく関心がなかった。

　わたしに説明したところでは、彼はアルカーイダの小冊子の中で諜報員の徴集の章に注意を惹（ひ）かれたらしい。《諜報員》と呼ばれる兄弟は秘密の特別任務を持つ者のことである。しかしこれを指導する兄弟はどのような資質を持つべきなのか？

「諜報員の管理を担当する兄弟は完全なるスパイ・精神科医・尋問官の能力を持つ必要がある」

《完全なるスパイ》像は小冊子の九十八章の文脈からおおよそ想像できるし、《完全なる尋問官》が敵対する西側キリスト教組織の尋問能力の描写から浮かび上がるとしても、指導する兄弟にとって《完全なる精神科医》とはどういう意味だろうか。彼が惹きつけられたのは、このアルカーイダ小冊子の《精神科医》という問題だった。《兄弟》は多くの破壊活動を実行しながらも、無意識かつ把握不能な心の領域の通路は開放していることを意味していたからである。

　しかし、それは彼らが全活動の中で、想像力の領域にもある役割を与えているということなのだろうか。

この観察により、わたしにも新たな実験的研究分野が生まれた。わたしはいくつかの一般的なテーマについて彼から助言を得るように、しかしまた、彼が疑わしい相手との接触を続けていないか見張るように、勤務機関から命じられていた。というのは、若いころ彼がギリシャで、その後八〇年代には西ベルリンで、さらに続いて内戦期のクロアチアで行ったさる活動が知られていたためである。他方で、わたしたちが情報を、それがいわゆる《理論上》のものであっても、個々に吟味するのは任務上の鉄則だった。

もっとも、わたしたちはクロアチアのモスタル（モスタル市は一時期クロアチアとボスニア・ヘルツェゴビナで分割統治された。現在は後者に属する）で《偶然》すれ違っていた。

わたしの任務日誌にはこう記されている。

……わたしはモスタル市と川を見下ろす山の斜面を登っていた。そこにはキリスト教徒の墓地がある。上のほうからは砲撃音が散発的に聞こえる。わたしのそばには爆弾で口を開いた墓の群れ。カラスたちが頭上を舞っていた。この世のものとも思えない戦慄の雰囲気の中で地獄の感覚。墓地へは山にしがみついたまっすぐな階段を登る。左右に逸れてはいけない。不発弾か地雷に吹っ飛ばされる恐れがあるのだ。地雷は恐怖のシンボルにまでなっている。今、砲撃音が近づいている。

「イスラム教徒たちが前線から戻って来るんだ。武装解除するべきだったのに」そばで声が聞こえた。さらに付け加えて、「上を見てみろ。山頂を」

わたしは振り向いた。頂上で黒い点がいくつか動いているのが見えた。

「セルビア人だ——撃ってくるかもしれない。はやく下りたほうがいいな。やつら、山頂に砲兵隊を置いてやがる」

「だけど、ここはあいつらの墓地なんだろ」

「キリスト教徒はここに来やしない。来たところで、やつらには屁でもない。大部分はカトリック教徒の墓だしな（セルビア人は正教徒）。何ごとも好きなように利用するだろうよ」

カラスどもが旋回していた。

「走れ！」

こんな風にして翻訳家と出会った。

「もし砲弾の唸（うな）りが聞こえたら安心しろ。他所（よそ）に落ちるから。音がしないと、まっすぐ飛んで来るということだ」

上から砲撃音と微かな唸りが聞こえた。それから砲弾がメジュゴリエ村の方へ飛んで行った。欧州警察のいる小さな村だ。

そこでロリス・セルヴェサキスがわたしたちを待っていた。スレヴレニツァ（ボスニア・ヘルツェゴビナの町。一九九五年セルビア系スルプスカ共和国軍によりイスラム教徒ボシュニャク人の大虐殺が起きた）から帰還していた。「今夜セルビア人がまた攻撃してくるぞ。明日は新しい停戦条約が締結され、移動は制限される。本部から命令が出た……」

わたしの報告では翻訳家は《主体》だった。《主体》と個人的な会話をするうち、夢をノートに記録する習慣があるとわたしに明かした。モスタルの思い出を利用して再び彼に近づき、オリンピック開催を前にムスリム司令部の作戦行動についての評価を訊ねると、《指導者》の質的素養として精神分析の要素を利用しているんだ、と彼は指摘した。そこでわたしは相手のまったく個人的なメモをもっと考察するために、夢を記録したそのメモ帳を盗もうと考えた。実際にその機会を見つけ、写真に撮った。

「死体」「違反者」「考古学博物館の爆撃」といった題が付されており、アクション映画かスリラー映画を思わせた。

死体

荒れた不毛の地。完全に平ら。一本の木も、草叢一つない。後をつけてきたスパイをおれたちは殺した。おれと友人Mとでだ。そいつの頭をシャベルで殴った。死体を埋めようとしているところだ。消してしまわなければならない。だが不可能だ。土がひどく固い。おれたちが諦めたとき、頭上から偵察グライダーが近づいてきた。今に捕まるな、おれたちは考える。おれは目を覚まし、息をつく。救われた。

違反者

見られているのは確実だった。おれはアパートの入り口に身を隠した。黒い車がゆっくりとそばを通り過ぎた。こんな時間に外をうろつくなんておれの頭はどうかしてる！　外出禁止令が出ていたが無視した。不注意からか豪胆さからかはっきりしないが。

氷売りが一人、意味ありげに微笑みながら、手鉤と手袋をはめた右手で氷をつかみ、アスファルトに下ろした。しばらくすると、道に沿ってそれぞれの戸口の外で、透明な四角い固まりが小さな銀と青の火花を発しながら光り輝いていた。

低温によりもっとも凝固したところで、氷が破裂した。それぞれ中に爆弾を抱えていたかのようだ。かけらは道や家やおれをつけていた車をおおった。

おれは呆然として周囲を見回した。何もない。ただ冷たく凍った色彩のない広がりだけ。今回おれはカーペンターの映画の中にいた。意志を打ち砕かれてひざまずいた。

「ここにいよう」疲れきっておれはつぶやいた。

彼の記した「ここにいよう」の部分は重要だ。題名の「違反者」と関連があるのでは。つまり、彼は依然として「違反者」であり、わたしたちを欺いているということだろうか？

### 考古学博物館の爆撃

遠くから知り合いの少女がやってくるのが見える。一人なのか連れがいるのかはわからない。おれが恋心をいだく相手なのだが、いまだに本心を明かしたことはない。親友の妻だからだ。おれは柱の後ろに隠れる。通り過ぎるのを待ってからこっそり後をつける。

おれたちは考古学博物館に着く。広場は遥かにひろがり、奥には旧王宮がそびえている。突然空に敵の爆撃機が現れる。ぐっと見上げると翼には三日月の徽章（イスラムの象徴）が見て取れる。警報のサイレンが鳴り響き、すぐに空襲が始まった。人が、実にたくさんの人が狂乱して隠れようと走りだす。焼夷弾だ。爆弾とミサイルがおれのそばに落ちる。すぐ近くにだ。しかしすぐに破裂はしない。広場にいた人たちは発火する前にあわてて逃げ去る。おれは間に合わない。おれの胸には大きな穴が開き、全体が肉と骨と内臓の塊と化す。まるでおれの中でミサイルが破裂したかのようだ。穴の輪郭は焼けた分厚い手帳のページのようで、微かに開いて曲がり、端は炭になっている。おれの手は血だらけだ。昨日の夢と同じく、おれは死ぬのを確信する。昨日のは正夢だったんだと今意識する。友だちが駆け寄ってくる。おれは彼らに言う。

「死ぬと思ってたよ」

その瞬間ソフィア王妃通りにある新古典風の建物のベランダに移動し、その家の寝室に入る。身悶えしながら鏡を覗くと、胸の傷は閉じている。しかし、すぐにふたたび胸と手がいっしょに破裂する。血だらけだ。

「まったく」おれはひとりごとを言う。「夢の中と同じだな。予感は本当だった」

悪夢めいた雰囲気の中で誰かが叫んでいる。

「病院へ運ばなければ」

おれは目を覚ます。陽射(ひざ)しにあふれる春先の日。まさにアテネ版『ツイン・ピークス』だ。《主体》に関しては、三日月の徽章をつけた爆撃機の点をさらに分析することにしよう。何かが見つかるかも知れない。

事故それとも殺人？

おれは車でソロン通りを下る。運転するのは不倫相手の女性だ。夫を騙(だま)しているのだ。女は――仮にΦ(フィー)と呼ぼう――吐きそうになってハンドルを手放す。女はおれをまたぐと助手席に座る。車は制御が利かなくなり、おれたちは法学部(ノミキ)（アテネ中心ソロン通りにあるアテネ大学の学部。一九七三年軍事政権末期、体制に抗議する四千人の学生たちが占拠した）に近づいていく。おれはハンドルを握るが止められない。ブレーキが利かない。ハンドルを切って法学部の壁にぶつける。学生の群れが集会を行っている。おれがいないのに建物を占拠しているのか？　学生がひとり怪我(けが)をするが、幸いひどくはない。あるいは結局は致命傷になるのか？　とにかくそいつの足は車がはねとばしたゴミ箱に挟まっている。それに、そもそもこの学生はおれの知り合いなのだろうか？

おれの恋人は車を降りて向かいの体育館を見る。そちらへ走ると運動している女子学生たちに交じり、熱心に体操を始める。事故から逃げようといっしょになってバカげた運動をやっている。おれもそ知らぬ風で口笛を吹きながら去ろうとするが、一群の学生に止められる。その間に学生たちに捕まったΦが叫んでいる。

「わかったから、やめてよ。弁償するから」
「ああ、弁償するよ」おれも口をはさむ。
おれたちは嚇(おど)しながらついてくる大集団といっしょにマルセイユ通りを上っていく。建物は白黒に変わり、ドイツ表現派の映画のようだ。英語の題は「殺人(Murder)のM」。まるで「殺人(Φόνος)のΦ」みたいだ。そのうち、有罪にされちまうぞ、とおれは考える。たとえ学生たちが友好的で、おれたちを匿(かくま)ってくれたとしてもだ。おかしな話だが、そうしているうちに、おれはもちろんメッセージの翻訳家になった。そしてまたしても違反者だ。

《主体》は巧妙にも(ひとつの可能な「解釈」だが)、自分の心理が過去に影響を受けていることを匂わせている。しかし、ほかの点では主に現在の恋愛関係に左右されている。あるいはわたしたちの目を晦(くら)まそうとしているのだろうか? 自分のメモ帳がわざとわたしの手に落ちるように仕組んだ疑いもある。もちろんわたしは「おれはメッセージの翻訳家になった。そしてまたしても違反者だ」を解読しようとしている。次の例を見てほしい。

手術室
おれの友人のひとりは若い頃から違反行為に関わってきた。今精神科の手術室に横たわっている。医者たちは一種の気管切開を終え、中から内臓を取り出している。内臓を外へ引き出すにつれ、まず肝臓に見えていたのが、次第に皮を剝(は)がれた血だらけの子羊に見えてくる。

すっかり取り出そうと医者たちは椅子の上に立つ。患者も立ち上がっている。犠牲の獣は気管を通じて患者とつながっている。精神科医・尋問官たちは叫ぶ。

「これは意識だ。またもとに戻さなくては」

舞台はグリーナウェイのようだ。それはまたフランシス・ベーコンの三幅対の絵を暗示している。

この出来事をメモして精神分析医に話す必要があるな、とおれは考える。外科医・尋問官・精神科医たちは巨大な《意識》である犠牲の獣をゆっくりと中に戻そうとする。まるで皮を剝がれた彼自身の身体のようだ。

わたしのメモ。《主体》は意識に問題を抱えている。解釈すべきなのは、彼の意識を形作っているのは実際には何なのか、という問題だ。芸術面での暗示についてはわからない。英国の機関は二〇〇四年にこう伝えてきた。

α)「唯一言えるのは、我々の記録では彼に《同性愛》の傾向があることだ」

β)「拷問への言及がある（《手術》は国際的な隠語であり、我々も使用している）」

《主体》と任務上関わることはなくなった。しかし、わたしたちの共通の経験を忘れることはできない。そして時間が経つとともに、誰でもある疑いに捉えられ、過去の尋問のよしあしをもう一度見たくなるものだ。

さらにわたしは、理由は異なるが別の案件について、尋問官・精神科医の経験を調査し、《解釈》のテーマによって本人がどのように影響を受けるのかを考察していた。

分析者は解釈を与えることで、その瞬間まで表現されず、おそらくは無意識だった感情の回答を思わず提示してしまうのを恐れる。そのような瞬間、自分と自分の無意識の衝動の関係をかつてないほどの危険にさらすことになるのだ。

次に翻訳家を訪れたのは二〇一五年だった。何年も経っており、彼は少しヒステリックになっていた。わたしたちは興味あるテーマについて議論したが、突然叫びながら会話を打ち切った。「ストップ！　フィオヌーラ・スイーニーとラリツァ・ヴァシリエヴァが話すから」CNNニュースのキャスターのことだった。

彼は翻訳仕事を終え、ふたたび国際ニュースに戻っていた。フィオヌーラに執心し、小さな経済新聞に国際関係の記事を書いていた。朝から晩まで有料チャンネルに釘付け（くぎづ）けで、アテネの代理店や国際英語ニュース社からも目を離さずにいた。

彼は最近NGO《純粋なバルカン》代表のフレディに関するニュースを目にしていた。この人物はユーゴスラビア内戦後の地雷処理で金（かね）を稼いでいた。翻訳家は彼のことを知っており、一九九五年に記事を書いたことがあった。

セルビア・クライナ共和国へフラッシュバック。まさにその頃、彼はふたたびわたしの前に現れたのだ。モスタルのキリスト教墓地の出来事の後で。さてクライナだ。焼かれた店。人気（ひとけ）のない道。戸口の外の何百という死亡通知。クロアチア人もセルビア人もいっしょくたにされている。わずかに残った幽鬼のような人々。それに白衣を着た、国連の国際援助監視団《牛乳屋》たち。ギリシャ隊にはある空軍将校が参加し、フィリップ・モリスを吸っていた。翻訳家は試してみて気に入り、それ以来他の銘柄には見向きもしなくなった。ある家の中庭で地雷撤去が行われていたとき、彼の上司が現れた。貴族風を吹かせながら、救いがたいほど饒舌（じょうぜつ）で人に絡む外交官だった。

　記憶に残るところでは、この男はクライナ情勢に関する情報を送ってくれと翻訳家にまとわりつき、離そうとしなかった。次の夜わたしたちはザグレブの古い食堂でいっしょに食事をした。以前ギリシャ人の毛皮商人がよく訪れた場所だ。この《牛乳屋》のリーダーはフレディという名だったが、人脈の広さを誇示したがっていた。翌日わたしたちはモスタルの空軍部隊の会合で再び会った。そこでは英国の少将がホテル《エロス》の広間で戦況を説明した。その夜わたしたちはマダム・プレヴェザの店に向かった。内戦の敵ですら誰ひとりその店に手を触れようとはしなかった。モスタルを中央で分断し、カトリックとイスラムの両地域に分ける大通り（ブールヴァール）の試練も、盗難車の密売とマダム・プレヴェザの高級娼婦（しょうふ）たちに影響を与えることはなかった。フレディと翻訳家はその夜をマダムの女の子たちといっしょに過ごしたようだ。

ニュースの数日後、翻訳家はタクシーに乗っていた。全国ストと突然の豪雨のため、運転手は三倍稼ごうと、ぎゅうぎゅうに客を詰め込んでいた。

後ろの座席で、

「こんな風に上に座っててもつぶれてない？」

下着店の売り子サリーだった。翻訳家は彼女に連絡していた（わたしは翻訳家が何を知っているのか探るために彼女を送ったのだ）。

フラッシュバック。ミレニアム当時幼いサリーはモスタルにいて、マダム・プレヴェザの店の後ろの小道で遊んでいる。

サリーは地雷事件で重罪裁判所の捜査官に証言しようとしていた。

フラッシュバック。コニツァ（ギリシャ北方、アルバニア国境に近い町）。秋。どこもかしこも黄色になった葉。フレディと翻訳家はセヴァスティアノス主教を訪問する。古い領主館の急階段を上り、伝説的な主教の特別な事務所へ向かう。地雷処理と資金について議論するのだ。ギリシャ国家情報局のわたしたちの手の者も同席していた。司令部はすぐ近くだったが、この男は見栄（みえ）をはって軍用ジープで来ていた。同志ロリス・セルヴェサキスという名で、特に国際警察（インターポール）関係の担当だった。

アテネのアレクサンドラ大通りに立つ裁判所の裏手。かつてアヴェロフ監獄を見下ろしていた奥まった道。本部の警官たちのたまり場でもある角の食堂（タベルナ）の店先。サリーが誘拐された。翻訳家は絶望しながらも、真相を探る決意を固めた。タバコをくれた空軍士官に会い、過去のことについて話しあった。

キプセリ区ピソノス通りのマンションの最上階で、翻訳家は事件の解釈をあれこれとつぶやき、三つの説をわたしに数え上げた。すべて混乱していて、ここに述べるほどのことはない。わたしが相手の考えを整理してやろうとすると、なかば叫びながら議論をきっぱりと打ち切った。

「ストップ！　フィオヌーラ・スイーニーとラリツァ・ヴァシリエヴァの時間だ」

ヒステリー状態でおかしくなっており、会話するどころではなかった。正直なところ、彼はサリーが自分の娘だと疑っているのではないのか、という思いがわたしの頭をかすめた。マダム・プレヴェザの店でのどんちゃん騒ぎの結果ということだ。そこにはスレヴレニツァの少女たちも避難していた。

数か月後、興味ある警察の事件を話し合えば、落ち着いてもう一度サリー事件も語れるかも知れない、と思って訪ねた。きっかけというのは、コリダロス刑務所で一人のマフィアが殺害されたことだった。バルカン地方の犯罪ネットワークへの関わりで知られていた。

「実は、犠牲者は縄できつく縛られてたんだ」とわたしは明かした。「それに暴力の跡があった。ただし巧妙なやり方だ。青酸かな？　黒幕は誰だろう？　どう思う？」わたしはくいさがった。

「話しあってる暇はない。フィオヌーラが出る時間だ！」

「誰だって？」わたしは初めて耳にするかのように訊ねた。

「フィオヌーラ・スイーニーはＣＮＮの記者だ。彼女とラリツァ・ヴァシリエヴァからは片時も目を離しちゃいない。ネタを失敬してメシンヴリニ紙に記事を書いてるんでね。生きる糧さ。急いでるんだ。後は精神科医の診察がある。サスペンスやホラー映画向きの夢を一ダースほど集めてあるよ。色褪せる前に分析しなくてはな。夢の中の生活を計画的に利用しているわけだ。特に六十も過ぎれば、こいつは有益な時間を倍にするいちばん安全な方法になる。もちろん生活、生き残りってやつを趣味とする者にだけ言えることだが」

彼は良心の呵責を抱えていた。明らかだ。しかし、残念なことに、わたし相手にそれを《もてあそんでいた》。

「で、昨夜はどんなのを見た？」わたしは以前のメモを思い出しながら訊ねた。

「またしても怒濤のような追跡と逮捕だった。若いころから絶えず飲み込まれてきたテーマなんだ。以前は映画、最近はテレビドラマのせいで。昨日はだな、ベルリンのテーゲル空港に降りたが、逮捕状が出ているはずだ、とおれは不安だった。警察は、おれが国際テロ絡みの誘拐に関係したCIA諜報員リストを暴露したと信じていたからな。うまくパスポート審査は通過したが、地下鉄(ＵＢａｈｎ)に乗ったところで尾行に気がついた。路線と行き先を変更し、シレジア門駅で降りた。そのあと東部地区との旧境界にある歩道橋を渡ったが、デューク・エリントンの「ソリチュード」が流れる中またやつらに見つかった。そこで駆け出してタクシーに飛び乗った。それから巨大なグライダーが唸りを上げて、タクシーをペチャンコにしようと猛スピードで迫って来た。間一髪おれは最後の瞬間にドアを開けて横倒しの車から脱出した。グライダーは去ったかと思うと、またしてもおれ目がけて突進して来る。CIAの男たちが駆け寄っておれを助けてくれた。彼らにとっておれはそこそこ価値のある証人なんだろう。――お前さんと同じだよ。覚えてるか、ハーグの事件を？――その後すぐに首筋に注射を打たれ、おれは気を失ってしまった。それから掃除婦のベルで目が覚めた」

わたしたちが仕事する際、解釈というものには逆効果の危険性が潜んでいる。「分析者・尋問官が時におちいってしまうのは、別の何かをしとげたいという誘惑に駆られて、実際の解釈を引き出すのが困難になってしまうことだ」尋問心理学の教官はわたしにそう言ったものだ。

「質問して被分析者を落ち着かせたり、理論に沿った講釈をたれたり、伝えがたくて間接的あるいは疑わしい、もしくは不正確な解釈をほどこしたりすることもあり得る。また、二つもしくはそれ以上の解釈を並べて提示したり、解釈を示しながら同時にそれへの疑義を提示することも起こり得る。こういったことすべてが意味するのは、分析者によって変異した解釈は分析者自身にとっても、被分析者にとっても極めて危機的な行為であり、それを行うことで自身を深刻な危険にさらしているということだ」

ベルが鳴る。今度は掃除婦ではない。二人の覆面男がピソノス通りの翻訳家の部屋に侵入して、動くものを狙って見境なく発砲した。

しかし目標は翻訳家だった。彼を始末したかったのだ。その証拠に、わたしは手を負傷しただけですみ、その夜遅くなってから証言をした。

いったい彼のどの夢から飛び出してきたんだろう、とわたしは考えた。捜査官のほうは峻厳な調子で、犠牲者はどんな問題に巻き込まれていたのかと訊いていた。

「処刑はプロの仕業だね。この経済危機だ。誰だってプロの殺し屋を雇える。やつらの相場はぐんと下がってるからな。この下落のせいで我々の仕事も厄介になってきたよ。まさかと思うような人間たちが安い報酬を払って、十年越しの因縁を解決している。さて話してもらおうか」そして捜査官はもう一度、「ガイシャはどんな問題に巻き込まれていたのかね?」

その時からわたしは彼の夢をもう一度真剣に考え始めた。その文章の構成ではなく、テーマの面だ。というのも、今考えると、彼はクライナ事件の捜査以外には、こちらが心配になるほど本心を明かさない人物であり、夢での彼の行動は個人生活の異常な何かを隠していたからだ。わたしも、風変わりだが人好きのするわが《友人》を処刑した相手を見つける手助けはしたい。

古いノート帳の断片は何年にもわたり、異なった時期に記されており、おのおのが伝統的な精神分析医にとって一つの資料となるだろう。ただし、殺人課の捜査官にとってはそうではあるまい。捜査の手がかりになるからと、こんな資料を提出するなら手ひどい罰をくらうことになりかねない。

しかしグロック銃を手にした覆面二人組による彼の処刑――明らかに処刑だ――は実に生々しくて、わたしの頭にまとわりつづけた。薄暗かったために処刑者たちはミスを犯したのであり、本当の目標はわたしだったのではという疑いもあるし、国際警察の彼のファイルにある証言を書き換えるためにわたしがもらった金のことも、同じように心から離れない。彼の証言からどの名を消すべきだったのか？　まちがいなくロリス・セルヴェサキスの名だった。多くの人間に関して多くのことを知っている男だ。だが今日どうして処刑が行われたのか？　わたしの関心はこの点にある。それに、翻訳家の過去もすべてわたしにとっては依然謎だった。過去は彼のプライベートな恋愛の中に織り込まれているはずだ、とわたしは強く疑っている。とにかくわたしには《セルヴェサキス証言》をファイルから消し去ることで金が支払われた。しかしセルヴェサキスは翻訳家について何を知っていたのか？　あるいは翻訳家はセルヴェサキスについて何を？

もしくは、セルヴェサキスと翻訳家はわたしについて何を知っていたのか？

# ギリシャ・ミステリ文学の将来

ネオクリス・ガラノプロス

Το μέλλον της ελληνικής αστυνομικής λογοτεχνίας

ΝΕΟΚΛΗΣ ΓΑΛΑΝΟΠΟΥΛΟΣ

ヴァシリス・ダネリスに

# 審理

年若いディノス・プロトノタリオスの膝はふるえていた。身動きできない。ことばが出てこないし、身体もいうことをきかず、夢の中にいるようだ。実際はペリクリス・ディムリスのオフィスにいるのだが。ギリシャ・ミステリ文学を代表するもっとも著名な人物、自分の偶像が息の届く距離にいるのだ。ひろく世に知られた作家本人を前にしていることが信じられなかった。

「よく来たね！」相手は微笑みながら挨拶した。中年で髭には白い物が混じっている。作家を目指す若者の緊張を見て取り、立ち上がると手を固くにぎってきた。

数多の読者を持ち、数知れぬ賞を受賞してきたこの文学者の上機嫌のおかげで、内気な記者は声を出し体をほぐすことができた。が、居心地の悪さは残る。椅子の端にちょこっと座り、わけのわからない囁き声に大げさなジェスチャーを加えて、ディムリスの飲み物の勧めを辞退した。

「ティトスは君の書いたものをひじょうに誉めていた」ディノスの名付け親である編集長のことだ。「君の新聞記事だよ。聞いたところでは、作品は誰にも見せないんだそうだね」

若者は目を伏せた。

「あの男の意見には賛成だな」とディムリスは続ける。「ぼく自身、君の記事を読んでみた。社会問題のレポートは君に合っている。細部への《目》を持っているね！」

「感謝しております」

「ぼくたち二人に言ってるのかね？」

「あ……いえ、あなたにです」

「もっと気楽に話したまえ。そのほうが混乱しない」寛大な作家は素早く言った。「ラキスでけっこうだ（ペリクリスの愛称）」

「わかりました」とディノスは答え、鼻にずり落ちた分厚い眼鏡(めがね)を持ち上げた。

ディムリス（わたしたちはとりあえずこう呼んでおくが）は、コーヒーを一口啜(すす)り、タバコに火をつけて言った。

「ぼくも新聞からスタートした。ミステリ小説をやってみたい者にとって新聞記事は偉大なる学校だ！　書き方というものが学べる。特に何を書くべきかを！」

ディノスは質問するのが恥ずかしかった。しかしディムリスのほうは、相手の困り切った様子から、さらなる説明が必要だと感じた。

「周囲で何が起きているのかを学ぶのだ」と続けた。「それがすべての出発点なのだよ」

「あ、なるほど……」

「ぼくの場合、《箱》の中で窒息しそうに感じるほどだった。で、そこから脱出を試みた。

運がよかったんだ。成功はすぐに訪れた。最初の作品からだ。こうして、記者生活とは完全に決別した……ただ時折論説をいくらか新聞に投稿するくらいだ。意見を公けにする必要を感じた場合にだが……」

「はい、昨日の都心での騒動に関するご論文を拝読しました……お書きのものはすべて読ませていただいてます。レカス警部シリーズだけじゃありません！」記者はまた丁寧なことば遣いに戻ってしまった。

「全部読んだのかね？」

「もちろんですよ！　大ファンなんです！　でもレカスものに出会えないこの四年間わたしたちには不満がたまってます。現在なにか……なにか準備しておられるのでしょうか？」

「実を言うとね、レカスには飽きてしまったのだ。あまりに完璧すぎる！　世間が愛してくれるのは承知しているが、再登場は考えていない。書くべきことはみんな書いた。ぼくたちは再出発をはかるべきだね！」

ディノスは失望を覚えながらも、しきりとうなずいている。

「再出発という話になった以上、未来について語ろう。未来は今ここにある！」そうしてディムリスは駆け出し作家を見えざる観客に紹介するように声を高めた。「さて……君が送ってくれた原稿に注意深く目を通してみたが……」タバコを灰皿に置き、デスクの上の紙を探しはじめる。「ここはごちゃごちゃだな！」自嘲するように言った。

「作家の《仕事場》ってずっとこんな風だと思ってたんですが！」

「そうか」相手は探す手を止めずに言った。

「ただし、ここでは書かないよ」――会見はこの高名な文学者も株主である出版社の社屋でおこなわれている――「ここで作業はするがね。作業と創造は別のことだ」

「ご自宅で書かれるんですか？」

「もっぱらね。だが、家の中じゃない。外じゃない……どこに置いたっけな？……四面が壁の中にこもって創造などできるものじゃない。外に出て人生に耳を澄ませ、社会の鼓動をつかむ必要がある！　ああ、あったぞ！　さてと、中編二本の抜粋を送ってくれたね。ほぼ同じ長さだな。タイトルはどこにある？　見つからないが」

「残念ながら、まだ完成してません。それぞれから一番特徴のある部分を選んだんです。自分がいいと思ったところですけど」

経験に富む作家はうなずいた。

「そう思ったよ……非常に注意して読んでみた。私見を述べさせてもらえるなら……」

そこで一旦(いったん)切って、印刷されたページを正しい順になおした。

ディノスは息をのんで待った。批評の時が始まる。

# 書類

## その1

　しかし次の夜、予期せぬ出来事のせいで、すべての計画が積み上げたカードの塔のようにはらりと崩れてしまった。

　マフラー――今回は緑だ――を編みながら、ときおりテレビに目を注（そそ）いでいた。音は消してある。ニュースなど嫌いだった。内容は聞くまでもなかった。経済危機か、でなければ強盗か泥棒の話題だ。しかし、画面のもの言わぬ人物たちは虚（うつ）ろな部屋の中で感じる孤独を和らげてくれた。

　突然インターホンが鳴った。

　ガラス製の低いテーブルの卓上時計を見た。九時七分。

　ひとつ向こうの区間からピザが来るまでまるまる四十分か、と苛立（いらだ）ちながら思った。チップなど渡してやるものか。

　編み物をソファに置いた。古ぼけたインターホンのボタンを押した。もちろんモニターはない。

「はい？」と訊（き）いた。

「ご注文の品です」壊れかけのスピーカーから、カエルの鳴き声のようなしゃがれ声が聞こえた。

別のボタンをしばらく押し続けると、マンションの玄関ドアが解錠されるのが聞こえた。革のバッグから二十ユーロを取り出す。ドアを半分開いた。

エレベーターは既に五階に着いていた。ちょうど中からのっぽで痩せた三十代半ばの男が出てきた。野球帽にだぶだぶのズボン、シャツをはおっている。手にした透明のビニール袋にはボール箱が収まっていた。

この顔、どこで見かけたっけ？　ピザ宅配員の太い鼻、ニキビの頬を見て思った。首の巨大なイボはクルミと言うより、まるでオレンジのようだ。こんな無細工なつらはそうそう忘れられるもんじゃない。

すぐさま思い浮かんだのは、それにつりあった男の声だ。インターホンを通さなくてもガーガーと耳ざわりなカエル声。

「どうぞ。八ユーロ半になります」

だがどこで見たんだろう？　ぜったい前回の注文の時じゃない。近所で見かけたんだろうか？

片手で袋を受け取り、もう片方で二十ユーロ札を渡した。ピザはキャビネットに置く。

突然何かがおかしいと感じた。宅配員は何だか動揺している。釣銭を渡すのが異様に遅い。ポケットから出したコインを何度も数えなおしている。単純な足し算ができないかのように。

「ちょっと待ってください。すぐに……」

その瞬間、相手の視線が家の中を狙うのが見えた。空いた手が背中に回る。

銃を持ってる！　考えてゾッとした。その時すべてを思い出した。

右足で蹴り上げた。自分の腕力は大したことがないとわかっていた。

偽ピザ屋は股間を打たれてうめき声を上げ、ばったり倒れた。

コインがこぼれたが、その音はピストルが大理石の通路に落ちて立てた響きにかき消された。

銃を見ながら凍りついた。

相手はそのチャンスを逃さなかった。屈んだまま唸り声とともに頭を突き出し、牡牛のように突進してきた。

二人は木の床に倒れ込んだ。絡み合ったが一瞬離れる。しかし立ち上がると、すぐまた取っ組み合い。互いに相手を組み敷こうとして部屋中を転げまわった。

勝負はついていた。偽宅配員のほうが体力に勝っていた。

ところが運命は偽宅配員に微笑まなかった。激しく押されてよろめき、居間のテーブルの上に背中から倒れ込んだ。尖ったガラスの端で首筋を打ち、ガラスもろとも首が裂けた。

パニックから真っ青になり、目をぎょろつかせながら死体の上に屈みこんだ。相手を死へと追いやったその手で、手首を握った。

脈がなかった。

部屋が以前よりひどく回り始めた。目を閉じて強烈なめまいを追い払い、集中しようとした――子供のころからそうやって来た。これからどうする？　《ピザ宅配員》はもちろん一人で来たはずはない。仲間が下で待っているはずだ。その《誰か》が様子を見に上ってくるまで、どのくらいの時間がかかるだろうか？　マンションの中に隠れているなら、ほんの数秒だろう！

すぐに行動に移らなくては！

薄暗い廊下に出た。明かりはいつの間にか消えていた。怪しい物音はなし。銃を取り、すぐに中にもどる。ドアを閉めカギをかけた。――カギは二つ。シリンダー錠と水平の隙間のある《三叉》のボルト錠だ。チェーンもかけた。

真っ赤な血が死体の下から流れ始めた……

マクリス警部は男たちの目が自分に注がれているのを感じた。彼自身は閉じたドアに目を向けている。深く息を吸うと、汗まみれの手をズボンで拭った。銃を取り出し、安全装置を外す。こぶしでドアを叩いた。

「警察だ、開けろ！」雷のような怒鳴り声。

死の静寂の中、数秒が過ぎた。

もう一度叩いて命じた。返事はない。

猛り狂って、「ほら、さっさとぶちこわせ！」

恰幅（かっぷく）のよい制服警官が突進して、肩からドアにぶち当たった。それから強く蹴った。一度二度。三度。開かない。

「装甲車並みですね」と警部に言った。「必要なら……」

「間に合わん。みんな離れろ！」と叫んだ。

全員が離れると、警部は二つのカギに狙いをつけ発砲した。

上階のどこかの部屋から女の悲鳴が聞こえた。誰も注意を払わない。

制服警官が再び突進すると、ドアが後退しチェーンいっぱいに開いた——警部の願いは打ち砕かれた。

フンドゥマディス巡査長が居間の中央に身動きせずに横たわっていた。

制服警官がもう一発蹴ると、チェーンが外れた。

警官隊は荒々しい叫び声とともに部屋に突入し、銃を突き出した。最後に無言で警部が入ってきた。

マクリスは周囲の世界から遮断されてしまったかのように感じた。間接的とはいえ、フンドゥマディスの死に対する責任の思いが頭を占めていた。一人でマンションに送り込むべきではなかった！　なんで偵察なんかさせたのか？　危険をあまく見過ぎていた！　許されざる失敗、とりかえしのつかない失策だ！　夢遊病者のように死体に近づきながら、そんな風に考えていた。

血痕の上に一歩踏み出してから、現実に引き戻された。

「くず野郎はどこだ？」

あまりに大声で怒鳴ったので、ざわめきを突き破って全員の耳に届いた。

すぐに静かになった。

居間を残りの部屋から隔てる戸口にミホプロス警部補が現れた。

「家には誰もいません、警部！　すべての窓とバルコニーのドアは閉まっております！　錠が下りています！」

「なんだと？　あり得ないだろう！　よく探すんだ！　どこか見落とした場所が……」

もごもごと詰りながら血染めの足跡の痕をたどった。死体のそばから始まり、バルコニーのドアから一メートルのところで止まっていた。ベルトで上下させる古いタイプのシャッターが今は完全に降りている。窓ガラスをためしてみた。異常はない。

眉をしかめながら入り口のドアに近づいた。さっき自分の目が欺かれなかったことを確認したかった。突入した時はちゃんと錠が下りてチェーンがかけられていたのだ。

「われわれの求める男のようですね」突然ミホプロスの声が聞こえた。

すぐに振り向く。

ミホプロスはソファのそばに立っていた。

「やつはどこだ？」

「ここじゃありません。どうやら先に逃げてしまったようです」

「どこから逃げたんだ？　鍵穴からか？　バルコニーは見たのか？」

「ええ、警部。しかし見てください、これを……」

「なんだ？」

編み上げかけたウールのマフラーだった。

「やつが編んだのか？」マクリスの目は驚きで大きく見開かれたが、次の瞬間陰険な細目にもどった。「で、どうしろってんだ、ミホプロス。マフラーを逮捕か？」

「つまりですね……」

「なるほど、そういうことか！　すぐに異常者を捜せ！　いやいや、どこかこの付近にいるはずだ！　屋上へ上がれ！　地階に、ボイラー室だ！　マンションの管理人も探してこい！　他の部屋も全部だ！」

「でも令状がありませんよ……」相手はあえて口をはさんだ。

「ノックすりゃ入れてくれる。さっさと動け！」マクリスは叫んだ。

自分は後に残った。自ら部屋を調べたかった。ミホプロスを信用しないわけではないが、この事件ではもはやこれ以上失策を重ねるわけにはいかない！

もうひとつ、頭のいかれた殺人者の家がどんなものか見てみたい、という好奇心もあった。人間の個人的スペースというのはつねに本人の個性を見せるわけではないようだ。当人が狂った殺人者予備軍であっても。庶民的な居間、雑然としたキッチン、消毒した浴室、独り者の寝室を素早く、てきぱきと捜索した後で、マクリスはそんな結論に達した。

しかし、もうひとつの寝室で、彼の執拗な好奇心は完全に満たされた。

流行遅れの化粧台の鏡が、ひとりの女の少女時代から高齢までの写真に覆いつくされていたのだ。多くは女が真っ黒な背景から浮き出ていた。まわりはマジックで塗り潰(つぶ)されて、女の姿だけが見える。

母親だな、マクリスはすぐに思った。

ひとつっきりのベッドの上には刺繡(ししゅう)、レースマット、手編みの女性服が積み重なっていた。少し離れたところに戦前の足踏みミシンがあった。

整理簞笥(シフォニエ)の引き出しをでたらめに開けてみた。編み物道具に古い手芸雑誌。

半ば開いている戸棚に目をやった。高齢者用の衣服、シャツ、下着。ラヴェンダーの香りがする。

ベッドの下をのぞいてみた。女ものの靴。スリッパ。靴ベラ。

バルコニーのドアが開いていた。外に出た。

部屋の唯一のバルコニーは隣家のバルコニーから少なくとも三メートルは離れていた。遠すぎる。地面からは十二メートルあまり。高すぎる。

ふたたび部屋に入り、バルコニーのドアを閉めてから、そのドアの仕組みも調べてみた。最初の寝室のバルコニードアやキッチンと浴室の窓は調べてあった。窓は頭が通せる大きさしかなかった。

ミホプロスが来たときは宙を睨(にら)んでいた。

「警部！」

「ああ？」と答えたが、まだ考えに沈んでる。

「管理人の話ではちょうど真下の部屋は空屋だそうです……そこに隠れてるんじゃ？」

「おまえが最初ここに入ったとき、バルコニードアは錠がかかっていて、ブラインドは下りてたのか？」相手の話が耳に入らなかったかのように、マクリスは訊ねた。

「そのとおりです。われわれが開けて……」

「そしてもう一つのバルコニードアも同じ……」ひとりごとのようにマクリスは続けた。

「窓はちゃんと閉まっている……おまけにキッチン窓は外に鉄枠ときた！　玄関ドアにはカギだ。見ただろう、おまえも！」呼びかけはしたものの、ミホプロスのほうには振り返らなかった。「チェーンまでかかっていた！」

あまりに考えに没頭していたので、ミホプロスがうなずくのも、待ちきれない表情をするのも見えなかった。

「おかしくなりそうだ！　ありえない！」

ただちに異様な部屋にもどった。

「ここから出るぞ。あの写真にはゾッとさせられる！」

「母親は亡くなってますよね？」部屋から出ながらミホプロスは訊ねた。

「やつの頭の中じゃ、まだ生きてる」

「母親の体つきが被害者たちに似ているのに気づいたんですが」

マクリスはまた苛立った。

「心理分析はよせ、ミホプロスよ。おまえプロファイラーか？　援軍は呼んだのか？　検死官に鑑識は？　おれがやってやろうか？」

「まだなんですよ、警部。今そうしようかと……」

四十半ばの男が四階の閉まったドアの前で、こわごわと待っていた。

「始めるぞ！」マクリスはため息をついた。

しかし、彼の本能は《マフラーの絞殺魔》がすでに遠くへ逃げ去ったと告げていた。

残念ながら、その通りだった。

## その2

わたしたちは婚礼用テーブルについていた。時は《凍りついて》しまったかのようだ。わたしの心もだった。二人とも何も話さず、目を見かわすこともない。少なくともわたしは食器を、テーブルクロスを見ていた……人が見れば、二人は知らない者同士だと思ったことだろう。もちろん、そんなことはないのだが、罪悪感がわたしの口をふさいでいた。嘘よりは黙っているほうがいい。

ドアが開いてサヴァス氏の太い声が聞こえると、時が再び流れ始めた。

「警察のご到着です！」やんごとない招待客たちに告げるかのように格式張って言った。

寄木張り（パルケ）の床で足を引きずりながら、わたしたちのほうへ近づいてきた。わずかの間に老け込んでしまったように見える。顔には以前より深いしわが刻まれているかのようだ。

いつもそんなに猫背だったろうか？　とわたしは思った。

突然二つの薄暗い影が応接間に現れ、わたしは注意を引かれた。背後の日の光と距離のせいで、表情は見て取れない。朧（おぼろ）げな影にしか見えなかった。その出現には何か脅すようなものがあった。いや、わかっている。わたしの想像力のほうがたわむれているのだ。だが、わたしの立場にもなってほしい！

しかし、相手が低いスロープを上りメインホールに入ると、すぐにわたしの最初の印象は消え去ってしまった。二人は髪を短く刈り込んだ三十代で——それより若くはないだろう——だぶだぶのグレーの制服を着て、わざとらしい《こわもて》の雰囲気を出そうとしているのには吹き出しそうになった。すぐにでも銃を抜きかねないカウボーイばりに近づいてくる。きっと本人たちもその気分なんだろう。

「フリガナキス警部補です」婚礼用のテーブルの前に立つと、背の高いほうがそっけなく言った。

突き出たおかしな耳をしていた。特別に興味があるかのようにわたしのほうをまじまじと見ている。わたしは無意識に視線を落とした。

「スラシヴロス・ブトゥラスです、警部補さん」

「アグニ・カラファティです」わたしも言った。

わたしたちは同時に立ち上がった。

「正確なところ、何があったんです？」警部補が訊ねた。

答えはスラシヴロスにまかせた。

「兄が殺されたんですよ、警部補！　名前はイポリトス・ブトゥラスです……でした。下のワイン蔵です。背中を刺されてます」

ついさっき目にして頭からぬぐえない凄惨な光景がまたよみがえった。頭の中に張り付いている。殺された兄の姿は彼も《見た》はずだ。突然頭をそむけたから。

「何時ころ発見されたんです……死者を？」相手は《事件》の悲劇的な局面などまったくおかまいなしに質問を続けた。

「時計は見てません。つけないので」スラシヴロスが言った。

「十一時十分前でした、旦那様！」サヴァス氏が口を挟んだ。

「発見者は？」

スラシヴロスはわたしのほうを向いた。

わたしが話す番だったが、警部補に探るような冷たい視線を向けられると、舌がもつれて固まってしまった。警部補はできる限り多くの情報を収集するようプログラムされたロボットのように見える。証人が明かしたくない情報まで、いや、特にそういう情報をだ！

「どうなんです？」焦れたように訊ねてきた。

上司以外の誰彼かまわず疑うように訓練を受けた者に対しては、沈黙がどれほど誤解されるのかをわたしは意識した。そうして他のことを考える間もなく口を開いた。

「わたし、ちょっと前に来たんです……十一時十五分前くらいだったはずです。準備のため……すみません、混乱しちゃったわ」

「大丈夫ですよ、カラファティさん。落ち着いて」

鷹揚で無関心な相手の態度に、わたしは思わず反抗心を抱いた。

「大丈夫って。人が目の前で殺されたんです！　それもわたしの知人が。二十年のあいだ親しかったのに」

言い過ぎたのに気づき、突然おし黙る。しかし涙を止めることはできなかった。頰の上を熱いアイロンが転がるような感じがした。

スラシヴロスがテーブルからナプキンを取って渡してくれた。

「最初のショックは乗り切ったよね」と言った。

わたしは「大丈夫」と涙を拭きながら答えた。

「すると、殺人を見たんですな」警部補は緊張をあらわにして訊いた。

「ええ。でも殺人犯をじゃありません」すぐに相手の想像を打ち消した。

警部補がわたしの涙に感動するぶん、わたしも彼の失望にとまどってしまった。警部補はその気持ちをできるだけ隠そうとはしていたが。

「最初から話してくれませんかな」

「もちろんです」そう言ってわたしはナプキンを皿に放った。

泣いたせいか、さっきより気分が楽になった。警察の《形式的な手続き》についてはだ。緊張は完全に消え、自信を取り戻していた。

「御覧のように、ここ、《ブトゥラス・ワイナリー》は社交パーティーも受け付けています。披露宴とか洗礼式、食事会なんかです」

その瞬間、それまで無言だった二人目の警官に注意を引かれた。西部劇のバーにいるかのようにおかしな動きで、キッチンの両開き扉のほうへ動き始めたのだ。ついでに言うと、その扉はたしかにバーの扉に似ていた。

「パーティーの担当者はわたしです。今日はご結婚を控えたカップルと約束がありまして、披露宴の詳細をご相談することになっておりました。十一時十五分前頃わたしはここに参りました。その時イポリトスの姿は見えませんでした。サヴァスさん——コストゥロス氏のことですが——は二人の外国人労働者と外で待っていました」

「何を待ってたんです？」警部補はサヴァス氏に訊ねた。

「イポリトスさんですよ！　ちょっと前に電話してきて、話したいことがあるから来るようにって言われたんで。わたしたちゃ朝から農場で剪定しておったんですが」

「どのくらい前に？」

頑固なブドウ畑の農夫はしかめ面をつくった。

「さあね……十五分くらいかな。ああ、そうだ。十五分後に来るようにって言われたんだ。畑はそう遠くないですからな」

「どこから電話してるか言いましたか？」

「携帯からですよ。画面に番号が出てた……あれ、あの人どこにいたんだっけ？　あ、いや、ここの外に本人がいなけりゃ、しばらく待つようにって話だった。ちょうど着いた時に、アグニさんもいらっしゃったんです」

相手はまたわたしのほうを向いた。わたしは中断したところから続けた。

「突然イポリトスの携帯が聞こえました。つまり、その音がです。えっと、電話がかかってきたときウッディー・ウッドペッカー（ユニバーサル・スタジオ製作アニメのキツツキのキャラ）のテーマが聞こえるようにしてあるんです。一度だけじゃなくて、何度も何度も聞こえました。呼んでるのに彼のほうが出ようとしないかのようでした」

「どこから聞こえたんです、その……音は？」

警部補の様子から、その音を聞いたことがないのがわかった。その年齢なら当然だ。

「階下からだと思いました。そのへんから」

わたしはホールの中央から遠くないあたりを指さし、そちらに向かった。皆がついて来た。金属枠のついた舷窓のような小さな丸いガラス窓の上で立ち止まった。床のあちこちにある窓のひとつだ。

「空耳ではないことを確かめようと屈んで見たんです。そこでワイン蔵にいるイポリトスが見えました」

警部補はひざまずいてガラス窓から見下ろした。しばらく誰も口を開かなかった。

「正確に何を見ました？」立ち上がるとわたしに訊ねた。

「あの人、ちょうど下に立っていました。両手を宙に広げて泳いでいるみたいで……何をしてるのかわかりませんでしたが、数秒後にうつぶせに倒れて、動かなくなりました。背中のナイフと血が見えました。わたしはすぐに外に走り出て……」

叫びながら、とつけ加えたかったが、恥ずかしかった。

「携帯はいつ鳴りやんだんですか？」

その質問には面食らった。

「それは……覚えてません」と答えた。「気にしてませんでした。ただ、わたしが立ち上がった時はもう聞こえなかったと思います。でも結局彼の携帯ではありませんでした！　私が聞いた音はとても大きくて、ワイン蔵からじゃありません。この床の下からでした。それは確かです」

「どういうことですかな？」と警部補。

わたしは気づかぬうちに逆襲していたらしい。

スラシヴロスが説明を引き受けてくれた。

「床と建物の土台の間には空洞があるんですよ、警部補。広くはないですが、幅十五か二十センチといったところです」《舷窓》を指して、「このガラスの下に別のガラスがあるんですが。わかりますか？」

警部補は答えなかった。

「イポリトスの携帯は遺体のそばで見つけました」とスラシヴロスは続けた。「電源は切れてましたよ。触らないようにして見たんですが」

「このガラスは開くんですか？」

「ええ、枠ははめ込み式です。ドライバーがあれば外れますよ」

「ドライバー、持って来ましょうか？」サヴァス氏が申し出た。

「必要ないですな」警部補はそっけなく答えた。

その目はキッチンのほうに向けられた。振り返ると、寡黙な部下がこちらに来るのが見えた。

「少し外に出てみましょうか？」警部補が言った。

もちろん質問ではなかった。

それからわたしたちは外へ降りていったが、もう一人の警官はその場に残った。パトカーが階段のすぐ近くに停(と)まっていた。そばには二人の制服警官とサヴァス氏の労働者たちが別々に立っていた。誰もが黙ってタバコを吸っている。ワイン蔵の扉はいっぱいに開かれていた。中では手袋をはめ、ビニールで靴を覆った人々が歩き回っていた。そんな出で立ちである理由はわかっているが、その時はこの人たち、死体で汚れたくないんだなと思った。死体にかぶせた布のせいでその印象は強くなった。バカげた印象だ、と言われるかもしれない！　この人たちは仕事をしているだけなのに。だが、まさに問題はそのことなのだ。

「外に出た時コストゥロスさんと労働者たちを見ましたか？」

「ええ。この扉の前に立ってました」とわたしは言って、思わずため息をついた。急にひどく疲れを感じた。

さいわい警部補はサヴァス氏のほうを向いた。

「ここにいる間、何か見ましたか……」

「蔵に出入りしたものは誰もいませんよ！　扉にゃ閂がはまってるし、南京錠かけてるからね！」急いで言うと、二人の労働者もうなずきながら同意した。「スラシヴロスさんが開けたんですよ」と付け加えた。

警部補はスラシヴロスに訊ねた。

「あなたもここに？」

「声が聞こえたので来たんです。裏手にある納屋でちょっと作業をしてました。ご案内しますよ、ここからは見えませんが……」

「すると最後にあなたが南京錠にさわったんですね？　ほかのものには？　閂や扉の取っ手ですが」

「覚えてません……ほかの者たちの手を借りて開けましたから」

警部補は突然労働者たちのほうに向きなおった。

「あんたは……取っ手にさわったかね？」責めるかのように若い方に訊いた。

「ええ」ためらいがちに答えた。

「そして明かりをつけた？」

「いえ、警部さん、それはおれじゃないですよ！」

「明かりはついてました」もうひとりの労働者が割って入った。

「ああ、そりゃそうだな」警部補はそう言ってこちらに背を向けると、蔵に入っていった。

わたしの心臓は張り裂けそうなほど打ち始めた。警部補の最後の質問はわたしへの罠だったのだ！　明かりが消えていたなら、わたしはイポリトスを上から見ることはできなかったろう。わたしを疑っている！

スラシヴロスと視線を交わそうとしたが、彼の注意は蔵の中に向けられていた。中では警部補が長い棒を手にして、左右の壁の上方にある、ガラスのない極小の窓を覆った細かな網がしっかりはまっているかどうか調べていた。その瞬間わたしは奇妙な感じがした。網がなかったにせよ、人間がその隙間を通れるだろうか？　そのあと理解した。わたしの目を逸らそうとしているんだ！

警部補は《捜査》を終えて再び現れた。

「被害者以外の人物が蔵にいないか、見てみましたか？」

「もちろん」スラシヴロスは断言した。

「中にゃ誰もいませんでした！」他の人たちも言った。

「すぐに捜したんですか？」

スラシヴロスが答えた。

「いいえ。われわれが蔵に入るとすぐ、カラファティさんは気絶してしまったんです。気づかせようと外に運び出して。この扉のすぐ前にですが……」

「たいしたことはなかったんです」わたしはすぐに言った。顔を赤らめていたに違いない。

「スラシヴロスが水を持って来てくれて。飲むと意識が戻りました」

「そのあとあちこちを捜しました」とスラシヴロスが付け加えた。

　警部補は次の質問に移った。

「見た限りでは、ブトゥラスさん、ワイン蔵は上のホールよりずいぶんと小さいですな」開いた扉の向かいの壁を指し示した。「壁の後ろに空間があるんですか？」

「ええ。後ろにも同じ広さのがね。ワイナリーですよ。発酵タンクとか設備が置いてあります」

「ちょっと見てもよろしいかな？」

　わたしは一瞬でも落ち着けるように、その場所から動かなかった。

　しかし、そうはいかなかった。

「あなたも来てください」声がした。

　命令口調ではなかったが、わたしは銃で撃たれたようにすくみ上がった。動揺を悟られないようにうつむいた。

「いや、コストゥロスさん、あんたはここに残ってください」同じ感情のない声が言った。

　一瞬後に、「それともうひとつ」

　誰に向かって言ったのだろう？　考える間もなく警部補は続けた。

○6○

「電話で話したのは確かに被害者でしたか？」

「もちろんでさあ。あの人の声でしたとも！」サヴァス氏は答えた。

「大丈夫ですか？」

これはわたしにだった。わたしは突然顔を上げた。

「ええ、ええ」嘘をついた。

「では、行きましょう」

他にどうしようもなかった。後に続いたが、心臓の強く脈打つ音が耳にこだまする。

スラシヴロスが見せた納屋は建物の裏手から少しだけ離れていた。警部補はただざっと見ただけだった。逆に、南京錠がかかったワイナリーの大きな二枚戸のドアは細心の注意で調べてから訊いた。

「鍵はお持ちですか、ブトゥラスさん？」

スラシヴロスは南京錠をはずし、苦労しながら車輪のついたドアを一枚押し開けた。中は真っ暗だ。

警部補は狭い隙間から入った。

「明かりは左手の壁ですよ」スラシヴロスが言った。

共犯者めいた様子でわたしを見ながら肩をすくめた。

細部にこだわる《ロボット》がそこで何を捜しているのか、わたしにもわからなかった。

それに知りたくもなかった。逆にスラシヴロスのほうは、わたしに良心の呵責を感じさせようとするつもりか、入口にわたしひとりを置き去りにした。

わたしは神様に赦しを願ったが、心に平穏を迎えることはできなかった。

頭の中の鉄槌の響きがようやく鳴り止んだのは、警部補とスラシヴロスが建物から出てきた時だった。恐怖はわたしの意識の声を押しつぶしていた。

気のせいかどうかわからないが、二人ともわたしを疑惑の目で見ていた。

初めて故人の家族のことを訊かれて、スラシヴロスが答えた。

「義姉にはまだ連絡してないんです。外国にいるので。客室乗務員なんですよ」

「子供は？」

「兄には息子が二人います。エヴリディキとの間にじゃなくて、最初の結婚でできた子供です。息子たちは今は大きくなってアテネにいます」

「近い親戚は？」

「わたし以外にですか？　いいえ」

「お兄さんは元の奥さんとは連絡してましたか？」

「別れたんじゃないんです。亡くなりました」

「お兄さんには敵がいたんでしょうかな？　機会があればためらわず殺すような相手という意味ですが。だれか思い浮かびませんか？」

「いいえ。実際いませんでしたから！　イポリトスの周りは友人だけでした。みんなから好かれてましたよ」

「本人から打ち明けられませんでしたか、そういう……」

「いえ」スラシヴロスはさえぎるように答えた。

警部補はわたしに向かって「あなたはどうです、カラファティさん？」

「わたしが何ですの？」驚いて言った。

わたしの頭からは警部の言った《敵》の意味が離れなかった。

「彼には敵がいたと思いますかな？」

わたしは声が出なかった。思いますかって！

もしかしてこの人も知っているんだろうか？　震えながら自問した。わたしの秘密を予言しているのだろうか？

《ロボット》は表情も変えずにわたしの答えを待っていた。わたしの頭の中で彼の顔がエヴリディキの顔と混ざり合った。二人が同時に見える。わたしの口から真実を知ろうと、待ちかまえている。

頭がぐらぐらと回る。これ以上耐えられない……

今にもくずおれてしまいそうだった。その時突然呼ぶ声が聞こえた。

「アグニさん！　アグニさん！」

サヴァス氏だった。角から顔を突き出して喘（あえ）ぎながら言った。

「お客さんがホールを見に来ましたよ！」

キャンセルの電話をかけるのを忘れていたのだ！　わたしはいそいでその場を去った。

警部補はその後もしつこく質問を繰り返したが、その頃わたしは冷静さを取り戻しており、簡単に「いいえ」で答えた。最初からそうすべきだった。わたしはイポリトスと寝たことがあり、その後は彼を死ぬほど憎んでいた。そう、もはや求めに応じないからと言って《神憑り女》だの《癇癪持ち》だのと呼ばれるたびに彼を殺してやりたい、という思いがつのっていたのは確かだった。しかしそんな気持ちを他人に気づかれるはずはなかったのだ。

その過ちは、この悲惨な物語を書き終える少し前、スラシヴロスにだけ告白した。

## 裁決

「謎には目がないようだね。それに《不可能犯罪》ときた！」とディムリスが言った。言い方はいくぶん見下し気味だったが、高揚のあまりディノスは気がつかない。

「はい、とっても！」と認めた。「ですからミステリが好きなんです！」

「それにまた、創作上の想像力も欠けてはいない。書きっぷりもひじょうに高いレベルにある」高名な作家は穏やかに批評してからことばを切り、同じ調子で付け加えた。「ただし、君の描く状況はまったくもって非現実的だ」

「どういう意味でしょうか？」作家の卵は傷つけられて言った。

「簡単なことだよ。《現実の》殺人者は周囲に目撃者が山ほどいる中で被害者を殺したりしない。それにもちろん、指名手配中のシリアルキラーはどれほどイカレていても、不可思議な消失を演出するのに時間をかけたりはしないものだ！」

「追跡者の目をくらませたかったんですよ。二つ目の話ではブトゥラス殺しの犯人にアリバイができましたから」

「カラファティにはアリバイがあるかね？」

「いいえ！」ディノスは微笑みながら言った。玄人(くろうと)を出し抜いたという、なにか満足以上のものがあった。「弟が客室乗務員の義姉(あね)を《いただこう》として、兄を殺したんですよ！」

《ギリシャ・ミステリの父》は驚いたが、作家の卵にとって、これ以上に高い評価を示してくれるものはなかった。

「そうだな……」それからディムリスは主題に戻った。「しかし、殺人犯たちが同時に抜け目なく、かつ愚かであるということはあり得ない。その意味がわかるかね？」

はっきりと分かっていたため、ディノスは黙っていた。

「もちろん、そのことは謎には寄与している。しかしながら他方で、物語をぶち壊すことになる！　ストーリーはただ言い訳にすぎず、謎のほうが本質となってしまう。本来は逆であるべきなのにだ。ま、これは文学じゃないね。ただただ読者が解決を探すために作られたパズルだな。ということは、よく書けていようが意味がない。《ミステリ文学》はだね、別の目標がある。読者の生きている社会の闇の側面に光を当てることなのだ。読者に直接かかわる何ものかであって——ついでに言うと、真の芸術作品はみなそうだが——、読んだ端から忘れていくような《頭でっかちの遊戯》などではない。最初はそうだったかもしれないが、次第に成熟してきたのだ。現実から《逃避》したいなら、スリラーだのロマンスだのがあふれている。頭を研ぎ澄ましたいならクロスワードとかクイズだろう！」

赤いランプが電話機の画面に点灯し、《教理問答》を中断する。

受話器からの声に応えて、

「ああ、待たせておいてくれ。終わるところだ」

電話を切る。

「さて」呆然（ぼうぜん）としているディノスに向かい「君の才能をパズルに浪費するなんて残念じゃないかね？　君には文学的才能があるんだよ。《不可能な謎》など、そんなものはすべて笑うべき流行にすぎない。もはや廃れてしまった。セルバンテスの時代の騎士物語といったところだな。実際的に考えてみたまえ。君は読んでもらいたいんじゃないのかね？　現実のインスピレーションを信じるのだ……素材をじかに感じ取れるように……君はジャーナリストだろう。興味あるテーマを見つけるのは難しくないはずだ。これほどまわりに溢（あふ）れているのだよ！　これがぼくからのアドバイスだ」

若者がうなだれているのを見て付け加える。

「案ずる必要はない！　これは君の最初の作品だ。君の前には長い人生が待っているんだよ！　この職業の秘密を一つ明かそうか？　君もそのうち理解することになるだろう。それはね、作家として、創造者（デミウルゴス）として、最高の作品とは次回作のことなのだ！」

しかし、そのことばはディノスの失望を和らげることにはならない。椅子から立ち上がる

と、まるで愛する人の死へのお悔やみを受け取ったばかりのように消え入りそうな声で、

「どうもありがとうございました……」

辞去しようとする。急ぎ帰宅して、デビュー作をパソコンのメモリーと自分の記憶から消し去らねば。

ところが、ディムリスの予期もしない問いが彼を引き留めた。

「どこに行くのだ？　解決は教えてもらえないのかね？」

次の瞬間、ふたたび電話のランプがともる。多忙な作家は顔をしかめて、時計に目をやる。

「もしくは」と考え込むように、「そうだな、君の中編をメールで送ってもらえないかね？　そうしていつかまた落ち着いて話し合おう。失礼だが……今はこんな状態なのだ！　ぼくの電話番号は知っているよね？」

## 審理手続き終了

補足1

# 非現実的な謎をめぐる人を食った解決（要約）

## 1　奇蹟の編み針

シリアルキラーは編み物のかぎ針と毛糸を使い、次のように細工した。毛糸の端をかぎ針に結んでから、チェーンの輪と受け金具とに通す。それからかぎ針にふたたび結びつける。かぎ針をドアの水平の鍵穴に差し込み、半分外に出す。

一足の靴を居間のバルコニードアのそばに置く。血を踏みながらそこまで歩いてから靴をはき替える。汚れた靴はバッグに入れた。

ドアから出る。かぎ針を全部外へ引き抜き、最後に結んだほうの毛糸の端を外し、片手でかぎ針を持ちながらもう片方の手で毛糸を引っ張り、チェーンが受け金具に納まるようにした。ドアにカギをかけて屋上に上り、そこから隣のマンションに逃げた。

## 2　錯覚の潜望鏡

スラシヴロス・ブトゥラスは兄をナイフで脅しながらコストゥロスに電話をかけさせ、十五分後に二人の労働者たちを連れてワイン蔵の前まで来るようにと言わせた。それから、兄を蔵まで連れて行き殺害した。カギをかけてから隣接するワイナリーに隠れた。

コストゥロス、労働者たち、カラファティが到着すると、《無名の》プリペイド携帯を使い、展示ホールの寄木張り(パルケ)の床の下に隠しておいた別の《無名の》プリペイド携帯へ電話した。カラファティはウッディー・ウッドペッカーを聞くと、予想した通り、ワイン蔵の上にある《舷窓》から覗(のぞ)いた。

スラシヴロスはその《舷窓》の下と、近くの別の《舷窓》――ただしワイナリー側にある――の下に前の晩から小さな鏡を斜めに設置し、いわば平行六面体の《筒》状の即席潜望鏡を作っておいた。その上部は寄木張りの床、下部は建物の土台であり、左右に平行して走る二本の梁(はり)が寄木張りの床を下で支えているわけだ。しかもワイン蔵とワイナリーはまったく同じ床面積を占めていた。そうしてスラシヴロスは兄と同じ服を着た。

実はカラファティが見たのは、ワイン蔵で背中をナイフで刺されて殺害されたイポリトスではない。ワイナリーの中でカーニバルの偽ナイフを背中から飛び出させ、倒れたフリをしたスラシヴロスだったのだ。殺害犯は顔を隠すためうつぶせに倒れていた。死体もそんな風に置いてあった。

叫び声からカラファティが建物を飛び出したのを知ると、自分も外に出て、カギを閉め納屋に向かって走り、変装道具とプリペイド携帯を隠してから姿を現した。カラファティが死体を目にして気絶すると、その機会を利用して展示ホールに入った。二つの《舷窓》を開けて鏡を下に落とし、《舷窓》から遠くへ押しやった。プリペイド携帯はワイン蔵の上の《舷窓》にもっと引き寄せ、警察が床を注意深く探さなくても見つけられるようにした。

補足2

## 招待状

半年後のある夜、日刊政治新聞『シメリニ』の編集長ティトス・ペトリディスは電子メールの個人アカウントに招待状を受け取る。ペトリディスはディノスの名づけ親であり、ディムリスとは非常に親しい仲だった。

作家ペリクリス・ディムリスならびに出版社プティシスより
待望の新刊書発表会にご招待申し上げます。

ペリクリス・ディムリス著
『龍はマフラーをまとう――ブドウ園の犬のように（「不当な死」の意の慣用句）――レカス警部の二つの物語』

日時　十月十三日（土）午後十二時半
場所　セズモス書店中二階（ペズマゾグル通り二十四番地）

ディノスが行けないなんて実に残念だ！　参加できればどれほど喜んだことか。招待状は受け取ったものの憂鬱（ゆううつ）に感じた。印刷する間、心の中は呪詛（じゅそ）でいっぱいになる。四か月ほど前、名づけ親になってやった青年はキプセリ地区のドロソプル通りを横断中、謎の運転手の不注意で潑（は）ねられ命を落としていた。

# 最後のボタン

ティティナ・ダネリ

# *Το τελευταίο κουμπί*

ΤΙΤΙΝΑ ΔΑΝΕΛΛΗ

耐えがたい暑さだった。太陽は容赦なく燃え上がり、目前にあるかぎりの建物も道もプランターも歩行者をも無情に焦がし続けた。アナスタシオス・ゲロヴァシラトス警部補は止まらぬ汗に苦労していた。ただの一市民であれば、上着のボタンをはずすか、いっそ脱ぎ捨てるが、自分はそうはいかない。誇りがある。すぐにも下級警部になって、たぶん数年後には上級警部だ。命令と脅しを左右に振りまく田舎者アンゲリディスに代わって、やつがコーヒーを飲むときすらアームチェアから立ち上がろうとしないとき、自分が部下たちを走らせるのだ。今は勤務時間が終わり帰宅して服を脱ぎ、たっぷりの冷たい水で顔を洗うのを楽しみにしていたのだが、そんなことが無理なのはわかっていた。一九六五年七月二十三日のこの日は、先立つ二日間と同様に、多くの逮捕と数え切れない告訴があり、限りなく悲惨な日になりそうだった。

第一墓地からの声は次第に激しくなっていた。「おいおい、どうなることやら！」と思ったが、《明日》を心配したところで、あくびをしながら瞼(まぶた)が重く落ちかかるのには抗(あらが)えなかった。そのまま身を任せようとしたところで電話が鳴り、おっくうながら取り上げた。答える間(ま)もなく女のヒステリー声が響き、鼓膜が破れるかと思った。

「早く来てください。ペトロス・ディームの家です。なんだか恐ろしいことになってます」

言うなりすぐに切れた。

タソス（アナスタシオスの愛称）は椅子の中で身を起こし、たった今聞いたことを理解しようとした。寝ぼけた頭が逃れたばかりの夢の切れっ端だろうか。それとも現実に起きたことなのか。それにしてもディームの家とは。

「まだいたのか。急げ」アンゲリディスの叫び声がして、厳格な調子が続いた。「警部補、よく気をつけるんだぞ。お前のために忠告するがな、自分勝手はするなよ。まずおれに報告だ。そうすりゃ、次の行動を教えてやる。慎重にやるんだ。ディームはそんじょそこらの小物じゃない。わかったか。急いで行け！」

かくして言われた通り急行した。ただちにアンゲル・ゲロンダ通りに到着したが、その場の光景にことばを失った。玄関は開きっぱなしで、半メートルほど中へ入った大理石の床の上にディームと妻が折り重なるように倒れていたのだ。一方の身体をもう片方から引き離すには腕利きの外科医が必要なほどだった。とんだ光景だった、夫のほうは生きて息をしていた。

周囲に広がる油と散らばったガラスを避けようと爪先立ちで歩いた。電話を探して警部に報告。――何にも触れるなよ。すぐに医者と写真班を送るからな。お前は報告書を作るためすぐに署に戻ってこい、との返事。

報告書だって？　何を書くんだ？　証拠がなけりゃ、証言もまだ。目撃者も現れていない。「まだ誰とも話してないんです」と言った。

答えは「おれと話したろ！」

人生が脳裏をかすめていくあいだ、ペトロスはその瞬間瞬間を切れ切れに思い出していた。フォティニと知り合う前は、ぼんやりとしたつまらない瞬間だ。何時間も広場に座って、気にする人もなく歩道に停められた最新モデルのランチアやアストンマーティンや何十台ものエム・ジーやら、あるいは少し家族向けの新しいプジョーを眺め惚けていた。

それから、大流行したファラフ・ディーバ（最後のイラン国王王妃）風のアップヘアに美容院で別れを告げジャッキー・ケネディ風を気取る女の子たちとのおしゃべりに何時間もつぶしていた瞬間。きれいな娘たち、少し軽薄だが時代の生んだ子たちだ。思いは再び「ぼくの目には世界で一番きれいだよ」(トゥ・セイ・ベル・メ・ラ・ピウ・ベッラ・デル・モンド)（イタリア人歌手マリオ・マリーニ［一九二四年―一九九七年］のヒット曲）を聞くために何度も通った《アシネア》（六〇年代流行したアテネのナイトクラブ）に。しかしブルースだのチャチャだの、くだらないことはすべて一瞬で吹き飛んでしまった。

夢のようなその姿を目にするや、過去は消え失せ、ただ未来だけが存在するのがわかった。彼女といっしょなら。すらりと背が高く、褐色の目は光によって黄金の粉を振りまいている。まったく化粧っ気がない。つんとした細い鼻にはそばかすが散っている。優雅で威厳があり、いくぶん浮世離れしている。ぴっちりした白いシャツは上の最後のボタンまではめている。頼んだ本を彼に見せてくれた。何としてでもこの女性を自分のものにしたい。そうしなければ。簡単ではないだろうとは予感したが、ぜったいに結婚できると思った。二人の結婚。

ローマ。独創的なボルゲーゼ公園の散歩……

見知らぬ声に散歩の夢想が破られた。声ははるか遠くから聞こえていた。耳にしたのはそれが最後だった。


「それで？」小指で耳をほじりながら関心なさそうに言う。

「さっき申した通り、殺人です。謀殺か過失かはまだわかりませんが、すぐに突き止めます。ご安心ください」

「何を突き止めるんだ、警部補」

「誰がやったかです……たとえ……」

「それだけで安心しろだと？　言うは易しだな」アンゲリディスは辛辣に言うと、長い爪に挟まったものを点検してから床にとばした。タソスはげんなりした。

「事故だよ。テディボーイズ（ロンドンのサブカルチャーの影響を受けた六〇年代のギリシャの不良少年たち。社会に騒動を引き起こした）が数人、隊列から離れて、大物弁護士ペトロス・ディーム邸に押し入ろうとしたんだ。気の毒な夫人は家に入らすまいとして足を滑らせてしまった。事故というわけだな。おれにも経験があるね」

「誰がそう言ったのですか」

「医者だ。頼むからそれ以上の質問はしないでくれ。他の者にも訊いてはいかん。ディーム氏から簡単な証言を取るだけでいい。もちろん向こうが望むならだ。そしたら解決だ。聞こえたか？　解決だ」

「でも……」

「でもも、くそもない！　忘れるなよ。おやじのディームも息子のほうも大臣一家とは強いコネがある……」

「それとどんな関係が？」

アンゲリディスはため息をついて立ち上がると、開いた窓の前でふた息吸った。それから咳をして見おろし、無人なのを確認してから唾を吐いた。

「お前のせいで頭が張り裂けそうだ。暑さにゃ耐えられるが、バカは勘弁してくれ。お前な、おれたちの仕事は上司たる政治家の思いを汲み取ることだ。中途半端な魔法使いを気取ることじゃない。おれたちゃ道具だ。それ以上じゃないぞ。ディーム家は悲しみの中にそっとしておくべし。もしあの辺を騒がさずに、アナーキーな共産主義野郎を捕まえられるのならそれでいい。でなきゃ、お前にとって非常にまずいことになるぞ。経歴のことだ。わかるな？じゃ、肝心のことをやってこい、坊や！」

「坊や」だと！　そんな風に人を呼ぶ権利があるのか？　坊やと呼べるのはこの世で、ほかでもないおやじだけだ。小学校六年の教師をやってた親切で教養のあるおやじしかいない。こんな無学でガサツな山出しじゃない。警察のレベルが上がり、教養を持ち高貴で結果が出せる警官、市民を守り正義の実現（隠蔽じゃない）に専心する警官で満ちあふれる日がはやく来てほしいものだ。アンゲリディスも夫が臭いと睨んでいるし、検屍官も同様らしいのだから。大臣との強いコネだと？　で？　それがどうした？　思い通り自由に人が殺せるとでもいうのか？　妻の喉にかけられたディームの手を思い出した。やつが犯人なのか？　犯罪の現場はそう伝えている――アンゲリディス説なら事故の現場と言うべきだが。

暑さは耐えがたかった。広場を通り過ぎてカフェニオに入り、冷たいオレンジジュースを注文した。

「ないよ。売り切れちまった」店主はそっけなく言った。

「カラカラなんだ」

「水にしろ」

なんて言い方だろう。店のニコスおやじのスタイルではあるが、声の調子はこっちの飲む生ぬるい水より冷たかった。何があったんだろう？　昨日まで丁寧だった人間がこうも無礼な言い方をするとは？　つきとめてやろう。だが、今じゃない。まずは署に電話してきた女教師が先だ。左に曲がると、真正面はカラサナシス家の一軒家だった。ベルを鳴らした。

女教師がドアを開けた。

「警察署に電話されましたか？」

「ええ、わたしです。ヨルガキスを捜してて、ディーム家の前を通ったら、ドアが半分開いてるのが見えて」

「それで？　近づいたんですね？　何を見ました？」

「いいえ、なにも。わたし野次馬じゃありません。でも、なんだか嫌な様子だったので。

女の勘でしょうか、たぶん。フォティニ夫人の靴がひっくり返ってるように思ったんです。呼んでみましたが返事がなくて、変だなと思いました。でも、黙って飛び出していった子のことが気になってて。気まぐれな子なんです。とっても気まぐれで。あ、あそこ、問題児が！」そう言うと戸口に現れた少年を指さした。「わたし、気も狂わんばかりに走り回りました。誰彼かまわず訊きただして、ようやく雑貨屋の勘定台の後ろに隠れているのを見つけたんですが……これは遊びじゃないのよ、ヨルガキス」

「どこの雑貨屋です？」

「アドリアヌ通りですわ。わたしたちはみんなあそこで買い物をしますから」

「ヨルガキスを捜している間、もしかして妙な動きが目に入りませんでしたか？　近所には場違いの誰かがうろついているとか。つまり長髪のアナーキーなやつらが？」

「どういう意味でおっしゃるのかわかりませんけど。実際誰にも会いませんでした。長髪の人にも、髪がない人にも。この街に住んでる人は誰にも」

「ヨルガキス、君はおかしなこととか、へんな人を見なかったかい？」タソスは訊ねた。

子供はじっと見返した。暗い影が青い目をよぎり、覆い隠して色が変わった。深い青、ほとんど黒に近くなった。

「ペトロスさんにだけ話すんだから。あなたがお巡りさんでも関係ない」そう言うと姿を消した。

「かわいそうに、混乱してるわ。今日のところはもう十分でしょう。よろしければ、イズミニさんにお聞きになって。何でもご存じですから……お帰りになるのを見かけましたよ。じゃ、お仕事うまくいきますように」と言うと、背を向けてドアをぴしゃりと閉めた。

ディーム家は斜向（はすむ）かいだった。数歩で着きベルを鳴らした。

イズミニは家政婦のような立場だった。ドアを開けると指を唇に当てて静かにするよう合図しながら、キッチンに招じ入れた。

「お医者様は強い鎮静剤を注射なさいました。明日は意識を取り戻されるだろうから、それまで寝かせるようにとのお言いつけでございます。警部さん、お名前は？」

「警部補です。アナスタシオス・ゲロヴァシラトスと言います。イズミニさん、事件に関してご存じのことをなんでも教えていただけませんか？」

「わたしに何がわかりましょう。今日はお休みでエルムー通りをぶらつくつもりでした。ところが日が悪うございました。憲法広場（シンタグマ）で騒ぎがあり、怖くなって帰って来たんです。そこで見てしまったのですわ。亡くなったフォティニと瀕死のペトロス、お医者様、カメラマン、それに油とガラスを。ハンドバッグは地面に投げられ開いておりました。とにかくひどい有り様でした。信じられないことで、今も頭の整理がつきません。あ、何もお出ししておりませんでしたね！」しゃくり上げながら、囁（ささや）くように言った。

イズミニは立ち上がり冷蔵庫を開けて、ガラスの水差しに入った自家製レモネードを取り出してきた。よく冷えている。タソスはゴクゴクと飲んでひとごこち付いてから、質問を続

○8○

けた。

「あなたはとても感じのいい方ですね。これ、正直な気持ちですよ」

「ありがとうございます」

「ただ、何が起きたのかもう少しはっきりさせるのに、お手伝いいただきたいのですが。そのためにもどうか正直に質問に答えてください。ご夫婦の関係はどうでしたか」

「これ以上ないほど良好でした。お互い崇拝せんばかりでしたわ。おとぎ話にも出てこないような恋でした」

　イズミニはすべてにはっきりと答えた。正直に話しているようだった。が、本当にそうだろうか？

「フォティニはたいそう美しく、なにごとにも誠実な女性でした。その名の通り、輝く女性（フォティニ）でした。彼女が姿を現すと、その場が輝いて見えたんですよ。たいていは、ご主人が帰宅されるまで家におられました。ご親戚は妹さんがおひとりだけ、アメリカのどこかで暮らしておいでです。お友達もありません。ペトロスと知り合ったとき、ニケ通りの書店で働いていらっしゃいました。だからいつも読書しておられたのでしょう。わたしには本当にやさしく接してくださり、なにごともわたしに相談されないうちは勝手になさいませんでした。ある日、亡きご両親と妹さんの小さな写真をペトロス家の写真といっしょに飾れないものかしら、と相談を受けました。わたし、ビックリして見返したものです。

『そりゃ、もちろんですよ。あなたの家でございましょう、フォティニ。このわたしに訊ねるんですか？』」

「で、その善人の鑑（かがみ）はなんて答えたんです？」

「『この家の主婦はあなたよ。わたしは後から来ただけだから』って。そんな方をわたしがこれほど好きになっても不思議じゃないでしょ？」

ここで涙が彼女の頰をぬらした。

タソスは遠慮がちに、レモネードを少しばかりつぎ足した。

ヨルガキスはどんな子なのか、の問いに彼女は、

「それはそれは愛らしい、元気で頭のいい十歳の子です。が、残念なことに、ご両親はあのうっかりものの女性に二週間あの子を任せてしまったんですのよ。さいわい、今日明日にでもヨーロッパから帰国されますが。あの子、フォティニに痛々しいほどの愛情をよせていて、誕生日に星のついた金の鎖を贈ったほどですの。自分の貯金箱のお金で買ったんですよ。なんて可愛（かわい）らしいこと！」

「この辺で見知らぬ人物、あるいは知っている人にでも会いませんでしたか？　アテネを騒がしている例の若者たちには？」

「いいえ。遠くから見かけたのはジミーだけです。向こうが会釈したのでわたしも返しました。誰かご存じでしょ？」

「朝鮮戦争の退役軍人？（ギリシャは朝鮮戦争で国連軍の援軍として千人の陸空軍を派遣）」

「そう、あの人です。英雄なんでしょうけど、あんまり感じがいい人じゃないわ。ま、アル

バニアの山で戦ったのでもないし（第二次大戦初期アルバニア山岳地帯でギリシャ軍はイタリア軍を撃退した）……カフェニオに居座って自慢話ばかり。通りかかったらいつもあそこにいますから。若いのに仕事がないのかしら？　とにかく、うちはひどい有り様なんです。ペトロスはどうなるのでしょう？」最後は嗚咽に変わった。

「イズミニ、すまないが濃いコーヒーをいれてくれないか」

ペトロスは目を覚ましていた。イズミニは跳び上がった。

「ただいますぐ」と叫び、タソスには囁き声で「お医者様と寝室へ運び上げることができなかったので、服のままソファに寝かせてあるんです。靴だけ脱がせて……」

「イズミニ、キッチンに誰がいる？」

タソスは立ち上がり、辞去しようとした。

「警部補さんですわ」女は盆を手にしながら答えた。

「待ってもらってくれ。五分後にお通しするように」

しゃがれた、厳格で丁重な声だった。

実家の三倍はあろうかという巨大なキッチンを目にして先に予想はしていたが、それでも書斎の並外れた豪華さには声を失った。こんな光景は生まれて初めてだった。暗い色調の重厚な家具。壁をおおう木製の上張り。革装の書籍が何百冊も収まった本棚。そして威圧するようなデスクの上の、彫刻を施された銀の額縁の中にはいとも美しきフォティニが納まっていた。警部補はすぐさま、自分の壊れかけた安物デスク、ほとんど三本脚で壊さずに座るには曲芸が必要な椅子、それに安く値切って買った額縁の両親の結婚写真と比べてしまった。

ディームが現れた。背が高く痩せた男だった。顔はしわが寄り、凍りついたように表情がなかった。

「話を伺おう」

冷静な低い声。乾ききった目。

「煩わせて申し訳ありませんが、この恐ろしい出来事について証言をお願いしたいので（他にどう言えばいい？）……。こちらか、または署で、どちらでもよろしいですが。形式的なことです。心配なさらないでください。通常の手続きですので」

ディームはその時まで目に入っていなかった相手に、鋭い視線を放った。

「通常の？　心配するなと？　いいかな、君……」

「ゲロヴァシラトス警部補です」

「君の名前などどうでもよろしい。このわたしはね、大理石の床に倒れている妻を見つけたのだ。気絶しているのだろうかと思った。しかし、不幸にして事態はずっと深刻だった。通常の問題などではない……はっ、『通常の』だと！」そう言うと皇帝さながらにうなずき、対話が終了したことを相手に悟らせた。

「犯人は絶対に逮捕して償わせますので。正義は実現されるはずです」

「ああ、そうだな。残念だが、正義の問題なら誰よりもよく知っているよ！　それに罰のこともだ！」

「とにかく、ディームさん、わたしは自分の義務でやってるんです。それに、伺ったことは清書して、署名していただくことになります。しかしながら」と続ける。「事故かもしれません。どうぞ心よりお悔やみ申し上げます。そして、お邪魔したことを重ねてお詫びいたします」囁き声で言ったが、同時にぺこぺこする自分への怒りがわき上がった。

どうして詫びる？　この類の人間たちがこんな屈辱を強いるからだ。まるで主君だ。この人物は悲嘆にくれているのではなく、他人に悲しみを引き起こす人間のようだ。こんなに冷たく、傲岸で、涙さえこぼさない……実際のところ、容疑はつねに近親者にかかるのが当然なのだから、むしろ恐れるのが普通だろう。なのに、こんな様子とは。タソスは、たとえ総理大臣の友人だろうと、ペトロスとフォティニの関係を底まで調べ上げようと決意した。アンゲリディスなどは耳をほじり、通りに唾を吐いていればいい。

アンゲリディスのオフィスに向かったが、ドアは開いており、当人はいつものようにソファに根を張っていた。

挨拶すると、警部は皮肉な目つきで言った。

「へっ、ようこそベカス警部どの！（ヤニス・マリスのミステリ作品の有名な主人公の警官）」

タソスは驚いて、自分の後ろに誰かついて来たのかと振り向いた。誰もいない。

「それ、誰なんです？　本部からの応援ですか？」

「いや、新聞の話だ。ある作家のとほうもない想像が生んだ架空の人物だな。新聞や雑誌に連載されてる。読んでみろ。で、どうだ、証言は取れたか？」

「取れたような、ダメなような。話してくれたのは少しだけ。ほとんど何もなしです。清書してから署名をもらってきますよ。追加の証言が必要だとは思いますが」

「どうするってんだ？　家族を心配させるなと言ったろうが。なのにお前は命令を無視して家に行き、一日油を売ってきただけとはな。それだけじゃない。カラサナシス氏の坊主まで怖がらせたんだぞ。家庭教師の女が不満を言ってきた。二度と家に寄らないでほしい、ヨルガキスが怖がっている、とな。カラサナシスが何者か知っているだろ？」

「何とか大臣の親友とか……たしか」

「皮肉か？　おれへの？　お前どうかしてるぞ。それはここじゃ通用せん、いいか？　教えといてやる。カラサナシスはギリシャ銀行総裁の片腕だ。で、おれの情報じゃ総裁の後継者らしい……」

　怒りがタソスの中にこみ上げ、顔が真っ赤になった。

「わたしの情報ではあの家庭教師は近所のおしゃべりにかまけ、少年ではなく噂話（うわさばなし）に熱中しているとか……しかも自分の考えでは、あの少年は重要な証人です。ヨルガキス君は見たんですよ……警部、すべてが示すのは唯一の容疑者はペ……」

　相手は突然さえぎった。

「警部補、すべてが示すのはな、お前が救いようのないバカ者だってことだ。名前を口にするなよ。このおれが殴りとばすひまもなく、お前、壁で頭を割っちまうぞ。殺人などギリシャにはありゃせん。歴史に残ってるのはアサナソプロスの事件だけだ（一九三一年建築業者Δ・アサナソプロスが妻へのDVを繰り返した末、義母とその甥に殺され死体が切り刻まれた猟奇事件）。二度とは言わんぞ、ゲロヴァシラトス、欲しいのは簡単な証言だ。書きあげたら、たわ言はぬかすな。わが国の政治状況がどれほど気まぐれで、おれたちがどんなに危険な道をたどっているか、意識したことなどないだろう。覚えておけ、敵には色がある。《赤》だ（共産主義者への当てこすり）。二日ほど休んで疲れを取れ」

「休暇は必要ありません」

「また繰りごとを。必要だとおれが言えば、必要なんだ。今日は一九六五年七月二十四日だ。一年分頭を冷やしてから出てこい」

タソスの中でケファロニア魂が頭をもたげた。こだわり。これっぽちも自分を曲げられず、抵抗した。

「美しい若妻ですよ……夫が殺したんです。衝動的にだったのかもしれませんが」

「ドアを閉めて腰を下ろすんだ、ゲロヴァシラトス。こいつは大事な話だ」

タソスはドアを閉め、アンゲリディスがようやく本気を出し始めたな、と思いつつ座った。警部はタバコに火をつけ、若き国王夫妻（最後の国王コンスタンティノス二世は前年に即位したばかり）の写真を見つめてから、デスクを回ってまた腰かけた。

「なあ、どうしてそんなに突っ走るんだ、秀才君？ 相手は金持ちで、教養がある成功者だ。かわいそうな妻は貧しい家の出身で本屋勤めだった。彼女の遺産を狙ったとでも言うのか？ 動機は？」

「嫉妬です。犯罪が起きるのは金目的だけじゃありません。感情のこともあります」

部屋には沈黙が落ち、窓から吹き込む熱風よりも不快だった。状況はいつまでも続きそうだ。

「お前、恋人はいるのか？」

「なにか関係があるんですか？　わたしの生活を捜査してるんじゃなくて……」

「関係あるとも。おおいにな。いないなら、さっさと見つけることだ。世間はその気の娘どもがうじゃうじゃいるぞ。女嫌いじゃないならな。……よく聞けよ。三日の休暇を取る間、いいからよおく考えてみろ、本当にこの仕事のためにやってるのかどうか。というのもだな、坊や、どうもお前は、その、どう言えばわかってもらえるかな、あまりに初心だ。意味がわかるか？」

「いえ」

「自分の心の底をのぞいてみればわかるだろう……メモ帳をよこせ。ディーム氏の証言を書いたやつだ。そいつはおれ自身が引き受ける……お前の休暇はこの瞬間から始まる。よく休め。神の啓蒙があらんことを！　ああ、ラジオの音量を上げてくれ。大臣の会見を聞かなくては」

命令に従ったが怒りに震えていた。明らかにこの怠け者アンゲリディスは事件を自分の手から取り上げようとしているのだ。大臣が何か声明を出していたが、ガタついた扇風機の騒音でよく聞こえなかった。

「非難は下劣にして噴飯ものであります。回答はひとことのみ。わたくしは純然たる中央同盟のノヴァス政府（一九六五年七月十五日から一か月続いただけの短命政権）に加わるものであります。なぜならば、わが国が統治を失い、異常な闇の勢力のなすがままになることは許されないからであります……憲法上、政治上、与えられた解決策は正当であり、わたくしは自分の責務を負うことに何のためらいもございません」

どうでもいいという風にタソスは肩をすくめ、外に出た。政治には冷淡なまでに無関心だった。

カフェニオに例の朝鮮戦争の退役軍人はいなかった。しかし、彼には必要な人物だった。イズミニのことばを信頼するならば、この男は近所をうろついており、おそらくは何かを見ていたはずなのだ……ブラック・コーヒーを注文すると、電話帳を借りた。K（カッパ）から探し始める。ディミトリス・コロネオス、エレス通り……

住所と電話番号をメモ帳に書き写すと、客たちに目を向けた。

プラカ区の住民の誰もが大臣やギリシャ銀行総裁や「コロニ住まいのおじさん」（コロニはペロポネソス半島南の港町。「顔が広い」の慣用句）を友人に持っているなんてあり得るだろうか。ましてや、カフェニオ店主や雑貨屋、八百屋に靴屋、タベルナ店長やら女教師やら事務所の社員が？　そう警部補は自分に問いかけた。なんという地区なんだ、ここは！

まずはタバコを吸って新聞を買い、情報を集めて、連載ミステリを読まなくちゃな、と思った。

立ち上がって支払いを済ませると、キオスクに向かった。《アロマ》を一箱買い、適当に新聞を二紙選んだ。歩きながら第一面に目をやった。ゲオルギオス・パパンドレウ（国王と対立して辞任したばかりの前総理大臣）の声明を読んだ。

「政府は裏切者の政権というだけに満足せず、血塗られた政府ともなっているのです。されば、地上から姿を消し罪を償うべきであります」

しかし他の罪はどうなんだ？

アドリアヌ通りの路地を安食堂へまで行き、ゲミスタ（トマト、ピーマンの詰め物料理）を買った。夜食べることにしよう。必要なのは睡眠だ。服を脱ぐと錘（おもり）のように倒れ込んだ。目を閉じると、思いは島へ飛ぶ。水晶のような海で、何の心配もない幸せな子供のように泳いでいた。目覚めると、汗の中で泳いでいたのに気づいた。水を飲み、生まれて初めてタバコに火をつけた。わるくない。だが、少しばかりきつい。まあ、慣れるだろう。アンゲリディスとの会話を思い出した。初心だって……どういう意味だろう。恋人がいたとして、なんでこっちの生活にあいつが関係してくるんだ？　あるいは、あの原始人の前に座って、自分はアテネの地を踏んで以来、島で我慢強く待ってくれてるアヌラほどの女性になんか出会ったことはないですよ、とでも告白しろというのか？　まさか。考えが次々と渦まきながら浮かびあがり、暑さで朦朧となった頭を引き裂いていった。

ディームの容貌が目に思い浮かぶ。そして、屋敷、キッチン、書斎、それに彼の身振りや自信、優越感、名声、大臣とのコネ。ああいう人物が冷酷に妻を殺せるものだろうかと考えた。何かしっくりしない。自分の家で？　真っ昼間に？　冷酷に、は無理だ。だが激情のあまり、ならあり得る。彼女は夫がはやく帰るとは想像していなかったのかもしれない。イズミニも不在なのを利用して愛人を引き入れたが、ディームに見つかったのか。確信はないが、証拠もない以上、他に考えようがない。アンゲリディスは医者と写真班が到着次第、すぐに署に戻るように命令した。その結果は？　イズミニは帰宅すると、誰にも邪魔されずに大理石の床を掃除し、跡をすっかり消し去ってしまった。犯罪にしろ事故にしろ、現場は光り輝いていたのだ……残念だ！　もう一度最初から考えてみよう。女教師の話では、ヨルガキスは雑貨屋の勘定台の後ろに隠れて怯えているようだった。つまり、こっちが訊ねた単純な質問に怯えたのではなく、何かそれに先立つ理由があったということだ。そこで重要になるのは、どうやって子供と差しで話せるかだ。困難だが、不可能ではない。

あのネアンデルタール野郎はほかに何と言ったっけ？　世間にはその気のある女たちがうじゃうじゃいる、だと！　なんて言い方だ、うじゃうじゃって……他にもあったな、犯罪はギリシャでは起きていない、か。ああ、そうだよな、隠蔽されてるんだから。アンゲリディスがおれを警察から追い出そうとしているのは明々白々だ。どこかの大臣と知り合いらしいし……

そうなる前に謎を解き、犯罪者に手錠をはめて、おれがそれほど《初心》じゃないと証明してやる！　恥知らずめ！　あの悪党はおれに能なしの烙印を押して、追い落とすつもりだ……

ふたたびベッドに倒れて眠り込んだ。

曇ったような住民たちの表情は、真っ青な、というより猛暑でほとんど白に近い空の色とは対照的だった。雑貨屋は店に現れた警部補を見て意外に感じた。チーズでも買おうってのかな、と首をひねりながら挨拶をしたが、相手の質問を聞くとびっくりしてしまった。

「そうさね、ヨルガキスはおとといやって来て、勘定台の後ろに隠れたよ。そんなとこで、つまりここだけど、何やってんだって訊くと、親が帰って来るまで見習いをやりたいんだ、と答える。こりゃ、女先生と喧嘩して、困らせるために隠れてるんだと思ったね。あの先生とはうまくいってないんだから当然だろうよ。坊主はわんぱくだし、先生のほうはたいそう厳格ときてる。で、坊主に米を渡して紙袋に詰めるように言って、時間を過ごさせたよ……あの様子にゃ笑っちまったね。なかなか愉快だったが、じきにそのエラズミア先生がやって来て、無理やり連れていっちまった。その時まではおれは楽しめたんだがな。あの坊主がこっちを見る目は怯えてたね」

「ほかには何か？　もっとはっきりしたことは？　誰かがあとをつけていませんでした

ならないってのに、抵抗してなかったな」

か?」

「いやいや。べつにそんなことはなかった。エラズミアは坊主の手を引いて行っちまった。今考えてみると不思議なんだが、あの反抗ざかりの小僧は家族にさえ手を引かれるのが我慢

タソスは礼を言って店を出た。たちまち太陽に頭を殴られ、めまいを感じた。歩くうちに女教師に出くわした。

「こんにちは、警部補さん」微笑みかけて来た。

「こんにちは」そっけなく返す。

「なんてお顔なの? こんにちはって言ったのに。詰ったわけじゃありませんわ。たとえ……」

「たとえ、何です?」タソスはけんか腰だった。

「ヨルガキスはご両親に電話して、すぐ帰って来てって頼んだんです。おわかりでしょうけど、奥様はわたしとうまくいってなくて。お子さんがわたしといるのはよくないって、思われてるんです。あなたのせいで、わたし、仕事を失うかもしれません……ご両親はすぐ飛行機を手配して昨夜遅くお着きになりました」

その場所は暑さで燃えたぎっていたが、タソスはそれ以上にカッカしていた。

「わたしは質問をひとつしただけだ。あなたが警部に電話してきて、わたしが近所を騒がし

たとデタラメの苦情をねじ込んだんですよ」

「実はね、ドアをいきなり閉めたのは失礼だったたって謝罪するために電話したんです。でも、あの子がいなくなってとっても取り乱していたもので。わたし、頻脈気味なんです。それで、そう、気がつくと、ヨルガキスのほうは部屋に帰って来て安心なので、あなたとお話しできるかなと期待してかけたんです。でも、別の、サナスラスという名前の方が電話に出て、あなたの上司の方につないでくれました。署長さんでしょうか？　ともかく、結局はそういうことです」

「ああ、そう？　じゃ、わたしに言ったことは上司の想像かな？」

「たぶん想像したかったことでしょう……もう、いいじゃないですか。仲直りして、過ぎたことは忘れましょうよ。ほんと、ひどい目に遭ったわ。わたし、エラズミアと言います。あなたはタソスでしょ？　お友達になれますか？」

こうなると完全に驚きだった。ヒステリックでどうしようもなく無礼な女教師が人当たりのいい女性に変貌していた。

「明日休暇なんです」と続ける。「《エグリ》へ行って映画を見ませんか？　すてきな作品だってみんな言ってます。『この目は犯罪を見た』という題で（一九五九年イギリス犯罪映画。原題 *Tiger Bay*）、若い娘とあなたそっくりのハンサムな若手男優が共演してて」

「時間がないですよ。この悲惨な事件にかかりっきりだし……」

シャツのポケットに入っているアヌラ宛の手紙が、とたんに重さを増した。汗のせいだろうか？

「わたしもです。実を言うと、映画に行きたいわけでもないんですけど。休暇の間ただ誰かといっしょにいて安心したいんです」

「安心？」

「ええ、タソス。隠そうとはしてるけど、わたし怖いんです。あんなことが起こってとってても怖い。お願いだから……」

コロネオスの家のベルを何度も押したが無駄だった。階段に腰を下ろし、誰かが現れるのを待った。

なんてことだ、あの先生のふるまいは一日で変わってしまった。これからは女というものを理解しなくては。怖がっていると言ったが、それはその通りだろう。殺人犯はまだ大手を振ってうろついている。エラズミアは何かを目にして恐れているのかもしれない……エラズミア自身が犯人じゃないとしてだが……まさか！

「どなたをお待ちです？」

いっぱいの買い物袋を手にしたぽっちゃりした中年女性が近づいて来た。彼は立ち上がった。

「コロネオスさんを」

「おたくは？」

「アナスタシオス・ゲロヴァシラトス警部補です」

「ディミトリスは亡くなりましたよ」

「何とおっしゃいました？」

「亡くなったの」

「いつです？」

「四か月前に」

「まさか」

「ほんとですよ。あなたがおっしゃるの、たぶん別人でしょう」

「朝鮮で戦った人ですよね？　ジミーって呼ばれている（「ジミー」は通常「ディミトリス」の愛称）……」

「故人はきちんとしたかたでしたよ。わたしたちはディミトリスって呼んでました。たぶん従兄弟（いとこ）さんのことをおっしゃってるのね。そちらもディミトリスでした。『ジミー』か『ディモス』か『タキス』とか何とか呼ばれてたかもしれないけど。そう、二人は親戚でしたわ。でも全然違ってたわね。二人の性格のことですよ。一人は太っ腹だけど、もう一人はたかり屋。一方が紳士なら、片方はいかさま師ね。あの不良が何をしたかご存じ？　わたしが働いてる病院でのことなんですが、わたしが非番だった夜、あの男は急に同情するふりをして病室に入り込んだんです。従兄弟の手を取り、朝鮮のことを訊いてたって。それで、相手は——病人の方ですけど——うわ言の中で、戦争中の経験を細かいところまで全部その男に話したんです。こういったことは、次の日宿直の看護師から聞きました。その翌々日ディミトリスは亡くなってしまいました。あの人でなしはお葬式に来ませんでした。で、わたしの知るかぎりでは、あの男のほうが朝鮮戦争の退役軍人だって噂があちこち広がっているんです……それって詐欺じゃありません？　お役に立ったらいいけど。そろそろ行きますね。暑さで死んじゃいそう」

「すみません、ちょっとだけ。その従兄弟、どこで見つけられますかね？　お願いします。大事なことなんです」

「住まいをころころ変えてますから。最近はシシオに住んでましたよ。中にお入りになって。どこかに住所を控えてたから」

脚は羽が生えたように駆け足になり、頭の中では地震が起きていた。すぐに偽退役軍人を見つけなければ。どこにでも首を突っ込むその男は、何かを知ってるはずだ。だからこそ姿を見せずに怯えているか、もしくはディームを脅迫する準備をしているのだろう。喘ぎながら署に帰った。

「肘掛椅子の復讐だよ」サナスラスがニヤニヤしながら教えてくれた。「アンゲリディスは全体重をかけてひょいと座ろうとしたんだが、バネが壊れて弾け、ネジが跳んじまった。アンゲリディスは床にバタン、ドサリというわけだ」

休暇はまだ残っていた。疲れ切っていたが、まずフォティニの葬儀に行かなければならない。行動に移るのはその後だ。歩きつづけた。めまいを感じ、周囲は燃えているのに悪寒が身体中を走った。目の隅でカラサナシス夫妻と息子がディーム邸の戸口に佇(たたず)んでいるのが見えた。後は何も覚えていなかった。

タソスは新首相の就任宣誓式の後にアテネの街路を覆い尽くす歴史のうねりに心を惹(ひ)かれ、もう少しでデモの群衆に加わってしまうところだった。思いがけずカフェニオ店主の息子に出くわしたが、相手にキッと睨まれた。

なんとかスクファス通りに着いた。ひとりの女性がドアを開けてくれた。ディーム氏とはお約束がありますか？　ない？　それじゃ残念ですが、どなたにもお会いになりません。たいへん忙しくしておりますので。

「じゃ、アナスタシオス・ゲロヴァシラトス警部補が会いたがっている、と伝えてください」と答えた。まるで「何々殿下が」と言わんばかりに。

樫(かし)のドアが開き、ディーム本人が現れた。

「お入りなさい。待っていたよ」

見知らぬ女性も、タソスと同じように戸惑った視線を向けた。

「帰ってよろしい。他に用事はないので」

女性はバッグを取り、囁くように挨拶をすると後ろ手にドアを閉めた。

ディームに革の肘掛椅子を勧められ、困惑気味にちょこんと座った。オフィスは簡素で、自宅の豪華さとは無縁だった。キャビネットの上にフォティニの写真が鎮座していた。

　ディームはタバコに火をつけ、立ち上がるとタソスにも勧めた。タソスのほうは病気になった日以来、口にしていなかった。ディームが火をつけてくれたが、自分でも買えそうなライターだった。手が届きそうではある。しかし安物ではない……

「わたしを逮捕するつもりかね？　手錠は準備していると思うが」

「その権利はありません。禁じられてますので」

「誰に？　どうして？」

「上からの命令です……ある大臣室からの。ここへは一市民としてきました。あなたに罪の告白をしてもらうためにね。その後は家に帰りますよ。そうしなければ、頭がおかしくなりそうですから。さて、告白してもらって、終わりにしましょう。あなたは有罪ですか」

「そうだ」

「嫉妬、ということでしょうね？」

「違う」

「自分は調べてみましたが……」

「君が病気の間、わたし自身も調査してみたのだ」

　タソスの頭から自信が失われていった。混乱した。

「こちらに関する情報もお持ちのようですね。よろしいですか、自分は単純な人間で、あなたほどの知識はない。あなたは弁護士で、こちらは中卒です。はやい話、あなたはごまかそうとしている。今話している殺しは、わたしが病気になる以前のことです」

「何か飲むかね？　ウイスキーはいかがかな？」

　書棚の扉からボトルとグラスを二つ取り出した。注いでゲロヴァシラトスに渡した。これほどのものは飲んだことがない。タバコも極上だった。

「君は驚くべき人ですな、警部補。義務感の人だ。それに執念がある。しかしだね、若さゆえに、結論を出すのに性急すぎる。そう、わたしには罪があるが……」

「奥さんを殺したんじゃないんですか？　おそらくは過失で？　あなたがやったんじゃないのなら、ご自分で調査をした以上、何を発見したのかおっしゃってください。そうすれば犯人は処罰を受けて、あのような悪事は二度と起きないでしょうから」

「処罰は受けており、二度とやることはない、と請け合うよ。それで十分かな？」

　グラスから一口飲むと酒が喉を焼いた。すでにタバコの味は知っていた。そのうち酒も加わって、ニョニョスじいさん（伝統的な影絵人形芝居のキャラ）のように笑いものになるのだろうか？

「いいや、十分じゃない。あなたははぐらかしてますね。はっきりなんかしてない。むしろ、わたしの方が筋が通ってますよ。学生の葬儀の日にお宅に伺ったとき……」

「ソティリスという名だった」

「いいでしょう、いや、また混乱してしまった。ずっと話の腰を折られてて。それに外の車や排気音や人声で頭が割れそうだ。すみません、窓を閉めてもらえませんか。どうも！　あの恐ろしい日、わたしはあなたのような社会的地位の人間は自分の手を汚さない、他の者に金を渡して喜んで手を汚させる――その手はきれいになることはありませんからね――ことがわかりました。誰にやらせたのか、あんな忌むべき行為の理由は正確にはわからないけど、誰ひとり嫌疑を逃れませんでした。イズミニも、カフェニオ店主も、肉屋も、偽朝鮮戦争退役軍人も、ヨルガキスの女先生までわたしは疑った。ヨルガキスは犯罪を目撃した。利口な子ですから、ちゃんと理解していました。しかし、あなたを愛しており沈黙であなたを守ったんだ。十歳の子供がですよ……」タソスは言うと、激情のあまり泣き出しそうになった。ウイスキーのせいだろう。自分を抑えた。

「ヨルガキスはたしかに見た。見ただけではない。あの忌まわしい行為の証拠まで拾い上げたのだ。これがわかるかね?」

警部補が見せられたのはちぎれた金の鎖だった。誰かが鎖の話をしていた。だが誰だったっけ?

ディームは続けた。

「最初に話した通り、わたしは妻を殺したクズの死に責任がある。不思議なことに良心の呵責（かしゃく）をまったく感じていないがね。最低のクズ野郎だ。人殺し、強盗、ペテン師。ヨルガキスは、過去数か月コロネオスがフォティニにつきまとい嫌がらせをしていると教えてくれた。妻は相手に少しも関心を見せなかったが、ある時期から怯えるようになった。一度ヨルガキスといっしょに歩いていた時、後ろから足音が聞こえ、フォティニは確かめようと何度も振り返ったそうだ。あの日の昼ヨルガキスは女教師のそばを逃げ出した。友だちと剣術の約束をしていたのだ。ところが、コロネオスがわたしたちの家のベルを押すのを見かけ、隠れてあのクズが家を去るまで見ていた。フォティニと話そうと駆け出して、われわれも目にしたあの惨状を見た。逃げ出したコロネオスを追いかけ対決しようとあの子は決意した。やつは少年が追ってくるのを聞き、走り出した。道の角で何かが落ち、ヨルガキスは拾い上げた。これがその鎖とボタンだ……

わたしはコロネオスについてすべてを調べあげた。どんなやり口で人様の人生と思い出に入り込むのか。それに盗みやほかの犯罪行為もだ……自分に逆らったというのである娘を半殺しにしたことなども。最後には、やつの隠れ家を突き止めて吐かせた。どうも、わたしには人が撃ち殺せない、自分の方が手が早い、と思っていたようだ。間違いだったがね。『あんたの奥さんが望むようにしてやってんだよ。このおれを拒めるような女はいない』とけだものは笑いながら言った。

まったくためらいなく、わたしは引き金を引いた。一瞬で終わりだ」

「で、やつの死体は？」タソスは雷に打たれたように呆然として訊ねた。

「警部補、今ここでわたしを逮捕して署へ連行し、あちらで死体の場所を話すかね？　それとも、わたしを旅立たせてくれるかな？」

「出発するにしろ、残るにしろ、好きにしてくれ」タソスはドアの方へ進みながら言った。

外に出た時、「バン！」という音が聞こえた。……銃声？　排気音？

肩をすくめた。関心はない。疲れ切っていた。

ヴァシリス・ダネリス

«Μπανγκ μπανγκ!»

ΒΑΣΙΛΗΣ ΔΑΝΕΛΛΗΣ

ナンシー・シナトラの歌声がバーに溢（あふ）れ出した（「バン・バン」は一九六六年のナンシー・シナトラの曲）。わたしはカウンターの向こうの男に微笑（ほほえ）む。わたしのために四十五回転のレコードをケースから掘り出してくれたのだ。相手も笑みを返しグラスを上げる。わたしはグラスを口に運び、通りの方に目を戻した。ガラス窓のそばに座っていると、古ぼけた看板の向こうに、雨に濡れる歩道が見えた。シナトラはしっとりと、痛ましい物語を歌いあげる。

バン、バン！

わたしは自分の物語を思い出す。知り合ったのは九つのときだった。彼は十二。兄たちやその友達と戦争ごっこをしていた。彼はわたしがまとわりつくのを嫌がった。わたしは女の子だったし、小さかったから。

「今に泣き出してぶち壊しになるぞ」と上の兄に抗議した。

わたしは嫌われたがあきらめなかった。そばで見つめていたかった。グループに入れて、と頼み続けた。彼のそばで喜んで犠牲になるつもりだった。彼の方は犠牲など望まなかった。そうしてわたしは他の子たちと遊ぶしかなかった。

兄は隊長だった。わたしたちを呼び集めて作戦をどう進めるか説明し、役割と使命を割り当てていった。わたしは何の役割ももらえなかった。よく覚えてもいないが、何かあてがわれたにしてもわたしは聞いていなかっただろう。

わたしの注意は彼に向けられていた。兵隊たちは命令を下す彼のことばの虜だった。なんと力強く堂々としていたことか。彼が男の子たちの背中を叩いて勇気づけ、彼らのほうも永遠の忠誠を誓う様子を見ていると、涙がこぼれそうになった。どうしてそばで他の子たちといっしょに忠誠を誓わせてくれないのか？　どうしてわたしからその機会を奪うのか？　泣きはしなかった。お嬢様のようにふるまう、と兄たちの前で約束していた。

わたしたちはおもちゃのピストルを手に、近所中を駆け回った。銃声が遠くで木霊した。

バン、バン！

兵隊は次々に地面に倒れ折り重なった。戦いの勝敗はなかなか決まらず、いい勝負だった。兄はわたしたちを巧みに指揮し、最後はわたしたちの方がたくさん生き残っていた。それでもわたしは、彼が勝つだろうと信じていた。彼も自分のグループに勝つと宣言していた。彼が勝てないなんてあり得なかった。

生き残りが減っていくほどに遊びは激しさを増していった。殺された子たちは周りを走りまわり、後ろから攻撃をしかける敵に気をつけろと叫ぶ。わたしには誰も注意も向けなかった。そうしてそのうち、気づかれずに彼の背後に立っていた。そこにいれば彼を殺すこともできたが、そうはしなかった。彼は敗れてはいけない。わたしはグループを裏切り、兄たちを裏切った。平気だった。

彼はわたしに気づいた。突然振り向くとびっくりしてわたしを見た。そしてためらうことなく引き金を引いた。

弾丸はわたしの心臓に命中した。

バン、バン！

「やったぞ。やったぞ」彼は興奮して叫んだ。

わたしは弾丸を受けて苦しみ、殺されたことをみとめなければならなかった。それが遊びのルールだ。なのにわたしは動かずじっと相手を見ていた。房になって額に垂れた彼の髪。少年らしい情熱に溢れた目。ボロボロになったユニホームからのぞく力強い肩と長い脚。何と神々しい姿！

彼は叫んだ。口汚く。お前は女だ、お前はチビだ、と繰り返した。大嫌いだと言って、力まかせにわたしを押し倒した。わたしは地面に倒れた。他の子たちは驚いたが、彼は気にもとめず叫び続けていた。わたしの目には涙が溢れた。痛かったのは倒れたからではない。彼のことばだった。体を震わせて泣いた。

「言っただろ！　ぶち壊しになるって！」

下の兄が駆け寄って起こしてくれた。上の兄はいら立ち、こっちが勝つはずだったと言った。勝利は目前だったのだ。わたしが女の子でなければ。上の兄は彼の肩を持った。いつもそうだった。

二度といっしょには遊ばせてもらえなかった。みんなが走ってはケンカし、血を流し、その後笑いながら抱き合うのをわたしはバルコニーから見ていた。彼がいつか頭を上げて、わたしをチラリとでも見てくれるよう期待していた。意識を集中させて想いを送り続けた。振り向いてくれることはなかった。

わたしが十三になって、彼はようやく気にし始めた。最初は好奇心。その後は探るように。家に来るとわたしに挨拶し、その後で兄たちに会いに行く。以前はまっすぐ兄たちの部屋に向かったものだったが。とうとうある日学校で休み時間に話しかけてきた。わたしはドギマギしてしまい、次の時間の試験は学生時代で最低の点になった。

その後突然、彼の住まいと学校が変わった。ある午後家に来て兄たちにそう告げた。わたしの目には涙が浮かんだ。でも泣かなかった。彼の前では、だ。彼らが何もなかったかのように笑いながら遊び興じるのを見ていた。永遠のお別れなどは言わなかったかのように。夜帰る前にわたしの部屋に来た。わたしの世界に入ってきたのは初めてだった。机のガラス天板の下に閉じ込めた彼の写真に気づくのではと心配したが、わたしだけを見ていた。

「また来るよ。約束する」と言った。

わたしは何も答えず、ただ彼を見ていた。不意にふりかかったこの不幸にもかかわらず、穏やかに微笑む目。髭をそり始めた顎。ドア枠に置いた手は世界中を持ち上げられそうだった。

ふたたび来ることはなかった。ニュースはないのか、わたしのことを訊ねていないか、どうして約束どおり会いに来ないのかと兄たちに訊きたかった。でも勇気がなかった。訊けなかった。

ナンシー・シナトラはメロディーに乗せて語り続けていた。遊び。恋。苦しみ。嗚咽……

バン、バン！

道は相変わらず人気がない。雨がガラスを打っている。グラスは空。もう一杯注文する。

何年も経った。わたしは大学に入った。他の男の子たちを知り恋に落ちた。あるいは少なくとも、恋をしようとした。やさしい男がひとり愛してくれた。わたしが自由だったら彼といっしょになっただろう。でも心は自由ではなかった。別れるときその人には何も説明しなかった。だから、なぜわたしが去ったのか彼にはわからなかった。

すでに二十四になっていた。その頃つき合っていたある男と仮面パーティーに行った。同い年で医者を目指していた。後で聞いたところではうまく医者になれたようだ。数年後別のパーティーで再会したが、男は妻を同伴し、わたしは自分の恋人といっしょだった。男はわたしの同伴者を羨むそぶりも見せず、わたしはいやな気持ちになった。すでにわたしに関心を失っていたからではなく、その素振りは自分がわたしの恋人より上流であると確信しているように見えたから。

その最初の仮面パーティーの頃、わたしたちはまだいっしょだった。今も覚えているが、わたしは行きたくなかった。言い訳を探し、着る衣装がないと言ったが、仮装しなくてもいいからいっしょに来てほしいと懇願された。そうしてわたしは彼の同級生の家に行くはめになった。

わたし以外の誰もが仮面をつけていた。皆ダンスに興じ、恋に戯れ、ばか騒ぎに浮かれていた。わたし以外は。わたしの連れは気を使うのに疲れたのか、人の群れの中に姿を消していた。彼は医者の衣装だったが、なんだか選び間違えたように思えた。謝肉祭では医者は警官の、警官は医者の仮装をするのがお決まりだ。衣装を変えないなら祭りの意味はない。しかし当時はまだ学位を取っておらず、間違いとまでは言えないだろう。わたしはワイングラスを手に一人ソファに座っていた。

音楽とタバコの煙に包まれた中で、二度名前を呼ばれるまで気がつかなかった。わたしの前に立っていたのは彼だった。たくましくなっていた。カウボーイの衣装に仮面をつけていたが、驚いてわたしを見る目は少女の頃恋したのと同じ目だった。

そばに座って、自分が近所から、そしてわたしの人生から姿を消した暗い十年間など存在しないかのように話し始めた。わたしも晴れ晴れとした気持ちになった。彼はあらゆる嫌な瞬間をごく自然に消し去る力を持っていた。何を話してくれたのかは覚えていない。勉学のこと、新しい友人のこと、以前の友だちの思い出。わたしも笑っていた。笑いながらことばには注意が向かなかった。笑っていたのは彼がそこにいたから。わたしのそばに。お嬢様のように見てくれていた。もうわたしを憎んではいなかった。三杯目の後わたしの手を取って出口へと連れて行った。どこへ行くか言わなかったし、わたしも訊かなかった。連れに伝言も残さなかった。そんなことは思いつきもしなかった。

わたしの家にまで連れて行かれた。それから寝室へ。おもちゃのピストルを手にしてわたしに狙いをつけた。子供のころと同じように。

バン、バン！

わたしはベッドに倒れこみ、彼は上から覆いかぶさった。薄暗がりの中で彼を見ていた。キスしてくる唇。忘れもしない、少年の情熱で溢れたあの目。たくましい肩の上に張った筋肉。わたしは彼の身体(からだ)に爪を立て、夢ではないと確かめた。とうとうわたしのものになった。目に涙が溢れた。でも泣かなかった。ただ叫んだ。心の底から叫んだ。彼の声はわたしの声と一つになり、やがて疲れきってシーツの上で動かなくなった。

一晩中わたしは目を閉じなかった。彼はすぐに眠りに落ちた。わたしは彼の寝息を数え、額に垂れた髪を撫(な)でていた。目に涙が溢れ、暗闇の中で静かに泣いた。

朝彼は微笑みながら目を覚まし、もう一度わたしを愛してくれた。わたしはいつだって彼のものだった。望まれればベッドから起きあがらなくてもいい。わたしの中にいつまでもいてほしい。しかし彼は他の用事を抱えていた。行かないでって頼んだのに。しがみついてそばにいさせることも出来たけれど、初めての別れの日と同じ穏やかな目がわたしを無力にさせた。

「心配するなよ。バカだな。今晩戻るんだから」と言った。「約束するよ」

戻らなかった。何か予定外のことが起きたのだ。幸い何年も姿を消したわけではなかった。次の日に姿を見せた。わたしを抱きかかえると、なぜ涙を浮かべているのか訊ねた。帰ってこないのが怖かったと白状すると、微笑んで額にキスしてくれた。そして頬と唇にも。

「二度と別れることはないよ。約束だ」と言った。

兄たちは幼馴染(おさななじ)みに再会できたのを喜んだ。かつてわたしの大好きだった三人組が復活した。居間に座ってビールを飲みながらケンカし、その後で抱き合って笑うのを見ながら、わたしも笑う。そうして夜が更(ふ)け兄たちが帰る時刻になる。彼はわたしの許(もと)に残り、わたしを抱えてベッドへ運ぶ。お休みの前のお伽噺(とぎばなし)を話してくれるが、いつだって彼のほうが先に寝てしまい、わたしは寝息を数えながら髪を撫でてあげるのだった。

彼がバイクではねられた夜、わたしはテレビの前で待っていた。ソファで眠りこみ、電話が鳴ったとき何かよくないことが起こったのを直感した。上の兄が事故を知らせてきた。病院で彼についていてくれた。どうやってそこまでたどり着いたのか覚えていない。着いたときは手術中だった。わたしは兄に食ってかかった。どうして彼に飲ませたのか、どうして以前の副官を守ってやらなかったのか。下の兄はわたしを押し留めた。

わたしは全然寝なかった。彼が昏睡から目覚めたときにそばにいた。

「愛してる」わたしを見ると彼はすぐに口にした。

わたしは身体を震わせ泣きじゃくった。彼はわたしを落ち着かせようとして、たいしたことはないよ、と言い続けた。でも、わたしが泣いたのは傷のためじゃない。少なくともそのためだけじゃない。涙が溢れたのはそのことばのせいだった。彼がわたしの家にいたその二か月は人生で最高の時だった。わたしを必要としてくれた。わたしはあらゆることをして彼の腿（もも）に入れられた恐ろしいボルトの痛みを和らげてあげようとした。甘美な六十一日間。本当に甘美だった。

シナトラは宿命を受け入れていた。わたしも同じ。雨足が強まっていた。飲み物は尽きかけている。そのとき姿が見えた。向こうの、アパートの入り口から数メートルに駐車して、濡れないように走り込んだ。

次の年わたしたちは結婚した。最初の頃は愛していると言い、キスしてくれた。何度もキスはされたが、あの恢復までの二か月ほどにはいっしょに過ごさなくなった。
一年目の結婚記念日は祝わなかった。その頃彼は遅くまで出かけているようになっていた。ある時は友達に引き止められた、ある時は仕事だと言う。その後は何も言わなくなった。わたしを起こさないよう音も立てずにシーツにもぐりこむとすぐに寝入ってしまう。わたしは彼の嘘を目にしなくていいように寝ているふりをした。ずっと起きていた。彼の寝息を数え、身体の上の嘘の匂いを嗅いだ。目に涙が溢れたが、泣かなかった。少なくとも毎晩わたしの許に帰って来る。それに時にはやさしくしてくれる。とてもやさしく。時おり良心に咎められたり、遊びに飽きたりすると、帰ってきて、束の間ではあれ、わたしだけのものになった。

そのうち帰らなくなった。わたしは兄たちの家へ行った。上の兄は彼をかばった。いつだって彼の肩を持った。下の兄は、幼いあの日の午後彼に押し倒されたわたしを抱き起こしてくれたときと同じく、暗い眼差しでわたしを見ていた。

それほど遠くにいたわけではなかったのだろう。鍵でドアを開け入ってきた。わたしは錠を変えていなかった。彼はソファの前に立ち、イタズラをみとめた子供のように肩をすくめて許しを請うた。涙がわたしの目に溢れた。抑えようとした。何とか抑えようとしたのだが、溢れ出て頬を伝い顎まで転がり落ちた。わたしを抱きしめ濡れそぼつわたしの唇にキスをした。

「泣かないでくれ。終わったよ」と言った。「約束する」

終わっていなかった。遊びは続いていた。しかももっと巧妙になって。以前ほど頻繁には家を空けなくなったし、遅くなったときもそばで寝る前に巧みに罪を洗い流していた。わたしは勇気を振りしぼって彼を詰(なじ)った。しかし彼はあの無敵の微笑でわたしの非難を打ち消し、粉々にしてしまった。目は自信に溢れていた。わたしの予想とは違って、過ちで曇るということはなかった。その落ち着きの前にわたしは迷った。気のせいだろうか。勘違いであってほしいと願った。しかし目をつぶろうとしてもその疑惑が落ち着かせてくれなかった。巧妙にふるまっていたにもかかわらず、疑惑は多かった。

キーホルダーに鍵を見つけた。隠しておかなければとは思わなかったのだろう。そんなことが必要だと考えてもいなかったようだ。わたしは後をつけた。バーの向かいに駐車し三階に上っていく。わたしは相手の女を見る前に離れた。直視するのが耐えられなかった。次の日わたしは合鍵を作った。

ある朝彼が仕事に出た間にその部屋へ行った。二間(ふたま)の部屋。小さな居間と寝室。敷きっぱなしのシーツ。彼の臭いが女の香りと混じり溢れている。枕に栗色の髪の毛を見つけた。寝室には身の回りの品がいくつか。浴室に歯ブラシが二本。居間には忘れられたようなワインの空瓶と二つのグラス。わたしは床に座り身を震わせて泣いた。

ナンシー・シナトラの歌声は消えていた。カウンターの向こうの男はレコードを外し、別のをかけていた。わたしは立ち上がった。わざわざ曲をかけてくれたお礼を言って、支払いをしようと財布を取り出した。

「帰るのかい？」がっかりしたように訊く。

わたしは答えなかった。ただお金を押しやった。

「座りなよ。もう一杯くらいおごろう」相手は誘う。

行くところがあるからとわたしは答えた。

「どうしても？」こだわっている。

どうしても。

「じゃ終わったら戻ってきな」

微笑を返した。誘いを受け入れたと向こうは取り違えたようだ。

「約束するかい？」と訊いた。

わたしは相手の目をじっと見た。思わぬおこぼれになんとか与ろうと焦っている少年のようだった。

確かにあとで一杯が必要になるだろう。わたしは約束した。

道を突っ切った。雨が顔を殴りつける。合鍵でドアを開けた。甘美な音楽がドアの閉まる音をかき消した。部屋へ進む。喘ぎ声が強くなってきた。暗闇の中に立って彼を見た。額に垂れた髪の房。情熱に溢れる目。すでにわたしを見るときあんな情熱はなくなっていたのに。たくましい肩と尻の筋肉。涙がこみ上げてきたが、泣かなかった。もう二度と泣くことはない。

二人はしばらくしてわたしの存在に気づいた。わたしはすでに四十五口径をバッグから取り出していた。女は悲鳴を上げた。彼は突然跳びあがり、女を守ろうと身体を前に投げ出した。わたしを止めようと手を上げて。

「やめろ！」と言った。「頼む、どうか……」

遊びは終わりだ。

バン、バン！

相手が何か言う間もなく、他の約束を口にする前にわたしは撃った。彼は女の上に崩折れた。わたしはしばらく動かないまま彼を見た。唇からは血の滴り。目は二度と自信満々に嘘をつくこともない。胸には二発の弾丸の穴が開いている。

女は命乞いをしている。憐れみを感じた。

警察はすぐに来るだろう。女が通報するはずだ。最後の一杯が必要。向かいのバーで待つことにしよう。カウンターの後ろの見知らぬ男との約束があった。

# 死せる時

サノス・ドラグミス

Νεκροί χρόνοι

ΘΑΝΟΣ ΔΡΑΓΟΥΜΗΣ

六人目だったはずだ。

数えて六人目の女。

だから急ぎはしない。狂わんばかりの激怒は退いていた。

最初の血が流れたのは闇が降りてから。どくどく流れ落ちたわけではない。ほんの数滴。

しかし汗は流れていた。時が経つにつれ巨大に膨れあがる苦悶と恐怖の汗。

今は真夜中近い。傷だらけの脚の下では最初の血糊がすでに固まり、新しい血と尿に覆われていた。

剃刀の刃が胸の柔肌に当てられ、研いだ切っ先が固まった乳首に触れる。体が凍ったように感じた。何時間も凍りついたように。

寒気が女の骨にまで刺し込んでいた。いたぶられる度に痛みは増し、傷はますます酷たらしくなった。刻一刻息は弱まり脈は落ち力が消えていくのを感じた。床に崩折れることもできない。二本の鎖につながれていた。蜘蛛の巣にかかったハエのようにほぼまっすぐに立ったまま。つながれた箇所では手錠が若い柔肌に血まみれの筋をつけていた。

刃が振り下ろされちょうど胸骨の上に筋を描いた。最初は水平に、そのあと垂直に。十字のタトゥーを彫り込んだ。

「もうやめて……」嘆願する。「いたい……」

「すぐに楽になるよ」

「ほんと？」顎と首筋は固まった泡と血糊にまみれ、絶望に喘ぎながら訊いた。

「約束する」

1

**ギリシャ、アテネ**
**七月六日一三時三〇分**

緊迫の場面。

一方の側には警官隊。リズムを取りながら盾を打つ警棒の響き。これは序曲。すぐ続いて一斉に足踏み。アスファルトを打つ装甲された金属板のかかと。

反対側にデモ隊。耳をつんざく叫びと一斉のシュプレヒコールの波が制服の治安部隊の放つリズミカルな響きに立ち向かう。

双方の睨み合い。

準備はすべてととのった。

ストップモーション。

死せる瞬間。

衝突が起きたときは子供たちの遊びのように見えた。警察隊の一斉攻撃、デモ隊の後退、態勢の立て直し、前衛の争い。燃えるモロトフ爆弾が小さな隕石のように空を切り裂き、あちこちの車道、歩道で炸裂し、火炎地獄を生み出す。催涙弾が雨のように降り注ぎ、すぐに何十ものゴミ箱が燃え上がる。息苦しい雰囲気を抑えられるのはその熱だけ。

わたしは《革命闘争》集団のそばを離れまいとした。大勢いるわけではない。全部で五十人ほど。だがこの混乱の中で一メートル半に四十五キロの姿を見分けるのは至難の業だ。おまけにわたしが追っているやせっぽっちの娘は他の四十九人の仲間同様、頭から足の爪先まで黒ずくめときている。全員がいっしょになると地面に群れるカラスのようだ。小娘は二十歳で小柄なのに、ただもう疫病神でしかない。特に父親にとっては。しかしこの疫病神からわたしは日々の糧を得ている。本人はまるで折れたつま楊枝といったところだが、父親の財布は膨れ上がったドルマス（挽肉を葡萄の葉やキャベツで包む伝統料理）だ。数時間の尾行と報告で千ユーロ。ただし、必要な場合は娘を護ること。もちろんこの《小革命家》に悟られることのないように。裕福な父親は九隻の巨大タンカーを操る大船主でありながら、小さな人形のような娘を操ることが出来ないのだが、初めからこの点ははっきり言われていた。わたしの存在も尾行も娘に気づかせてはならない。さもないと、依頼された用件以上の問題を引き起こすことになる。もし気づけば、娘はモロトフ爆弾を手にして、父親の船会社のオフィスで夢見る革命を起こすことになりかねない。

結集していた人々は警察に押し返され、中央の密集したデモ隊列は少し後退し、周辺の集団は広場を囲む小道へと姿を消していく。喚声は高まり、労働組合の結束した線は崩れ、いくつかのグループは燃え上がる爆弾と催涙弾の中で崩れ始めていた。

大混乱の中でわたしは娘を見失わないように注視し続けた。感覚を研ぎ澄まし、警戒態勢に入る。今この瞬間警官隊の攻撃を受けている《革命闘争》団に一切の精神を集中した。

国会前の憲法広場(シンタグマ)は小競り合いと取っ組み合いの場となり、鼓膜やはらわたに衝撃を受ける。肺にはガスが満ち、目は催涙弾により膨れあがった激流のよう。攻撃に対し、デモ隊は金梃(かなてこ)で舗石を引き剝(は)がしてハンマーで打ち砕き、尖った破片を警官に投げつける。わたしはもう少しグループに近づいた。娘を見失ってはならない。この狂乱の中ではもう一度見つけろと言われても無理というものだ。

しかし事態は凄(すさ)まじいことになっていた。呼吸器官がつぶれる一歩手前の感じ。衝突の狂騒の中でチビ娘を見失ってしまった。仲間と逃げ出していればいいが。殴られて道に折り重なった中にいないようにと願った。それでももう一度、憑(つ)かれたように周りを見回しながら娘を見つけようとした。

その場の光景は惨劇そのものだった。広場と周辺の道では人々の身体(からだ)がかぶさり合い、割れた石だたみの上に血まみれで転がっていた。どこもかしこも野蛮に殴られ、血が顔や引き裂かれた衣服、折れた手や頭に流れている。阿鼻叫喚(あびきょうかん)の図だった。

「デモでこんな殺戮(さつりく)など見たことがない」と思う間(ま)もなく、救急車のサイレンが近づいてくるのが聞こえた。

裕福な父親を持つ《小革命家》はわたしの視界から消えていた。こっちも汚らしいガスと真新しい血に満ちたこの場にこれ以上とどまる意味はない。巻き込まれる前に逃げ出さなくては。

「今晩はきっと犠牲者が出る……絶対」わたしはひとりごちた。

そのことばが終わる前にある考えが浮かんだ。

## 2

### 七月六日二三時三〇分

ひび割れた憲法広場(シンタグマ)を一回りした後、人気(ひとけ)のない大学通り(パネピスティミウ)を下る。破壊されたメトロの入り口に割れた大理石の塀。引き剥がされた舗石。その場に残された舗石も茶色い血糊に染まっている。インターネットに目を通すと、病院への搬送者百五十人、重傷のデモ参加者十二人、死者は確認されただけで四人。怒りは街路からネットとSNSに広がっている。四人の犠牲者への追悼として立てられたフェイスブックのページはアクセスが込み合い、《いいね》ボタンはパリス・ヒルトンのヌード写真のときを超えていた。死者への《いいね》など、まさにソーシャルネットの愚かさ、集団的発作が生み出した傑作だ。あの忌まわしいゲッベルスが生きていれば、これを見てほくそ笑んでいたことだろう。

この時刻、わずか十時間前に起きた狂乱と崩壊を思い出させるものはない。警官隊は議事堂の敷地まで退いて闇の中に潜み、デモ隊は立ち去り傷を舐めていた。国際的なテレビ局の記者たちは広場周辺の豪華なホテルの奥深く逃れていた。

アテネにとって苦難の一日だったが、こうなったことはわたしにとって救いだった。《小革命家》は無事に騒ぎから逃れ、父親からの千ユーロはすでにわたしの口座に入っている。以上が午後までのこと。夜おそくなってからは、虐殺の現場を目にして浮かんだ考えを利用しながら、自分の個人的な問題を処理した。高揚を和らげようと散歩した後で、帰宅する時間になった。

もちろん急がない。もはやそうする理由もない。こんな状況下でも、アテネの夏の夜はすばらしい。頭が呆然とし、身体も緩む。いい気候だ。身体が凍りつき、足が棒のようになって、ポケットの中の手が震えることなどない。丸十年暮らしたアムステルダムなら、暑くなるのは八月まで待たなくてはならない。あるいは、ゴッホの《ひまわり》を眺めながら燃え立つ金の色で、雨と霧で固まってしまった目を洗い流すしかない。

だから、わたしは祖国に帰ってきたことを後悔してはいない。

これこそがその理由だ。

正直言って唯一つの理由。他の点では残ったほうがよかった。まず、一文無し。持ち帰った銀行預金は《酒依存者たち》の喉よりもずっとはやく干あがってしまった。次に、仕事もない。名が売れて、疑い深い依頼人たちが気が進まないながらもアテネの中心にあるわたしの事務所のドアを叩いてくれるまでは。

M・パパゾグル
探偵
個人調査　尾行

小さなコライス広場の後ろで左に曲がる。スタディウ通りを過ぎると、ソクラテス通り二十四番地に向かう。アテネの中心のわたしの事務所と住まいだ。だが現実から目をそむけるのは難しい。あれほど長い期間オランダの宝石会社で夜間の警備員として働いた。いい給料、いい仕事。遺産として手元に残ったのは五万ユーロの銀行預金と慢性的な不眠症。ギリシャに戻った六年間で、預金は慈善団体の事務所前での熱々の炊き出し以上にあっという間に消えてしまい、不眠のほうは銀行の借金の利子のように今も背負っている。

そのうえ七月六日。

仮に眠れることがあるにしても、今晩ではありえない。

ピレウス通りのほうに向かいセアトル広場へと歩く。近くだ。いや、あせっているわけではない。家で待っているのは孤独と壁、がらんとした部屋だけ。それに、凍える夜明けにアムステルダムに残してきた愛するソフィの耐えがたい思い出。とりわけ今晩膨れ上がる思い出と悪夢。わたしはＫＬＭの青い機体の中で嫌々オーガニック朝食をつつきながらギリシャに帰ってきたが、彼女は暗い土の下二メートルで五、六年もすれば湿ったアムステルダムの肥えたウジ虫たちのオーガニック朝食になるのだろう。

今夜は酒を控えよう。

今夜はよく眠れるように。

「どうしたっていうんだろう？　すべては気のせいだ。生きようとするのは死の最初の兆候だな」凡庸な哲学めいたことを考えながら、セアトル広場に入る。市中心の一番汚い穴倉だ。ちょうどそこの、ノアの洪水以前から掃除されていないようなアーケードの入り口前に横たわる女の身体に目をやる。立ち止まって、歩道の上に崩れた身体を仔細に調べた。顔は黒く腫れ、肌は炭鉱夫の吐く唾のような恐ろしい鉛色。窒息か心臓麻痺で死んだように見える。

「もうしぶんない……」わたしはつぶやく。

すぐに立ち去ろうとする。警察には関わりたくないし、この辺を根城にするポン引き相手ならなおさらだ。この通りは娼館やセックス目的の安宿がひしめいている。

周りを見るが誰もいない。そこで確かめるためにもう一度目を向ける。街灯の弱々しい明かりの中に屈んで、注意深く検める。目は催涙弾の中を潜ったかのように真っ赤で、髪ともむき出しの肌にはガスの白い層が残っている。身体中が黒ずみ、あちこち溢血、腫れ、打ち傷に満ち拷問されたことは明らかだ。妙な目的ではなく、少しブラウスをめくって背中とわき腹を調べる。黒い痣と凝血した傷跡が容易に認められる。

「警察暴力の犠牲者がまたひとり……そういうこと……よし」と、ひとりごと。

口元に身を屈め臭いをかぐ。息はないが、すぐに塩素と胡椒の強い臭いを感じる。OC催涙ガスの基本的な成分だ。ギリシャ警察が作戦のとき用いる。わたしも仕事の際、このスプレーで武装する。時にたいそう重宝するしろものだ。

もう一度静かに地面に横たえてやる。傷や腫れのない元の姿を想像してみる。スラブ系のひじょうに高い頰骨、身体の曲線、豊かな胸。ほっそりした手に長い指。

片方の手は閉じていた。しっかりとこぶしを握って。絶望の表情。あるいは最後のあがきか？　指の間に何かが光っている。さっきはどうして気づかなかったんだろう。わたしは自分を罵った。

Tシャツを脱いで跡をつけないよう手を包み、なんとか指を開かせた。拳から細い鎖のついたメダルを引っ張り出す。小さくて丸い、ありふれたメダルだ。なんの金属だかよくわからないが、おそらく銀だろう。

目に近づけ街灯の光で調べる。特別なものじゃない。iPhone のフラッシュで照らすと、彫られた十字架のようなものが微かに認められる。ロシア語で何かの一節。それに名前《スヴェトラーナ》。

「時計よりずっといい。この場合は十字架の方がぴったりだ」そう思い、にぎりしめて立ち上がる。

## 3

### 七月六日二三時五五分

注意深く周囲を見回す。誰もいない。もっと奥の路地をうろついていた娼婦たちさえ姿を消している。連日のデモと衝突は町を窒息させ、人々は早くから家に、娼婦はベッドにこもっている。

わたしは携帯を取り出し、女の写真を数枚撮って保存する。メダルをポケットにつっ込み、テレフォンカードを取り出して公衆電話を探す。携帯は非通知にしておいても跡を残すから。たて続けに二、三の新聞社と情報ブログに連絡する。「道に死体。たぶん警察と衝突した犠牲者。市中心、アリストテレス通り」そう言って受話器を置く。それ以上は話さない。

後ろを振り返ることはない。ブロックを遠回りし、二百メートルを早足で突っ切ればアパートに着く。六階がわたしの住まい。事務所は五階だ。途中事務所に寄って一息つき、つらい夜を耐えるのに必要なものを持ち出そう。十二年物のモルトウイスキーの瓶にタバコ一箱。苦労して断っていたものだ。

やりきれない夜。ソフィのことが胸に突き刺さったまま。

二〇〇八年七月六日だった。

彼女が殺された日。

今日と同じ日付。

アパートに帰ると五階に上がった。ウイスキーを取り出し一杯目を一気にあおる。タバコに火をつけ、カーテンを引き、薄暗い小さな部屋に座る。切なさがすぐに暴れ始め、絞め殺そうとやって来る。ここでの方が抗(あらが)いやすいだろう。上の部屋は恋と熱情にあふれた古き良き日々の写真でいっぱいだ。見たくはない。心をズタズタにされるだけだ。わたしとソフィがアムステルダムの大運河の前で抱き合う写真。キューバのチェ・ゲバラの像のそば。バンコクの寺の花園での憩(いこ)い。アムステルダムの運河の上手にある大きな二階家で二人ぐでんぐでんに酔っ払った姿。

「こんちくしょう」とひとりごと。目の前の《アムステルダム・プライド・フェスティバル2005》のポスターに目をやる。同性愛者の誇りのパレードだ。

ウイスキーをもう二杯一気にあおって、虹の旗の入った色鮮やかなポスターを見る。スパンコールとクリスタルガラス(ストラス)をまとい、パレード車の上で狂喜する厚化粧の顔また顔。上方にはスローガン。

エイズは天啓、
世界を引き継ぐのはレズビアン

「バカバカしい……こんな世界をどこの阿呆が引き継ぎたい？」ひとり嘲笑。

自虐でもある。

わたしもそのひとりだから。

引き継ぐ者ではない。

レズビアンのひとりという意味だ。

## 4

**七月七日五時二〇分**

「わたしの名はメリー。わたしはだいじょうぶ……」

つぶやきながら、ひどい頭痛を追い払おうと頭をこする。薄明。アテネの輝く夏の光はまだ東のイミトス山から顔を出さない。カーテンごしにまだ薄暗い灰色の光が射しこむ。

「わたしの名はメリー。わたしはだいじょうぶ……」

《酒依存者たち・脱中毒センター》のうんざりする集会で習慣になってしまったマントラを繰り返す。

わたしを起こしたごみ清掃車の唸りと労働者たちの声は遠ざかった。新聞記者はいたずら電話だと見て無視するかもしれないが、ごみ収集業者はスヴェトラーナの死体を少し上手のアリストテレス通りで見つけているはず。すべてが順調だ。計画通り。しかし、もう二三日は注意が必要だ。

「わたしの名はメリー。わたしはだいじょうぶ、いまいましいくらいに……」つぶやくと、あごが軋るのを感じる。歯を噛みしめて寝ると、よくこうなる。朝、口をこじ開けるのに時にはレバーがほしいくらいだ。特にこんな夜。特に七月六日前後の夜。それも二〇〇八年以降。

ソフィが殺されてこれほど経つのにまだ痛みが消えない。悲しみから立ち直るのに半年、飲酒からは一年かかった。荷物をまとめそそくさとギリシャに帰ってきた。彼女と散歩したその湿った道を歩くのは不可能だった。いっしょに吸った同じ湿気を吸い続けるなど。

アームチェアから立ち上がる。頭は重い鉱石、胃はタンカーの船倉みたいになっている。他の部分は大丈夫だ。生きている。身体が機能している兆候。手は震え足は萎えているという意味だが。

薄手の服をまとい、目を覚まそうとキッチンの小さなコンロでブラックコーヒーを入れる。熱いのをその場で飲みほし、小さな冷蔵庫から《ハイネケン》を一本取り出す。胃をすっきりさせるには泡だつ強いやつが必要だ。頭のほうにも。コーヒーは大して役に立たない。バルコニーに出てあおる。帰国したときからの習慣だ。冷えたオランダのビールと暑いギリシャの光。事情が別なら楽しめるはずなのに。

今日は風がある。いいのか悪いのか、空は実に青く晴れ上がっている。例の、病気になりそうな町の排気はない。鼻を刺す化学物質と催涙弾の臭いも消えている。他方で、わたしの服はとても薄く、腿と腕はオーガズムを迎える直前のようにゾクゾクするのを感じる。善と悪、陽と陰、平衡、カルマ。山のように積みかさなった《ニューエイジ運動》のたわごとが突然頭に浮かぶ。ソフィは何か月間か東洋の哲学に染まって、セックスでわたしを痺れさせた。わたしたちの生活ではお気に入りのシックスナインに次いで、蓮の体位がお決まりになっていた。

もちろん、彼女が生きているうちは。

ズタズタにされ、波の寄せる運河の中に死体で見つかるまでは、だ。

## 5

## 七月七日六時四五分

中に入る。時は来たのだ。ことを済ませた後はあらゆる可能性に備える必要がある。おそらく誰かがわたしに気づき、誰かが目撃しているだろう。さらなる危険。この身の安全ネットを引き締めなければならない。明日も《小革命家》の後をつけ、アクロポリス美術館をさえ凌ぐアトラクションになりつつあるデモ行進に加わるつもりなら。いや、このアトラクションは、市中心のビル屋上で押しあいながら、経済危機で崩壊しゆくこの国の生の情報を全世界に送ろうと躍起になっている外国人ジャーナリストの数から判断すれば、アクロポリスそのもの以上かもしれない。

昨夜からデスクの上に置かれたスヴェトラーナのメダルを見る。いい記念品だ。身につけていた時計よりずっといい。微かに微笑む。今日初めての微笑み。できればこのまま唇から消えないでほしい。パソコンをつけると仕事が待っている。状況がうまくいっていないなら、修正してまっとうな方向に向けてやらなければ。計画通り首尾よく進んでいるなら、お節介なコメントで後押ししてやろう。現代のソーシャル・メディアは無敵だ。かつての人類の歴史では、何であれ事件ひとつがこれほど短期間に絶対的な権威をもって、光速で拡散し疑い得ない真実となっていくことなどなかった。

パソコンが動き出すのを二、三分待つあいだ、ロシア語の名前と正教の十字架が刻まれたメダルを眺める。まだ汚れたまま。銀は女の苦悶の汗で鈍い色になり、表面には黒い凝血の染みが点々としている。やはり拭かないでおこう。この小さな傷みによって特別で唯一のものになる。記念品というのはこうでなくてはならない。

ウィンドウズの起動音が聞こえ、我にかえる。エクスプローラーを開いて信頼できる新聞のアドレスをすばやく打ちこむ。何もない。探しているものは見つからない。当然だ。まっとうな新聞なら情報やルポルタージュのチェックをし裏を取ってから公開するだろう。古くからの良きジャーナリズムはわたしの役に立たない。

ここ数年で雨後のキノコのように湧き出てきたいくつかの電子新聞を見る。所有者か、まあその知り合いかもしれないが、なんの証拠も証明も訂正もなく即席で書いてある。こういう思いつきで書く新参の新聞というのが、今のわたしに必要だ。役に立ってくれる。品のない、スキャンダラスな第一面を開きながら、わたしは微笑が抑えられない。画面から半裸の美女が、写真だけで何度もオーガズムに達しそうな微笑を投げかけ、その下には大きな見出し。

かくして狂気の警察暴力による五人目の犠牲者
アテネ中心に遺棄
おぞましい暴力を受けた娘の死体

そうそう、期待した通り。これだ。見出しの下には警察に対する憤りと怒りのコメントがすでに何百も並んでいる。同じ類の新聞を半ダースほど見たところで、わたしの思いつきがうまく運んでいるのを確信する。痛ましい犯罪の新たな犠牲者をめぐってネットで巻き起こった嵐により、事件は疑いようのない真実の色を帯びている。

ここ数日失われていた気分が、次第に回復する。鬱は退き、深い満足が心の感情感覚の隙間を満たしてくれる。

立ち上がって浴室に行き、昨日から汚れたままの髪を洗って念入りに身体をこする。準備するのにたっぷり一時間。このあとの約束は一年でもっとも大切な瞬間なのだ。

## 6

### 七月七日七時三〇分

わたしは彫りで飾られた、どっしりしたタイ製の白檀の櫃に近寄って錠を外し、古い服を取り出す。一年間しまい込まれていたのに芳香を失っていない。カントリー風の革ブーツ。裂け目のある細いジーンズ。黒いラテックスのトップ。すべてソフィのいつものお気に入り。それらをまとってわたしに会うのが好きだった。

頭をトップに通す前から目に涙が溢れ、つけ終えたときには小川のように頬を流れている。ソフィの姿が目前に現われる。いなくなって何年も経つのに美しくも鮮やかな魅惑的な姿。いまでも生きて喜びと熱情に満ち傍らにいるかのようだ。思わず手を差し伸べやわらかな輝く肌に触れる。三十五歳とはいえ非の打ち所のない肌だった。あの運命の朝、ミミズ腫れ、黒痣、外傷だらけになり、脇と腹に十か所もの切り傷をびっしり負って発見されるまでは。

準備ができた。心臓の動悸は演奏直前のドラムのクレッシェンドを思い起こさせる。感情の高まりが足を萎えさせ、メダルを持った手はひとりでに震える。廊下の奥、大型の冷凍室を据えた倉庫まで進む。今借りて住んでいる最上階の部屋には、以前ケバブの製造屋が入っていた。オランダから持ち帰った貯金のほぼ半分を使って、肉を貯蔵する冷凍室のある倉庫以外はすべて新しくした。最初からこの部分だけは修理して残しておくことに決めていた。そのほうが都合がよかった。

「地中海の夏の猛暑日には、エアコン代わりにここで涼を取るつもりなの」修理に呼んだ機械工には、微笑みながらそう説明したものだ。

何度か深い息をつき、何とか微かな笑顔を浮かべる。倉庫に入ると、冷凍室の重い扉を開く。

真正面には拡大された写真。ソフィが輝く青い目でこっちを見ている。写真の下には彼女のもちもの。お気に入りのトム・ロビンスの本。大好きなローリング・ストーンズのアルバム。しおれた花、赤い蝶ネクタイ。わたしたち二人の名前の入ったハンカチーフ。その前には天井から吊るされた鎖。端には手錠。下に乾いた血。彼女のために作った生贄の祭壇だ。

「ほら来たわよ……安心して……来たから」高揚に震える声でつぶやく。

アムステルダムの遺体安置所で身元の確認に呼び出されたとき、口から洩れたのとまったく同じことば。

「安心してね……来たから」あの時と同じように繰り返す。

あの悲劇の夜、わたしは宝石売買の件でミラノに出張していた。そしてわたしはそのことで、決して自分を赦さない。

決して。

ソフィはアムステルダムに残っていた。三十五歳の誕生日だった。誰かに代わってもらってよ。そばにいてほしいの、とわたしに頼んだ。ひざまずいてまで。わたしは聞かなかった。ありきたりの祝いなんて庶民のなれあいだよ、とわたしは言った。昇進がかかっていたし、それに二日ほど留守にするのがなんだというのだろう。

そう告げてわたしは出かけた。それが彼女への最後のことばになった。誕生日の夜、LSDと酒でぐでんぐでんになって、ひとり放っておかれた怒りと孤独に苛まれ帰宅する途中、彼女は《赤線地区》でロシア人娼婦を買った。その界隈では新顔の女だった。夜も更け歳を取る直前いっしょに家に着いた。だが、帰宅したのは二人だけではなかった。後ろから娼婦の知り合いでポン引きのイゴールという男がつけていた。

ソフィが麻薬と酒漬けになって気も失わんばかりに倒れこむと、女はドアを開けイゴールを引き入れた。音も立てず静かに入り込んだ男は、娼婦といっしょになって土台まで掘り返すほど家探しした。見つけたのは、万一のためにとわたしたちが貯めていた五千ユーロだけ。見たところは裕福な家だったため、もっと多くをあて込んでいたのだろう。これっぽっちではまったく満足できなかった。乱暴にソフィを起こして縛り上げ、金か宝石の隠し場所を吐かせようと、ひと晩中情け容赦なく責め苛んだ。

七月六日の明け方、流血が止まらず痛みに耐えられぬまま、彼女は最後の息を引き取った。二人は彼女を部屋から引きずり出すと、暁の濃い霧の中、悪臭漂う街の運河に放り込んだ。彼女の身体はタバコの焼け跡とナイフ傷だらけだった。

わたしたちは二〇〇八年七月七日彼女を埋葬した。

## 7

### 七月七日一〇時

亡き彼女を嘆き嗚咽に震えながら、二時間以上も写真の上に体を寄せていた。十時になった時身を起こして、静かに屈みながら写真の彼女の唇にそっと口づけした。そう、湿った黒い土に下ろす直前、凍った唇に口づけして永遠の別れを告げたのとまったく同じふうに。あの時も朝十時だった。

立ち上がり涙をぬぐう。冷凍室の信じられない冷たさに初めて震えが走る。それまで悲嘆し身悶えする間は何も感じていなかった。

広い冷凍室の棚をぐるりと見回す。日付と記念品がずらりと並んでいる。これまでに五回。それぞれの年が輝くブロンズに刻まれている。勝利か褒賞の日付のように。

二〇〇九年。根元から切り取られた二つの乳首。

二〇一〇年。手首から切られた長い指の片手。

二〇一一年。第一関節から切断された足の親指。

二〇一二年。ひと房の金髪と皮膚。

次の年、時間が過ぎるにつれてわたしの怒りは鈍り、犠牲の記念品は変化していた。

二〇一三年は血に染まったハンカチーフだった。

床から黒ずんだボロボロの縄を取り上げる。アムステルダムから持ち帰ったもの。ソフィを何時間も拷問するために縛り付けた縄。見つかったとき縒り目と繊維は彼女の血に塗れていた。今ではこの同じ縄で、毎年七月五日に買ったロシア娼婦を家に連れ込み縛ってきた。女たちは再び家から出ることはなかった。少なくとも生きたままでは。縄は彼女たちの血も吸っている。

それから鞭と切っ先鋭い剃刀を手に取る。刃にはスヴェトラーナの血がまだついている。それらを愛する人の写真の下に並べる。

凍えながら、しかし心穏やかに冷凍室の左の棚に向かい、汚れた血だらけのメダルを鉤に掛ける。すでに女物の時計が掛かっていた。

一瞬立ち止まり、新しい展示品に目をやって悪寒が走る。

「復讐(ふくしゅう)は冷たい料理ね」ソフィに言ってから別れを告げ、わたしだけの霊廟(れいびょう)を後にする。

スヴェトラーナは六人目だった。

数えて六人目。

今年も終わった。無事に。冷凍室の重い金属のドアに背をもたせて閉める。足は震え目には涙が溢れる。その場でザナックス（抗不安剤）の小瓶を取り出し、水なしに二粒飲み込んだ。

今は、ことばにならない怒りと堪えられない憤怒(ふんぬ)は潮のように退いている。

今は、そう、凍てついた復讐の後に重苦しい沈鬱が訪れる。

# 善良な人間

アシナ・カクリ

*Ένα καλό ἀνθρωπάκι*

ΑΘΗΝΑ ΚΑΚΟΥΡΗ

鍵を開けて明かりをつけることもなく部屋に入る。愛しい山をなめ尽くす殺気立った火で十分だった。怒り狂う焔に目を開けていられない。パルニサ山（アテネ郊外北方の山）の苦悶が彼を苦しめていた。山はいつもの夏を楽しむ町の上方にそびえながら、灼熱の息を吹きあげ、業火の中で死に瀕していた。マスコミの空疎な報道は続いている。

「……スタディウ通りで三十六度……ここ二か月でエアコンは五十万台の売り上げで……ビーチは足の踏み場もなく……」

そして国営電力会社に向かってレポーターたちは鋭く、

「現在そちらのシステムは猛暑に対応できるのでしょうか？　過大な負荷に対して？　いや、教えていただきたい。耐えられるんですか？」とたたみかけた。

「みんなで電気消費量を抑えるべきです。不要な電気を消し、できる限り節電をしましょう。さもないと、システム全体が突然ダウンし、ブラックアウト状態になってしまうでしょう。タバコの火にも注意！　すべての責任はわれわれ自身の手に……」などという、将来を見据え、社会的責任に触れた賢明な声はどこからも聞かれなかった。

パルニサでは木々といっしょに森の動物たちも焼かれていた。ディモスはデスクに肘をつき、顎を両手に乗せていたが、頭の中では動物たちの張り裂けるような死の叫喚がこだましていた。

彼は夜な夜なここに来ることになった。どこもかしこも――家も、街角も、盛り場も――心惹かれるものはなかった。代わり映えしないことは何であれ耐えがたく感じていた。ボロボロになった肘掛椅子に丸まっておさまるのが常となった。父がかつて経営し、ディモスが受け継いだ大切なオフィスに残された調度品だった。

その後共同経営者になったペトロス・エフシマキス――彼よりずっと行動力があり、顔も広く、時流に敏感――はいちばん広い部屋にふんぞり返っていたが、彼の方は後ろの小部屋に追いやられ、細々した案件を扱っていた。

ディモスは文句も言わず屈辱を受けいれていた。野心家でもなく、静かで尊厳ある生活を好んだ。喜びは単純でいい。新鮮な空気、限りない地平線、善良な心。誰も傷つけず、誰にも苦痛を与えたことがないという意識で十分だった。最近妻を亡くしてからは、鳥すら殺さなくなった。今も三輪トラックで猟に出かけるが、帰るときのカービン銃は硝煙の匂いがしなかった。鳥たちに狙いをつけては銃を下ろし、自分にはささやかな我慢をさせて、命を助けてやることに喜びを覚えるのだった。鳥たちもうれしそうにさえずるような気がした。

それがこのざまだ！　耳には鳥たちの苦しみが聞こえていた。目には狂ったような羽ばたきが、焼かれて死んでいく様が映っていた。

「神様、こんな光景を目にしてどうやって生きていられましょう？」と訴えるのだった。

どうして神様はもっと早く自分を召さなかったのか？　どっちにしても残り少ない人生だ。三か月か、四か月。医者たちはそのくらいと見ていた。告知を聞いても冷静だった。子供はいないし、七十年間健康でやって来た。善良な妻のそばで、深い悲劇にも出会ってこなかった。死も苦痛ではないはずだ。他に何を求めるでもない。善良な人間として生きてきたという満ち足りた思いから、この人生を粛々と終えることができる。

「しかし、神様、どうしてこうなのですか？　最後の瞬間になってどうしてこんな災いが？」

《いいじゃないか》と自分を宥めてみる。《せめて見なくてすむんだからいいんじゃないか。市長たちは目を背け、役人たちは耳をふさぎ、同業者たちが私腹を肥やす一方で、建設会社が図面を提出すると、役所は認可し、別荘の群れがわがもの顔で山頂目指して建てられていく。そんな様子を見なくてすむ。ペンデリ山（アテネ郊外北東の山）だって同じことだ。あるいはもっとひどいかもしれない……少なくともお前はそのころにはもうこの世にいないんだから、目にすることもない。だからいいだろう？》

しかし、いいとは思えなかった。そうなっていくのは見えていたし、憤ってみたところで止める力などまったくないのはわかっていた。そして無力だと感じた途端に絶望が身体を貫いた。生まれて初めて、違う生き方ができれば、力、それも大きな力が手にできればと感じた。力がなければ善行も行えない。ずっと軽蔑してきたそんな力が今これほどほしいとは！声を上げれば人に聞いてもらえる力、行動すれば噂になり、事に飛び込んで結果を出せる力が……

しかし、自分にどんな力があるというのだ？　ただの善良な人間。陰でそう呼ばれるのは知っている。ペトロス・エフシマキスですら、鷹揚に、いくぶん侮蔑を込めてそう呼んでいるのだ。ひとりの善良な人間などに何ができよう？

何もない……何も……苦痛にとらわれ、腕に顔をうずめると涙が溢れた。涙から深淵へ、さらに悪夢へと……彼の想像が生んだまさに悪夢だった。認可をめぐる密談、賄賂、偽造の所有権、建築物……儲け……儲け……儲けとは！　隣りの部屋の大物弁護士の声、ほかの知らない声、どの声も浮かれたように……手慣れた様子で聖遺物の強奪が企まれており、やつらの恥ずべき共謀の詳細が明らかにされていく。

怒りで目が覚めた。

正面側の大きな部屋では誰も彼がいることに気づいていない。彼の方も物音を耳にしていなかった。自分が悪夢のはざまにいた間に入ってきたようだ。誰だろう？　ペトロス・エフシマキスの声しかわからなかった。

ディモスは起き上がった。壁に近寄って耳をつけた。以前は仕切り扉があったのだ。相手は疑いもせずあけっぴろげに大声で話していた。

注意して耳をそばだてる。静かな微笑が顔じゅうに広がった。何をすべきか、どうやるべきかもわかっていた。

相手が全員立ち去るのを待って、広いオフィスの中にただひとり入り、必要なものを見つけることができた。

新聞やニュースは大災害の責任の在りかを追及していた。テレビでは以前、あるいは現在の関係者が専門家だろうが素人だろうが詰問を受け公に非難されては、雄弁な抗議とばかげた弁明の応酬となった。画面では非難が雨のように降り注いでいたが、エアコンの売れ行きが絶好調になる見込みというニュースが一時もやむことはなく、国営電力会社が大停電を起こすのではないか、という不穏な憶測も続いていた。

最初はただ新聞の地域面に載ったに過ぎなかった。パルニサ山の麓でヴァニアス・ヤニディスが惨たらしい焼死体で発見された。近くのツィツィビラ区の裕福な住民だった。しかし、翌日のニュースははるかに目を引くものになった。ゲオルギオス・ゲオルギディスなる別の人物の死体が、これまたパルニサ山麓で見つかったのだ。同じように手ひどく焼かれていた。都市計画課の役人だった。

「両事件の共通点は無視することができません。顔と右手以外の身体中を覆う重度の火傷によって亡くなったもようで……」

ジャーナリストたちは追跡し、ただちに結論を出した。被害者を焼いたのは素性を隠そうとしたためではない。逆だ。

逆とは？

つまり、焼かれたのは他でもない、ゲオルギオス・ゲオルギディスとヴァニアス・ヤニディスである、と喧伝（けんでん）するためなのだ。どんな理由で？　まるで著名人であるかのようだ。それどころか、ほとんどの人には知られていない人間なのに。

だが、そうではなかったのだ。

翌日はどの新聞も二人の家族の構成や現況、仕事上あるいは社会的な地位を報じた。ヤニディスは尊敬されるべき一家の主であり、区議会の議員を十年間務めてきた、と口をそろえて褒（ほ）めちぎっていた。都市計画課ゲオルギディスの履歴については、どんな処罰の汚点も見られなかった。

しかし陰惨な殺害事件は発生している！　しかもその手口と来たら！　猟銃で頭に一発。その後火をつける。

「いやいや！」ある者たちは興奮して叫んだ。「忌まわしい激情殺人だ。まず身体じゅう火傷を負わせて被害者をいたぶってから、最後にようやく苦しみを解いてやったんだ、頭に弾を撃ち込んで……」

「そいつはわからないだろう！　検視報告を待たなくては……」冷静な者たちは主張したが無駄だった。

新聞は被害者たちの写真で溢れた。生涯の様々な時期の肖像が載せられ、もちろん最後は身も凍る最期（さいご）の姿が占めた。

「意趣返しだな！」他の者は厳かに予言した。「マフィアのボスが関係してるにちがいない！」

「けど、ぼんくらな警察は例によって解決なんぞできないだろ」と気短な者たちは吐き捨てた。

警察の集めた証拠はわずかで、あまりにも曖昧(あいまい)であり、はっきりした方向を与えるものではなかった。両事件とも見知らぬ人物が家を訪れていた。被害者は二人とも何かの約束で家を出たが、家族には何も説明していなかった。どちらの場合も、三輪トラックがパルニサ山へ登っていくのが目撃された。ナンバープレートは？　注意した者はいなかった。かつてローマ人が乗っていたようなおんぼろの三輪トラックだった。

五日目になって有名な企業家の死体が出た。大手建設会社グループの幹部だった。またしてもパルニサ山麓で頭に一発、これまた顔と右手以外が焼かれていた。胸には紙片がとめられ、ただ三つの語が書かれていた。「森は復讐する(ト・ダソス・エクディキーテ)」。

森は復讐(ふくしゅう)する！

続いて、先の二人の被害者にも同じ三語の紙がとめられていたという情報が、遅まきながら警察から漏れてきた。

どういう意味なのか？　どうしてこの三人に森が復讐するのか？　いったい、どうやって森の恨みを買うというのだ？

ジャーナリストたちは突然追跡の方向を変えた。犯人ではなく、殺された被害者の罪を探し始めたのだ。記者たちの間で、誰が先に犯罪の決め手を見つけるか、激しい競争が始まった。手綱から放たれた記者たちは殺到して記録を掘り起こし、国家のファイルを入手し、収支決算を調査し、現場を訪れては質問に次ぐ質問を繰り返した……

明らかになったのは、被害者三人ともかつてあの手この手で、焼けた土地の奪取と違法な再建築のごまかしに関わっていたことだった。

敏腕ジャーナリストたちは調査の手を広げ始めた。被害者は結局三人だけにとどまるのだろうか？　ほかに続く者がいるのか？　他の地域では？　災害の責任者は他に誰が？　誰が企み、誰がごまかし、誰が利益を得たのか？　以前森だった場所にどうして建物が建てられたのか？　その当時誰がどの重要な立場にいたのか？

戦場は無限に広がっていった。

「われわれがバカ者だと思うのかね？」有名な、ジャーナリズムの検事を自任する者は声高に叫んだ。「誰かさんはわれわれをバカにしてるのか？　そいつが区長だった時目前で別荘地全体が建設されながら、まったく気がつかなかった、などという弁解を信じるほどわれわれはバカ者か？」

ぞろぞろと名前が公表され始めた。この人物はこの件を知らなかったはずはない。あの人物はあのことを知っていたはず……ほら、これはA氏の違法の認可印。こっちは別件のB氏の署名……

「復讐者は攻撃を繰り返すはず」ある新聞は第一面に予言して売り上げを倍にした。

「次は誰の番だ？」すぐに別の新聞が競って、可能性のある犠牲者のリストを載せた。

長らく闇で活動し、「あのね、君、わたしにギリシャ社会が救えるというのかね？」などという曖昧なことばに隠れて袖の下をやり取りし、火事によって財産を作ってきた者たち、こっそりと財を集め、プレジャーボートやジープや貯蓄や別荘を手にしてきた者たちが皆突然、自分たちが社会のスポットライトをあびて晒しものにされるのではないか、と恐れるようになった。いや、法律に対してではない。法律など恐れるに足るものか。そんなものは信じてもいない。怖いのは頭がいかれた何者かの復讐の憤怒だった。

ディモスはペトロス・エフシマキスのドアをノックすると、いつものように静かにかしこまり、うつむき加減で入って来た。

「何かね」エフシマキスは手にした書類から目を上げ、いくぶん我慢ならないという調子で言った。

「その」ディモスは囁くように言った。「とってもいい仕事があるんです。でも、その……ちょっとね……どう言えばいいか、ちょっとだけ、やっかいで……森林区のことなんですが……わたしたちで何とかできますよ……あなたも手伝ってくれませんか？　あなたにもけっこうな話だし、わたしも人生最後に善行のご褒美がもらえるんですが」

エフシマキスはすでに腰を浮かしていた。

「そんなことを」舌がうまく回らない。「そんなことをやれって、わたしに言うのかね？こ、このわたしに？」

自分の尊厳が疑われたと感じ胸を拳で打った。

ディモスは身体から弾け出そうな勝利の栄光を隠そうと、伏し目がちになった。

《ほら、善良な人間にだって何がやれるのか見てくださいよ！　ほら！》

# さよなら、スーラ。または
# 美しき始まりは殺しで終わる

コスタス・Th・カルフォプロス

*Γεια σου, Σούλα ή Ό,τι αρχίζει ωραίο τελειώνει με φόνο*

ΚΩΣΤΑΣ Θ. ΚΑΛΦΟΠΟΥΛΟΣ

ヴァシリス・ダネリスとニコス・ペラキスに（一九八四年のペラキス監督作品『サボリとゴマカシ』戦争コメディー映画のセリフ「『さよなら、スーラ』に感謝をこめて」）

父の思い出に

われわれの意志よりも強い力がある
闇の力と光の力だ
ニコス・クンドゥロス『セオフィロス・ツァフォスの弁明』（一九七三）（映画監督N・クンドゥロス〈一九二六―二〇一七〉の著作）

スーラを愛していたよ。とても。とってもね。あんたたち学のある人はなんて呼ぶんだっけ？　言い方があるだろ。けど、思い出せないな。ああ、そうそう！　「狂おしいほどに（パラーフォラ）」ってやつだ。だからね、スーラを狂おしいほどに愛してたんだ。心の底から。なのにそう言えなかった。間に合わなかった。

　あいつはご近所中の誇りだったね。ちょいと出かけりゃ、誰もがふり返ったもんさ。だけど、スーラはいいとこのお嬢さんって感じがあって、誰にも隙を見せなかったし、噂（うわさ）も立てさせなかった。家から職場、職場から家。土曜日だけは両親とタベルナだ。ああ、そうだな、ときどき映画には行ってた。お気に入りはラブストーリーだ。後で知ったんだけど、ヴォスコプロスとか、クサンソプロスとか、マルサ・ヴルツィ（いずれも一九六〇年代以降活躍した俳優・歌手）なんかの出てるやつだ。おまけに、カリセアまで見に出かけることもあった。あのトルコの女優のだ、なんて名前だっけ、おれたちゃ「トルコのヴユクラキ」って呼んでたんだが（アリキ・ヴユクラキはギリシャの人気女優）。だけど、ひとつだけないところがあった。ミステリ小説を読んでたんだ。だがそれも後で知ったことだ。しかも本人から聞いた。

　スーラと出会ったのは街角の売店（ペリプテロ）だ。偶然だった。おれはタバコを買いに仕事場を出たんだよ。あのころはタクシーのメーターを作る工場で働いてた。いい仕事だった。ボスもいいひとでね。不満なんかなかった。で、キオスクに行くと、目の前にため息の出そうないい女が立っている。カールした黒い髪を長く肩まで垂らしてて、ミニスカートに縫い目のある黒いストッキング。聖者様でさえコロッといっちまいそうだ。色気をふりまきながらずっと笑ってる。その娘がキオスクのおやじとくっちゃべってる後ろ姿を、おれは呆けたように座って眺めてた。ガムやチョコの並んだカウンターに寄りかかって、片足を後ろに浮かせてる。帰りぎわこっちを向いて流し目をくれたんだが、立ち去る彼女からおれは目が離せなかった。小型の本を手にして行っちまった。クラクラさせる香りだけが残った。

「おやじさん、あの娘誰だい？」キオスクの店主に訊いた。

「スーラだ。この先に雑貨屋があるだろ、あそこのパナイヨティスさんの娘だ。ヴァシリキの美容院で働いてる。このあたりじゃ一番の器量よしだぞ」店のおやじが答えた。

それ以上は聞かずにタバコ代を払った。必要なことは全部わかったから。名前、職場、通り道だ。

次に見かけたのは何日か後だった。キオスクにはガムや新聞を買いによく行ってた。その頃は《パナシナイカ・ネア》紙（サッカーチーム《パナシナイコス》ファン向けの新聞）が出てて、取っといてくれっておやじに頼んどいたんだ。他の新聞は買わない。政治は興味がない。人間大事なのは稼ぎと儲けだ。母さんがそう言ってた。父さんは仕事ひとすじだった。あの娘とはどこかでまた出会うと思ってたよ。だけどなかなか会わなかった。どこかで読んだんだけど——どこだったかは忘れちまった——恋に落ちると食べる気が失せ、夜も眠れなくなるが、こいつを「恋の落雷」という。おれにはよくわからない。食欲もあるし、ぐっすり眠れる。だけど、心の中になにやら不安がある。うまく説明できないけど、どう言うか、甘ったるい痒みっていうか、ブヨに噛まれて掻きたい感じだ。ブヨってのは狡賢いやつでね。蚊ならわかるだろ。壁にいるのを新聞で一発叩いてスッとする。スーラもそうなんだ。もう一度会いたかった。偶然でもいいから。でもおれには、職場の美容院に行ってみる度胸はない。大のおとこが美容院になんの用があるってんだ？　外に突っ立ってろって言うのか？　一度か二度たまたまって顔でタベルナに行ってみたんだ。両親といっしょにいないかなと思って。でも全然だめだった。一度は父親の雑貨屋の前を通ったが、そこでも見かけなかった。

「歳月が運ばぬもの、瞬時に来たり」って諺があるよな。おれはスーラを見つけられなかったのに、向こうからやって来た。月曜だった。よく覚えてる。日曜にカライスカキス・スタジアムでオリンピアコスにやられちまってたから。イライラがつのるゲームだった。もちろんこっちはゾーンを固めて、ボールを入れさせなかった。けど、やつらのキーパーの守りも神業だった。ちくしょう！　そんなときスーラが店に現れたんだ。彼女の姿を見てすべてを忘れたね。ついていたことに、ボスは運賃メーターを試験しに出かけていた。タクシーのメーターがちゃんと動くか、客を騙す仕掛けなぞしていないかを調べるために、走ってみるわけだ。だって、そんなことが見つかれば事は深刻だ。逮捕されて警察で殴り倒され、タクシー免許が取り上げられることだってある。わかるだろ、どこにだって頑固な古株の上官がいて、「剣にハエが止まるのさえ許さない（「ごく些細なことにも苛立つ」の慣用句）」。言ってみりゃ戦場だな。おれは兵役に行ったんで、そのへんはよく知ってるよ。

で、スーラはやって来ると、おれに気づいた。何を着てたかだって覚えてる。丸首のぴっちりした黒のセーター。あきずに胸が眺められるやつだ。チェックのミニスカート。柄入りの黒のストッキング。髪を肩まで垂らし、美しい顔を輝かせている。おれは急いで布切れで手をぬぐって、小学生みたいに「こんにちは」。スーラが店にいる。おれと二人っきりで！自己紹介のあと（おれはすでに名前を知ってたが）、手を差し出してきた。おれは黒ずんだ油汚れをつけないように小指で受けた。布はつかんだままね。いとこのタキスのために特別に仕事を頼みたい、と言う。そいつはタクシードライバーで、メーターに問題があるらしい。稼ぎが減らないように急いで直したいんだ、と。そう話す間も、おれの方はことばが頭に入らず、ただ女の顔をほれぼれと眺めてた。夢の中に出てきたことがあったけど、今おれの前に立っているのは血も肉もそなえた女だ。

「いつでも来るように伝えてくれ。いちばん前に回すから。大丈夫、おれが担当するよ」そう答えたが、あわててたので、オレンジジュースを出すのさえ忘れていた。

スーラは話しながら、不思議そうに作業台の旋盤や万力をキョロキョロ見回し、部品の入った引き出しを開け閉めしては散らばった歯車やメーターを眺めたりしていた。そしてまた例の香りだ。際限なく「これは何？」「これ何に使うの？」。そして歯車やらノギスを手にとり、あちこち歩きまわっておれを慌てさせた。わかっててわざとやってるんだろうか？女心は見通せない。スーラはほんとに初々しく、好奇心と純な心にあふれてる。おれにはそう見えたし、そうに違いないんだ。しばらくして帰って行ったが、おれの心はドラムのように鳴り響いていた。昼は何も口にする気になれなかった。母さんは「今日はスズカキア（トマト味のギリシャ風ハンバーグ）作っといたのに。お前の大好物じゃないの」とぐちぐち言ったが、頭が痛いんだと答えてベッドで横になった。スーラはおれの頭から離れてくれなかった。

　数日後、また来た。だが今回は連れがいた。またしてもおれは運がよかった。ボスはつい先の聖コンスタンティノス通りの交通課に用事があって不在だった。彼女と来たのはのっぽで面長、馬面と言っていい顔つきの男だった。タフでそっちの世界の住人に見えた。

「いとこのタキスよ」スーラは微笑(ほほえ)みながら紹介した。「二人で話してみて」そう言うと、いそいそと美容院へ去って行った。

　彼女を目にした喜びは半分になっちまった。この男には親しみも感じないが、仕事は仕事だ。初めはタクシーについて話しかけてきた。走らせるのが大変だとか、状況はこんなで実情はこうとか、たいして儲からない危険な仕事だなどと。なんでそんな話をするのか、おれにはわからなかった。だから、どうしたいと言うんだ？　おれの思いはずっとスーラの上を舞っていた。

　最後に妙な話を始めた。タクシーを走らせるのは、主にピレアスの港やエリニコン空港の方で、観光客を拾ってるという。

「あいつら、ぶ厚い財布を持ってるんだ。特に飛行機で来るやつらだ。たんまりはずんでくれるぜ。いっしょに組んでやってみないか。もちろん五分五分だ。それ以上はねだらないよ」

意味がよくわからない。だが、相手もそれ以上話そうとはしなかった。

「静かなところで話そう」と言った。「いちど三人で夜食べに出ようや。スーラも連れてだ。どっかのタベルナへ繰り出して、この件も話そう」

その瞬間ボスが店へ入ってきた。タキスは挨拶(あいさつ)して去ったが、帰り際おれに、「連絡はスーラにしてくれ。こっちも彼女に伝えさせる」

ボスはニヤニヤ笑いながら、

「何を企(たくら)んでるんだ、お調子者?」と意味ありげに言った。

土曜の夜、おれたちはエクサルヒア(アテネ中心オモニア広場から北東にある地区。知識人、芸術家、移民、過激派など雑多な人々が住む)のタベルナに出かけた。《トロイの木馬》って名の、季節の料理と前菜を出す狭い店だ。ジュークボックスもあった。三人で隅のテーブルに座った。今夜もスーラは魅力いっぱいで輝いていた。タキスはスーツで、ネクタイは締めていない。前菜にサラダとポテトを注文した。メインはレモン風味のチキンのグリル焼きポテト添えとステーキの二皿だ。タキスは《サンタ・ヘレナ》(松やに入りのギリシャ産ワイン)を一本注文した。「こいつだっていけるぞ。年がら年中レツィーナでなくてもいいだろ」会話を交わしたが、おれの心はスーラだけに向いていた。一度か二度、膝がおれの膝に触れたように感じたが、確かじゃない。間違ってか、偶然だったのかもしれない。タキスはずっとしゃべり続けた。最初はあたりさわりのない話題だった。最初の注文が来た。そのうち立ち上がるとジュークボックスの方へ行った。

おれはスーラと残された。何を話せばいい？

「しゃべらないのね」と言われた。「何か悩んでるみたい。どうかしたの？」

言いわけをひとつ思いついた。仕事。週末の疲れ。たわごとだが。それとも、好きです、もっと知り合いたい、二人で外に出よう、そばにいると小学生みたいに感じるんだなんて、そんなこと話せるかい？　しかも地獄の番犬(ケルベロス)のようなタキスがそばに張り付いてるのに。だけど、タキスは誰かの歌をジュークボックスでかけてから戻って来て、タバコを買いにちょいと広場まで行ってくる、電話もかけたいから、と言った。

ジュークボックスからはプロプロス（一九六〇年代以降の人気歌手）の歌が流れていた。

歩いても歩いても　ぼくはどこへ行くのかわからない……

スーラはタキスについて話し始めた。

「いい人なの。でも苦労してて。家族がとっても大変なのよ、わかるでしょ……」何かほかの含みがあるみたいだが、なんでおれにわかる？　おれたちはみんないい人で、苦労してて、こっちの家族だってみんな大変だ。「助けてあげられないかしら？」

何を助けるって？　どうやって？　そう思ったが口には出さなかった。ただ、おれの膝は彼女の膝にちょっとだけ触れた。ネコがさわったくらいだ。恥ずかしくなったが、スーラはひっこめなかった。プロプロスの後はヴォスコプロスの「苦悩」だ。

おれの心は傷を負い　ひび割れた鐘のように　ひそかにおれを苦しめる　狂ったように

……

おれは飲みながら無理やり皿からつまんでいた。タバコはずっと吸っていた。スーラもときおりプカプカやっていた。火をつけてやったが、顔をまともに見る勇気はなかった。

「いつもそんな風に照れ屋さんなの？」煙を吐きながら訊ねてきた。

どう答えればいいのかわからない。そのうちタキスが戻ってきた。

「あんた、いい人なんだってな。スーラはベタ誉(ぼ)めだぜ」そう言いながらオールドネイヴィーに火をつけ、みんなのグラスを満たした。

なんのことだ？　だが口には出さなかった。スーラが？　おれのことを？　この男に？　それも誉めてたって？　いったい何がどうなってる？

「ちまたじゃ、あんたが腕っこきのエンジニアだって言ってる。ドライバーを手にすりゃ、すげえってな。あんたのボスも最高だし。そこでだ、いいかい、あんたが必要なんだ。おれはタクシーで食ってるって言ったろ。稼ぎはかつかつだ。一日(いちんち)の稼ぎはメシで飛んじまう。アテネで流してて交通課にでもひっかかろうもんなら、最後にどれだけ残るってんだ？　雀(すずめ)の涙ほどだぜ。港か飛行場から走るんでなけりゃ、たいした実入りにもならない。わかるよな。べらべらくっちゃべるのはやめとく。あんたもうんざりだろ。おれのアイデアというのはこうだ。観光客を港か空港でつかまえると、普通はけっこうな距離を走る。たいていはアテネか、グリファダ、カヴーリ、スーニオンなんかのホテルまでだ。スーツケースをいっぱい持ってな。だから支払いはいい。ちょっとした距離だし、荷物代とかいろいろだ。チップをはずんでくれるやつらまでいる。あいつらはドラクマの価値を知らないからな、ぜんぶ自分の為替で計算するんだ。ドル、マルク、フラン、リラなんかだ。もしメーターに、そうだな、五百ドラクマって出れば、あいつらすぐに計算して言うんだ。『十五ドルぽっちか。思ったほどじゃないね』ってな。で、おれは計略を思いついたが、あんたの出番だ。だが、ひとつだけ約束してくれ。これはここだけ、あんたとおれとスーラの間だけの話だ。もちろんあんたには毎週の稼ぎから取り分がある。言った通り五分五分だ。それでだ、こんなふうにやる。ここんとこ夏になって観光客がわんさか押し寄せ始めた。おれが港や空港まで出張ることになったらあんたのとこへ来るから、ちょっとばかしタクシーメーターをいじってほしい。ちょいと多めに出るように。仕事が終わったらまた寄ってメーターを元に戻すという寸法だ。何度も行き来するけど――『いじって』『戻す』ってことだが――心配はいらない。保証するよ。交通課に止められたら、こう言ってやる。『今ガレージへ修理しに行くとこなんですよ。客からは一ドラクマもまき上げちゃいませんから』ってね。

　そうやりゃおれはいい稼ぎになるし、あんたも小遣いがたっぷり入る。言ってみりゃ、あんたもいい娘を連れてザベタスの店で一人前にどんちゃん騒ぎできるってことだ（ヨルゴス・ザベタスは超人気のブズーキ歌手。一九二五―一九九二）。もちろんたんまり稼いだらおれたち三人でザベタスのとこに繰り出そうぜ。どうだ？」

タベルナからの帰り道おれは考え込んでいた。ま、どっちにしろワインをしこたまあおってフラフラだったけどね。どうせおれとスーラは近所なんだから車で送ろうってタキスは言ってくれたけど、おれはひとりで帰った。歩きながらもずっとタバコを吸ってた。こんなことは初めてだ。タキスの持ちかけてきた話を考えていたし、スーラを思い出してもいた。膝が触れ合ったよな、って。それから別のこと、ボスのことだ。おれを見習いに取って仕事を教えてくれた。食い物もくれたし、保険だって払ってくれた。なのに裏切れと言うのか？そんな恩知らずなことを？「たんまり稼いだら、三人でザベタスの店に行こうぜ」タキスのことばがまだ耳に残っていた。おれとスーラでブズーキ・バーか。ま、いとこもいっしょだが。夢じゃない。ステージでゼイベキコ（特に男性一人で踊るギリシャの民族舞踊）を踊るおれを見て、スーラが夢中になる。家に着くまでにひと箱吸いつくしてた。服を着たまま寝た。夢の中でスーラが膝をおれの膝にくっつけ、おれはテーブルの下で彼女の手を握りしめている。手はそのまま彼女の足にまでのびて行き、指でストッキングを、そのナイロンの中の張りのいい肌を感じている。明け方夢精していた。

スーラにはその後二三度会った。最初に見かけたのと同じ売店だ。おれはまだタベルナに出かけたあの夜のことでどぎまぎしていた。スーラはおれを見てうれしそうだった。手に買ったばかりの小型の本を抱えていた。ちょっとコーヒーでも飲まない、と誘われた。二人で広場近くの喫茶店に行った。彼女はネスカフェのホットを注文した。コーヒーの小袋を開いて中身をカップに入れ、砂糖と湯を少しずつ足しながらかき回し始めた。おれも同じのを注文して、同じことをした。

「こうすれば泡ができるの」と言う。「そのままだと水っぽいのが出されるから」

美容院の話になった。女の客とか噂話とかだ。「流行とボーイフレンドのことばっかり」

そう言いながら、おれが正確にはどんな仕事をしてるのか、どうやって覚えたのか、とか訊いてきた。おれはまごつきながら本に手をのばした。表紙に『犯罪の快楽』とある（英作家ジェイムズ・ハドリー・チェイスの一九四八年のスリラー *Trusted Like the Fox*）。外国の作家だ。上のほうに赤い円に白抜き文字で「ヴィペル」（一九七〇年代に流行したポケットブック・シリーズのロゴ。キオスクなどで売られていた）。

「ミステリ小説、読むの？」すぐに話題を変えてきた。

おれはためらいがちに「いいや」

「残念ね」と言う。「すごいわよ、ミステリって。恋とか強盗とか出てくる。痴情の殺人や裏切り、果てしない旅。ハードな男たちに運命の女たち。それにお金。とんでもない額よ。なんでもお金が動かしてるの。いいことも悪いことも。映画みたいね。映画は見る？　いつかいっしょに行こうか？」

このことばにはビックリした。だけど気になるのは話し方だ。その瞬間純朴さが消え、おれの好きな妖精じゃなくて、《なんでもあり》の女になったかのようだった。おれはいったいどうしたんだろう。おれを魅了しておきながら、こんな話し方でおれを怯えさせる。おれも逃げ出したいと思いながら、恋心を打ち明けたいなんて思ってる。彼女の話の中から知らない外国人の名がいくつも飛び出してきた。そんな名前、知るわけがない。おれにわかる外人と言えば、サッカー選手くらいだ。バンクス、ベスト、ネッツアー、ベッケンバウアー、ロリマー、リヴェラ、ペレなんかだ。それから隠し玉が飛び出した。

「タキスが言ったこと考えてくれた？」

その瞬間答える間もなく、道の向こうからクラクションが聞こえた。スーラはすぐに立ち上がった。

「今日はおごりにしてくれる？　残念だけど行かなきゃ。ごめんね！」そう言うと、軍艦のように悠々と向こう側に渡って車に乗った。タクシーではなかったが、タキスが運転しているかどうかはわからなかった。

数日後、またも月曜だったが、前夜はネア・ズミルニ競技場でパニオニスチームを打ち破っていた。悪魔が囁いたものか、ボスがこう言った。

「明日は朝から組合に行かなきゃならん。そのあとは税関まで行くが、何時に終わるかわからんな。鍵をわたすから店を開けてくれ。もしわしが遅くなるようなら、夜うちに返しに寄ってくれ」

こうして悪魔のおかげなのか、その日一日中ひとりで仕事をすることになり、朝一番にスーラが店の前に現れたってわけだ。こんなのは初めてだった。驚いておれは店から出た。少しだけことばを交わしたが、急いでいるようだ。

「ちょっとだけでいいから」とおれは言った。「待ってて」今日は白いぴっちりした薄手のセーターにミニスカート、柄入りのストッキングを着けていた。いつも通り美しい。

「例の件だけど、店に寄るようにって、いとこに伝えてくれ」おれは言った。

最初は驚いてこっちを見たが、微笑みながらすぐおれに駆け寄って、抱きしめながらキスをしてきた。キスだぜ！　店に入って電話はどこなのと訊ねる。電話の後は職場へ向かった。帰りしなに、

「来るようにタキスに伝えたわ。話し合ってね。ありがとう。本当にありがとう」

タキスはきっかり半時間後に現れた。どこか近くで待ってたみたいだった。

「あんた」と言った。「この恩は忘れないぜ。スーラから聞いて舞い上がっちまったよ。あんたやり手だな。待っててくれ、店の前に回してくる。その方がやりやすいだろ。あ、それにな、土曜はしゃれたタベルナに出かけようや、またおれたち三人で。全部おれのおごりだ」

おれは何も答えなかったが、作業しながら心は沈んだ。メーターを取り外し、作業台に置いて承認票を下から剝がして、いじり始めた。しばらく「調整」してから、もとに戻した。「ほら」と言った。「スーラのためにしてやったんだぞ。あの娘の頼みだから。だが気をつけろよ。あとはあんたの仕事だ。いいか、二度とはしないからな。金は今も将来もいらない。

万一ってことがあるから、メーターは忘れずちゃんと元通りにする必要がある。でないと、捕まってムショは逃れっこない。ぶちこまれて仕事を失くしたくないからな。約束だぞ」

そう言ってやった。間違えようなく、きっぱりと。

土曜日はすぐにやって来たが、タキスは現れなかった。とにかくスーラは来た。昼頃店に寄って、タキスは急な仕事が入ったからタベルナはキャンセルね、と言った。

好事魔多しだな、とおれは思った。

「でも今晩あたしたちで映画に行けるじゃない、どう？」とあわてて付け加えるんで、おれはたちまち天国のてっぺんまで登っちまった。

《アヒレオン》はフランスのミステリ映画をやってた。ジャン・ポール・ベルモンドとオマー・シャリフが出てて、アテネで撮ったやつだ（一九七〇年の仏映画『華麗なる大泥棒』）。おれの心はまたまたドラムみたいに鳴り響いた。おれとスーラ。おれたち二人。映画館。世界はおれのもの。一晩中スーラがおれのそばにいる。

「そのあとは何か食べようか。エクサルヒアのあのタベルナにまた行かない？」なんて訊くんで、おれの頭の中ではベルが鳴りわたり、星がぐるぐる回っていた。上映の八時に映画館の外で待ち合わせることにした。

仕事も何も頭には入ってこなかった。ただスーラのことだけ。映画館で並んで座る。彼女の香りを嗅ぎながら、膝は彼女の膝に。もしかすると彼女の手を握るかも。で、あとはタベルナでおれたち二人っきり。ジュークボックスから流れるのはプロプロスとヴォスコプロスとダラスとモスホリウとビシコツィスだ（いずれも人気歌手）。おれは自分のことを話して聞かせる。それに彼女をどう思ってるか。あの、もしよかったら……

　約束の時間より早めに行った。そわそわして待ち切れなかった。微笑みながら軽やかにやって来る姿がはやく見たかった。切符売り場にはもう小さい列ができていた。向かいのキオスクまで走ってタバコを買った。交差点でスーラが車を降りるのが見えた。道はそれほど明るくなく、車種もドライバーの顔もはっきりとはわからなかったが、スーラが助手席側の窓に屈みこんで何か言うのは見えた。それだけじゃない。相手とキスしたようだ。おれは頭がぐらぐら揺れた。周りが真っ暗になり、血が頭に上った。車まで行って、その場で二人とも叩きのめしてやろうかと一瞬考えた。頭の中は渦巻いていたけど、こらえた。キオスクの後ろに隠れた。彼女は映画館のほうへ道を上ってくる。いつものようにブラウスにミニスカート、黒のストッキングに黒いブーツ。髪は後ろで束ねて。ちょっと見るとアマゾンの女戦士みたいだ。だけど、おれをダマしてたんだな。おれはその場を動かなかった。

　スーラは周りを見回し列に並んだ。目で追いながらおれはイラ立ち始めた。血が身体（からだ）の中でたぎった。けど、そのままタバコを吸い続けた。スーラは窓口の前まで進んだが突然列を離れた。入口の外に立って待っている。三十分後決心して帰りかけたようだ。どこへ行くのかはわからない。おれはどうすりゃいいんだ？　目の前は膜がかかっていた。だが驚いたことに、彼女は大通りに出るかわりに、おれの方へと道を渡って来て、暗い路地に折れた。大通りの群衆の中なら何も起こりはしなかっただろう、絶対。間が悪かったってことか。運命だった。おれの心はまたドラムのように打ち、注意深く彼女をつけ始めた。ネコのように慎重に後を追って行った。道は狭く暗かった。距離を取ってはいたが、見失うことはなかった。何かに没頭するようにうつむき加減で歩いていく。けど、心の中にいるのは絶対おれじゃない。急ぎ足でばれることのないように注意して、向こうの歩道へ渡った。もしもっと明るいところへ出るために彼女も渡って来るなら、おれは引き返して彼女の前から姿を消しただろう。だが、悪しき運命は彼女をおれの方へと引き寄せた。一歩一歩が女を運命へと近づけて行く。おれの激情、絶望へと。おれ自身にもうまく言えないが。

その瞬間、彼女を壁に押し付け、片手で口をふさぎながら、もう一方の手で力いっぱい首を絞めていた。おれの手の中で彼女が冷たく横たわるまで。他のことはなにも覚えていない。角より中に入ったあたりに彼女を放りだし、狂ったように当てなく走り出した。手当たり次第に道を選び、最初の角をまがり、次もまがった。方向を変えては路地に飛び込み、明かりと人目を避けながらやたら細い道を上っては下りた。いつのまにやら疲れ切って家に着いていた。さいわい両親は田舎に出かけている。一晩中眠れなかった。彼女の姿を、顔かたちを追い払おうとした。あの笑い、輝く瞳、胸、柄の黒ストッキングに包まれた脚、髪の毛。だが無駄だった。朝までにほぼ二箱を吸い切り、家にある限りの酒を空けた。すっかり夜が明けるころには、タバコと酒でボロボロになって眠り込んだ。口のなかは苦みが、心には毒気がたまっていた。眠りの中で絶えずスーラが訪れ「どうしたの？」と訊く。タキスも現れた(「今夜はザベタスの店に行くからな。準備しとけよ」)、ボスも(「お調子者、何を企んでる？」）、母さんも（「スズカキアを作っといたよ」）。そしてまたスーラ。合間にはしつこく電話の鳴る音。頭を鎌で刈られるようだった。そのうち、――正午だか午後だか、時間の感覚をなくしていた――無意識のうちにラジオをつけた。ちょうとパノス・ガヴァラスがリア・クルティと歌っていた。

美しき始まりはすべて苦しみで終わる。知っているのは苦き心だけ……（一九六五年の歌謡曲「美しき始まりはすべて」。本作の題名はこのもじり。ガヴァラスとクルティ以外にも様々な歌手がカバーしている）

泣きたかったが声が出ない。ラジオを切る勇気さえなかった。少ししてから聞こえてきた。

「五時になりました。ニュースの時間です」

政治ニュースが終わり、続いてスーラのことだった。なにか犯罪について話しているが、よく覚えていない。ただアナウンサーの声がこう言ってたのは確かだ。

「友人のタクシー運転手Ⅱ・Tが逮捕されました。犠牲者は事件の前に彼と会っていたようです。目撃証言により、不運な女性が絞殺される前に降りた車は運転手のものと確認されました。謀殺の容疑がかけられています。逮捕された男はいずれの罪状もはっきりと否認していますが、犠牲者と恋愛関係にあった点は認めています」

トランジスタを殴りつけると、落ちて粉々になった。

月曜の朝、近くの警察署に自首して出た。脅されも殴られもせず、自分からスーラを絞め殺したと自白した。それだけじゃなく、タキスのメーターも「いじった」が金はもらっていないこと、客から金をだまし取るのはあの男のアイデアで、おれの目をくらまそうとスーラを差し向けたことを話した。あの男は殺しには無関係かもしれないけど、二人でおれの心と気持ちをもてあそんだことには責任がある。警察も裁判所もそのことは考えてほしい、と。

そんなふうに警官たちに話した。誰一人おれを殴らなかったが、信じる者もいなかった。

スーラ。おれはあの女を狂おしいほどに愛した。ひそかに、だが心から。一度も口には出さなかった。悪い運命にやられちまった。だけど、スーラはおれを裏切っていたんだ。

さよなら、スーラ。

# 無益な殺人未遂への想像上の反響

イエロニモス・リカリス

Η φαντασιακή αντανάκλαση μιας αχρείαστης απόπειρας φόνου

ΙΕΡΩΝΥΜΟΣ ΛΥΚΑΡΗΣ

「千マイルの旅もただ一歩から始まる」

オーストラリアのアボリジニーのことわざ

遅まきながら知った。パースに『ギリシャの犯罪4』が届いたとき、わたしは旅に出ていたのだ。

そのひと月前に『クズどものロマンス』（作者リカリスのデビュー長編。二〇一一年刊）が出版されたばかり。待ち望んだわたしの単著だった。喜びのあまり、額に納めた表紙をスーツケースに突っ込んで出発し、オーストラリアの中央砂漠に位置するアリススプリングスの町からさらに北西のユートピアの地へ、アボリジニーの友ジュプルーラを訪ねて行った。

ジュプルーラと知り合ったのはパースのホテル《クラウン・カジノ》でわたしが朝の仕事で走り回っていたころだった。彼はゴミ集めで暮らしていた。日曜は市場を回って、シロアリにかじられたユーカリで作ったディジュリドゥという長い木笛を吹き、情け深い客たちから小銭をもらっては細々とした収入の足しにしていた。同じ部族の大部分の者たちと同様、酒とカード賭博にのめりこんでいた。ところが、そこいらの紙に何気（なにげ）なく描いたすばらしいスケッチを見せられた時、わたしは驚嘆してしまった。彼に絵具とキャンバスを買い与え、なんでも思いつくものを描くようにと勧めた。彼にはなにも知らせず、さるギリシャ系オーストラリア人三世の経営する怪しげな民族芸術店へ持ち込んでみた。ティトという名で、ずいぶん貸しがあった。数時間で絵は全部売れた。わたしはその金をジュプルーラにわたして、ごみ仕事を止めて賭け事も酒も断ち、一日中絵描きに集中するよう説き伏せた。ジュプルーラは悲惨だった生活の中に意味と喜びを見つけ、預金通帳を手に入れることになった。

ティトに連れられパースを飛び出し、シドニー、メルボルン、ニューヨークなどの大きなギャラリーを回り、夢見るようなスケッチが途方もない金を集め始めると、ジュプルーラは水と火の聖なる徴が自分の身に降りかかり、貪欲な悪霊によって腐った腹の暗い深淵へ一息に飲み込まれてしまうのでは、と恐れ始めた。こうして、ある月曜日の朝自らの《審判の日》を体験することになった。一種の恍惚状態となり、魂は二十四時間高みを舞い続けた。翌日村へ、部族の神々と先祖の霊のふところへ帰るよ、とわたしに告げた。そこで青少年のためのアボリジニー芸術センターを開き、家族を作って幸せに暮らしている。初めて訪ねた時、わたしの肩にタトゥーを入れてくれた。アボリジニーの多彩なモチーフの中に奇妙な姿勢のトカゲが鎮座している。が、注意深く見ると――わたしも数か月後に気づいたのだが――尾と頭と四肢がシュールなハンマーと鎌を描いているのがわかるだろう。トカゲは横眼でこちらを睨み、口には小枝をくわえている。わたしは彼のユートピアで永遠に歓迎されるという意味だった。

さて、わが友ジュプルーラのもとから戻り、アンデオス・フリソストミディスの序文（『ギリシャの犯罪4』の冒頭にシリーズ編者フリソストミディスが載せたミステリ小説風のブラックユーモア溢れる序）の告白を読んだときの気持ちは、どう言えばよかろう。知らせはメガトン級の爆弾のように落ちてきた。わたしの短編「フェイス・コントロール」（『ギリシャの犯罪4』に収録されたリカリスの短編）をシリーズに収めようとする《被害者》カスタニオティス（〈ギリシャの犯罪〉シリーズ出版者）の執念は二人の間に緊張を引き起こし、激しいことばの応酬となった。そして、どうしてそうなったか、本人は覚えていないのだが、アンデオス・フリソストミディスがカスタニオティス氏にもう一度目を向けたとき、氏は床に倒れていた。そんなことがあり得るだろうか？　うすら寒いほどの冷静さで、本人は事件の最後の殺人場面をこんな風に書いている。

> 普段デスクの右端に載っている黒い予言の鳥が、くちばしを彼の後頭部に突き刺していた。血はたいして流れていなかった。少なくとも映画で見るほどには流れていない。というのも、わたしは死体を映画でしか見たことがないからだ。その瞬間頭に浮かんだのは、ミステリ作家のインタビューでいつも訊く質問。「人を殺すのは容易ですか？」だ。とたんにピンクの衣をまとったP・D・ジェイムズが現れて答えた。「容易じゃありませんわ。でも起こりうることね」
>
> 　わたしは屈んで、指を二本あてがって揺さぶった。反応はない。なにも聞こえない。呻き声も呼吸も。あの鳥だ。〈ギリシャの犯罪〉シリーズの三巻目が出たとき、カスタ

ニオティスへのカクリ（女性作家アシナ・カクリ。〈ギリシャの犯罪〉シリーズ全巻に作品を提供）のプレゼント。彼女の短編のタイトルは「鶏舎の殺人」で、凶器は鉄製の鳥だった。そして今……わたしが署名したも同然だ。

「アンデオス、落ち着くんだ」わたしは自分に言い聞かせた。「金曜の午後だぞ。大部分はもう退社しているはずだ。残りの者たちはカステニオティスがすでに帰宅したと思うだろう。おまえは堂々とオフィスを出てまっすぐガレージに行き、車に乗ればいい。そのあと、どうすべきかを考えろ」

わたしは自分の服を見た。まったく問題ない。少しの汚れもない。

望んでもいないことが起きてしまった。だが、言っておきたい。わたしはサナシス（カスタニオティスの名）が好きだった。頑固もので、わたしたちはよく喧嘩をしたが、かなりうまくいっていた。もちろん、こうなった以上は、どうして、なぜ、などと頭を悩ませても仕方がない。ミルクがこぼれたら壊れた桶を嘆いても無駄なこと、とイタリアの諺に言う（アンデオスはイタリア語翻訳家でもあった）。

運よく彼の鞄が開いた。内ポケットに二万五千ユーロある。銀行から下ろしたての札だ。何に使うつもりだったんだろう。わたしは失敬した。

今もそれで食べている。ここの家賃はひどく安い。今いる家は赤く塗られている。バラの赤だ。隣りは黄土色で、そのまた隣りは緑。どうやら世界文化遺産としてユネスコの庇護下で保存されているようだ。ここからは太平洋が、右端には港と中央広場の一角が見える。

どうしてバルパライソを思いついたのか自分でもわからない。チリはお気に入りの国というわけでもない。いや、逆だ。ふつう独裁者やそれを称揚する国は嫌われるものだし、わたしも生涯に出会ったどの独裁者たちに劣らずピノチェトを憎んでいた。あいつめ、ベッドで大往生させるくらいなら、喜んでわたしが殺してやったろう。結局かなわなかったが。

それにしてもチリは遠い。ここまでわたしを捜しに来てみるがよい。世界の果てのこの小さな町まで。出身を訊かれると、わたしはイタリア人でプーリアから来たと答える。それにイタリア語はかなり話せるので、イタリア人でさえ騙（だま）されるほどだ。実際に誰かに訊ねられるというわけではない。ここにいるのは貧しい人たちで、仕事にだけ目を向けている。

明日はネルーダ（チリのノーベル賞詩人）の家を見に行く。ここからはたった数キロの距離で、海のそばだ。

悪い癖に気をつけてくれ。給与の支払いを忘れないように。

アンデオス・フリソストミディス

二〇一一年五月一日（プロトマギア）、バルパライソにてわたしが小声でつぶやいたのは、ただこんな時の決まり文句だった。「信じがたい」。その後は同じ出来事への奇妙な罪の意識、当然の猜疑心(さいぎしん)、生理的な疑問が入れ替わり打ち寄せ、その波間に身をゆだねることになった。いったい何だってこのわたしが、突然、必要もない殺人のきっかけになってしまったのだろうか。被害者と加害者とはわたしが待ち望んでいた文学の理想郷への門を開いてくれた二人なのに。知らずとはいえ、こんな二束三文の作品のせいで……自分はどれほど独創的だと思っていたにせよ、デビュー作を選んでくれた編集者を追いつめ、雇い主たる出版者の上に殺人の手を振り上げさせるなどと知っていたならば、わたしは文句を言わず、喜んでお詫(わ)びのことばとともに辞退したことだろう。出版者本人がたとえ願ったとしても、決して無理に出版されはしなかっただろう。間に合いませんでした、と弁解して話は終わりになるはずだった。わたしのデビューはフリソストミディスのおかげだった。この、わたしにとっての創世記だけが永遠に続く見えざる心理の糸でわたしたちを結びつけている、と信じていた。近く見(まみ)えたのはただ一度、それも数時間だったにもかかわらずだ。聖月曜日（復活祭の週の月曜日）だった。『ギリシャの犯罪2』には最終的に「最高の友には憐(あわ)れみなし」（リカリスのデビュー短編）を選んだ、と告げられたときだ。その際、契約書にサインさせられ、こちらが電話で頼んでおいた通り、ペンネームを選ぶための四つか五つの名前のリストを渡された。よくは覚えていないが、お決まりの外交辞令を交わし、お互い共通の知人がいるかどうか確かめ合ったが、それだけだった。

　そんなことを考えても始まらない。わたしは殺しの状況を頭の中で描こうとした。しかし、慄然（りつぜん）たる犯罪の本質そのもののために、彼が告白の中でどうもわざと省いたらしい部分をとらえるのが困難だった。カスタニオフィスの見取り図に関して、わたしが抱いていた記憶は不十分で断片的だったため、納得できるような殺人を再現するのが容易ではなかった。

出来事自体も、また自分の不幸も受け入れがたかった。こんなことはありえない。幸運が娼婦（しょうふ）のようにほくそ笑みかけていた時に何かが起きて、また奈落（タルタロス）へとんぼ返り。そうして、さあ、一からやり直しだ。甘美から苦渋へ。歓喜から混沌（こんとん）へ。この事件をジュプルーラに話すなら、古（いにしえ）より続く自らの種族の苦しみをまるごと体現したような、あの思慮深い視線をわたしに向けて、黙りこむか、奇矯（ききょう）な質問のひとつでも投げかけてきたことだろう。

最初の衝撃からいくぶん立ち直ると、予想だにしていなかった展開がどう転んでいくのか考え始めた。わたしの長編デビューに惨めな跡を刻むことになるのだろうか。わたしの履歴をどう編むかで彼の前で自虐的に語っていたことが本当になってしまうのか？「ギリシャ文学界に現れたのは遅かったが、残念ながら消えるのは早かった」というわけか？運命と私たち三人とが奇妙で陰惨な形で交わり、待ち焦がれていた門が目の前で閉ざされてしまうというのもあり得ぬ話ではない。あの二〇〇八年三月のある日曜の午後、それほど自信があったわけではないが、悪夢のように人気（ひとけ）のないザロング通りを下り、十一番地（カスタニオティス出版社がある）のグリルシャッターの後ろに「最高の友には憐れみなし」の原稿を入れた黄色い封筒を投函したとき抱いていた期待だった。そして今はどうなる？　非情な！　どこに行ってわたしのこんな、厄介で特殊な希望をまた最初から説明しろというのか？
いいだろう。それも当然ではある。わたしたちが顔を突き合わせた数時間のうちに、わたしの疑い深い頭でさえ、闇に隠れた彼の秘密の個性を見抜けなかったのかもしれない。わたしは何かを思い出そうとした。ごく些細なこと、彼の視線、動き、電話での会話、こちらの話を遮られっぱなしだった続けざまの電話のやりとり。思い出せる限りでは、こらえきれない衝動を抱えた人物をうかがわせる点は何もなかった。オフィスを出た時わたしはこの上ない好印象を受けていたのだ。限界に達していたとはいえ、心的な変調によってかくも簡単に殺人に走る人物にはとても見えなかった。めぐり合わせが悪かったということか？　それに、わたしたちはミステリ作家だ。悪魔めいた偶然の一致が個人的な誤解といきなり手を取り合ってどれほど無様な結果を引き起こすか、予測を超えてどんな風に人の運命を狙い撃ちするかを知っている。

　わたしは何度も序文の告白の紙背にまで目を光らせ、謀殺の仄めかし、あるいは新奇な目くらましを発見しようとした。何度やっても駄目だった。

　最初の驚愕と混乱に見舞われた数時間、わたしの心の中では彼に対して同情に極めて近い感情が膨らんでいった。こんなことをしでかした以上、本人はもはや誰の同情も求めていないにせよ、わたしには彼がその場で足踏みしながら、時に誇り高く自らを鞭打ち、時に背中に背負った十字架で慎ましやかに身を屈めながら、良心の呵責というゴルゴダの丘を永遠に登りゆく姿を思い描いた。そういう呵責は道徳の士が皆、時の気まぐれで罠に落ち、おぞましい行為——自分たちの人生を律する道徳とは定義上相容(あいい)れない行為——に引き寄せられる際に感じる類(たぐい)のものである。大いなる不運。というのは、ここだけの話だが、彼の運命宿命が突然宙に放り投げられ、穴の開いた安全ネットの上で宙返り(サルト・モルターレ)する可能性は少なくないのだから。青年期にノーベル賞受賞者たちの話し相手から亡命難民になり（《国内共産党（ギリシャ軍事政権期に成立した左派政党のひとつ）》の幹部に就任）、インターポールとユーロポールとに追われ、生涯かけてためた金で（加えて、パニックのあまり盗んだ——と考えたいが——二万五千ユーロがある）、最果ての地、すなわちアジェンデ（バルパライソ出身のチリのマルクス主義の政治家。一九七〇年—一九七三年大統領）や詩人セルヒオ・バディーリャ・カスティーリョ（バルパライソ出身の現代詩人）の、さらには独裁者ピノチェトの故国である《天国の谷（「バルパライソ」の語源）》に、失われた自らの潔白に対する救いの場を求めたのだ。

バルパライソを選んだことがわたしには不可解だった。きっと第一は文学がらみの理由だろうと考えているうちに、ロベルト・ボラーニョの奔流のごとき小説『2666』の中で、チリをギリシャに結びつける件(くだり)を読んだのを思い出した。ボラーニョはチリ先住民協会会長でアラウカ語学士院事務局のロンコ・キラパンなる人物の書物に触れ、以下のような見解を忠実に翻訳している。

> ゲクモンチは「チリ」と呼ばれるが、地理的及び政治的にギリシャ国家を思わせ、現にそのようなものとして、緯度三五度と四二度の間の平行するデルタ地帯に存在している。

このキラパンは最初の脚注でゲクモンチは国家の意味であると述べ、二つ目の注では、「チリ」なる語はギリシャ語であり、「遠い種族」と訳せるであろうと説明している。ボラーニョの小説の主人公アマルフィターノ教授はキラパンの本を読み、なかんずく次の結論に達した。

1　すべて、もしくは大部分のアラウカ族はテレパシーの能力を持つ。
2　アラウカ語はホメロスの言語と密接な関係にある。
3　アラウカ族は地球のあらゆる地方、特にインド、原ゲルマニア、ペロポネソスに旅している。

正直言って、「すべて、もしくは大部分のアラウカ族はテレパシーの能力を持つ」との結論にはいささかうさんくささを感じたが、この成り上がり者にして穿鑿（せんさく）好きな歴史家・言語学者が歴史的に根拠のないたわごとから引き出した前代未聞の結論によって、アンデオスが終（つい）の棲家（すみか）を選ぶにあたって少しなりとも影響された、などというばかげた可能性はすぐさま捨てた。それにボラーニョは残念ながら二〇〇三年に亡くなっており、アンデオスは彼と知り合って番組を制作する時間はなかった（フリソストミディスは文学者たちのドキュメンタリー番組のシリーズを手掛けていた）。結局のところ、耐えられないのは世間に忘却されることだ。墓石のほうがまだマシだろう。

ただ望むらくは、あの二万五千ユーロが代償となったとは彼の念頭に浮かばぬように……何に対してかは言わぬがよかろう。

殺人犯であれ心があり、悍（おぞ）ましい行為に責任があるのはその者だけとは限らないかもしれない。しかし、怒りを鎮め、幾千もの気づまりな対話に匹敵するぐもったつぶやきへ、あるいはそれ以上に、抑制しながらも抗議を敢行して殺意を解消し、堂々と艦尾を後退させつつ退却していったとしても、どんな支障があったというのだ？

最初の二十四時間が過ぎるべくして過ぎると、わたしは出版社に電話しようと考えた。だが誰と話せばいい？　誰もが哀悼に沈み、悲痛と不安の中にいるだろう。そしてこのわたしは、出版者とアンデオス以外に誰とも話したことがない。この二人だけが、わたしが信頼と共感を得るために、あるいはまた、好奇心をつついてわたしの正体の周りに神秘の霧を生み出すお遊びに協力してもらおうと吐き出した秘密を知っていた。わたしはプライベートを秘中の秘としておき、彼らは将来を嘱望（しょくぼう）された謎の作家を売り出せるように狙ったのだ。

不満はなかった。ペンネームをつけるにあたって、望むことは何でもしてもらった。ひとりでつけられなかった、というわけではない。ただ、よくあることだが、自分でペンネームを考えた場合には予期せぬ痕跡を残す危険がついてまわる。どれほど注意しようと、論理は意識下に助言を求めたがるものだ（そして最終的にはそれに従う）。かくして突然、ごく簡単に正体のバレそうな名を手にすることになる。

電子書籍の出版やウェブページのアドレスを立てる件で、アルギリス・カスタニオティス氏（前出の出版者カステニオティスの息子）と交わしたメールはわずかだった。他にも、ギリシャ文学書関係のディミトリス・ポサンジス氏や『クズたちのロマンス』の監修者ディミトリス・リベロプロス氏や、本のプロモーションのため、あるいはまた予告編のナレーションを担当したステリオス・マイナス氏に謝意を示すため助力してくれた広報担当のフィオナ・アンディコプル氏やイズミニ・クルピ氏も同様だった。追跡はそこまで。そこでわたしは腰を上げ、ジュプルーラのもとへ向かった。

　わたしは答えのない問の海の中でじたばたし続けた。そんなある日曜の朝、アンデオスがギリシャ・ミステリ作家クラブのあるメンバーと《やりとり》があったのを思い出した。ぼんやりした予感に押されてエルサール（「ギリシャ・ミステリ作家クラブ」の略称）のウェブページを見た。まっさきに意外なものがわたしの目を引いた。ニナ・クレタキ氏の投稿「夏のおすすめ本」に『ギリシャの犯罪4』が載っているのだが、わたしの名がない。夜もう一度見てみると、序文を書いたアンデオス・フリソストミディスの名も出ていないのを見てゾッとした。奇怪な偶然の一致だ。

　これも偶然なのだろうか？　わたしは自問した。

　汗ぐっしょりになって、正体がバレるのに怯(おび)えた駆け出しハッカーのようにブラウザを閉じた。この物語とは全然無関係な悪夢に満ちた苛立(いらだ)たしい夜を過ごした後、翌朝、動揺していたため何かを見落としたのではないか、わけのわからない現象の解決を助けてくれるちょっとした説明のヒントがあるのではないか、という希望をもって見てみた。その通りだ。エルサールの投稿記事の中から、序文で犯行を告白した加害者以外にも、カクリ氏とマルティニディス氏の間にあった作家の名が消えていた。つまり、カルテロス、わたしリカリス、マルカリスだ。ミハロプルとトリアンダフィルの二人の女性の名もないことを認めたとき、混濁したわが脳裏にある光が射しこんだ。なるほど、そういうことらしい。エルサールのメンバーじゃない者が消されたんだ。

さらに一週間が経ってから、電話でジュプルーラに意見を求めた。最初に訊ねられたのは、黒い亀に小便をかけられたことがあるか（あるなら、いつか）、だった。ない、とわたしはきっぱり答えた。どんな色であれひっかけられたことはない。わたしは問題をわかりやすく説明し、もっとも重要な点に集中してくれと頼んだ。すなわち、作家としてのわたしの未来について、直観的な見通しはズバリどうなのか？　話を合わせるのは不可能だった。絶えずこちらの話の腰を折っては、あるいは自分の言語で、あるいは英語で、わたしの耳に吹きかけてきた。オーストラリアの赤い砂漠を吹く風のようだった。

「悪い兆し、悪い兆し」

そのあと、アボリジニーのことばで迷信の悪魔祓いの呪文が怒濤のように続き、わたしの血を凍らせた。それから咳き込み、また飲酒を始めたのかと疑わせるようなしゃがれ声になって、英語で言った。

「太陽を見つめろ。闇を見るな」

「どういう意味だい？」

「知ることが多いほど、必要とするものは少なくなる」

「それ、今度のこととどんな関係があるんだ、ジュプルーラ？」

「わかっていない……言っただろう？　夢を失う者はとうの昔に失っている」

食い下がっても意味はなかった。以前から知ってはいた。ジュプルーラが恍惚状態に入り、相手に向かって曖昧な託宣を次々に放ち始めると、彼を正気に戻すには、こちらが背中を向けてまるっきり無視するか、電話をガチャリと切るしかない。そこでわたしは決心した。待つことにしよう。さまよえる運命に舵を取らせてみるのだ。いずれにしろ、わたしは何十万マイルも離れたところにいる。それに、いつか誰かがわたしに電話してくるなら、その時は……


結局、想像した通りにはならなかった。この事件は急速に忘れられた。

こうして何か月かが過ぎ去るうち、運命の迷宮の中でわたしはバルパライソに流れ着くことになった。わたしがそこに着いたまっとうな理由があるのを納得してもらうために、必要なことだけを語ろう。疎遠になりたくない人たちと連絡を取るためにここ十年ほど使っている局留め郵便の窓口に、チリの切手とかの地の中央郵便局のスタンプに溢れた一通の書留便が届いた。差出人はマリア・フリスティナ・ポルタレスなる女性。若い時分の母親の写真の裏面に、自分はイザベル・フェルナンデスの娘であり、実の父を捜している、とマリア・フリスティナ・ポルタレスは記していた。名刺が連絡先と職業上の肩書（ケースマネージャーらしい）を教えてくれた。一方、ネルーダ博物館（船の橋が思い出されるだろう）の絵はがきの裏にはこう書かれていた。

来月十五日から三十一日の間にバルパライソにお越しいただけるか、ご一報いただきたい。

イザベル・フェルナンデスとは、ギリシャ軍事政権崩壊の一年後、一九七五年夏にアテネで運命の交わりを体験していた。彼女はピノチェト独裁政権の野蛮さを弾劾するためヨーロッパを回る人民連合（一九六〇年代末から七〇年代にかけてのチリの左翼政党連合）の代表団に参加していた。ひじょうに美しく一目で恋に落ちてしまいそうだった。チリの代表団はアテネに五日間滞在することになっていた。イザベルはわたしのためにさらに十日間の滞在許可を取った。彼女が去ると、続く五年間わたしは彼女の消息を失ってしまった。一九八〇年のクリスマスに東ベルリンから彼女のカードを受け取った。その後は再び沈黙。一九八三年のある夏の夕暮れ時、マナグア（ニカラグアの首都）郊外で国際宣教師団の移送のため即席で張られたキャンプ地の混乱と騒ぎの中で、まず喜びの声がわたしに呼びかけ、数秒後幌なしの軍用ジープがそばでブレーキをかけるのが聞こえた。イザベルが笑いながらゴールキーパーがダイビングキャッチをするように背中に飛び乗ってきて、宙で信じられないような回転を見せてからわたしの腕の中に収まり、わたしの首の周りに長い栗色の髪の房をまとわりつかせながらキスしていた。

わたしたちは、ホンジュラスとの国境に近いどこかの村から来たサンディニスタ民族解放戦線（一九七九年にニカラグア革命を成功させた左翼政治運動）の兵士たちによって、あわてて引き離された。わたしたちの派遣団はサン・ホセ・デ・アチュアパで学校を建て終わっていた。わたしを含めた者たちは国への帰還の準備が整うのを待っており、他の者たちはサンディニスタ軍からの新たな指令を待っていた。イザベルの旅団は《ハッピー・ヴァレー》――以前はピッグス湾侵攻（一九六一年在米亡命キューバ人部隊がCIA支援の下、キューバに侵攻しカストロ革命政権打倒を試みた事件）を支えるためにソモサ政権（一九三〇年代から続いたニカラグアの独裁政権。七九年ニカラグア革命で亡命）時代に建てられたCIAの秘密基地だった――の端にあるプエルト・カベサスのある村に保健所を建てていた。プエルト・カベサスはサンディニスタ軍にとって象徴的な意味があった。そこでアウグスト・セサル・サンディーノ（一九二〇年―三〇年にかけての駐在ニカラグア米国軍に対する抵抗運動リーダー）が村の娼婦たちに守られて、粗い皮の即席手榴弾でアメリカ守備軍を攻撃したのである。イザベルはオーストリア人の医者と（わたしの記憶が正しければ）メルキアデスという名のメキシコ人といっしょにいた。彼女たちのグループは《コントラ》（ニカラグアの親米反政府民兵）が村の境界線のすぐ外まで密かに接近した間際に気づいていたが、夜間パニックに支配される中で仲間の何人かが姿を消していた。翌日彼女はマナグアの人民連合オフィスへ行き、仲間と接触したあと数日後バルセロナへ飛ぶことになっていた。

わたしたちは空のテントを見つけ、ボロ布、レインコート、寝袋を敷き詰め、いっしょに飲み食いし喋りながら一晩を過ごした。明け方が近づき、明けの明星が消えかけたころ、イザベルはバッグから《ポラロイドカメラ》を取り出し、わたしたちは疲れと睡眠不足ともうじきの別れにタガが外れかかっていたが、ひとりのサンディニスタ兵に写真を撮ってくれと頼んだ。わたし、彼女、オーストリア人医師、メルキアデスだ。最後の瞬間に、解放の神学活動の若いカナダ人修道女が自分からフレームに飛び込んだ。テレーザという名の小柄な女性で、無邪気で善良な顔はそばかすだらけで、髪は濡れた藁（わら）のような色だった。汚れた修道服の胸の部分には、抑圧された信者たちに「祈りだけでは不十分だ」と教えた革命家カミロ・トーレス司祭のくたびれたバッジが輝いていた。司祭はコロンビア民族解放軍の戦士として最初の戦いで、相手を倒す間（ま）もなく殺された人だ。

兵士はわたしたちに三度ポーズをとらせて、《ポラロイド》に収めた。一枚はイザベラが、二枚目はわたしが取り、三枚目は修道女テレーザが両親に送りたいと言って手に入れた。子供のように喜んでいた。わたしたちを抱擁し、頬にキスして神の恩恵を授けてから、イザベラと連絡先を交換し、写真を手に石蹴り遊び（クツオー）をする少女のように飛び跳ねながら、キャンプの視界を遮っている濃い霧の中に姿を消した。わたしは写真をチェ・ゲバラの「ボリビア日記」のページの間に挟んだ。こうして、さまよえるわが夢のほかの思い出といっしょにそこにしまっておいた。イザベルを見たのはそれが最後だった。その後出会うことはなかった。

人が歴史の波間で姿を消し、再び現れる様は不思議なものだ。ピノチェトは倒れ、ソ連も崩壊した。サンディニスタ軍はコントラ軍に勝利したが一九九〇年の選挙で敗れ、ダニエル・オルテガ（サンディニスタ民族解放戦線リーダー）は二〇〇六年に権力の座に返り咲いたものの、現実路線の右派社会民主主義者に変貌した。

イザベルは追放先から帰還すると、娘とともにバルパライソに定住した。二〇一一年初め喉頭ガンと診断された。病気はたちまち彼女の中で広がった。最後のステージではもはや話すことができなかった。

最後の日になるだろうと悟ると、マリア・フリスティナを呼んで日記を渡し、《ポラロイド》のページを開いたままにさせた。娘の父親を教えるためだった。震える指は最初、わたしとオーストリア人医師の中間あたりに落ちたが、背が高く後ろに立っているメルキアデスの頭にも少しかかっていた。一秒後に指は修道女の方に滑り、それからイザベラは永遠の旅に赴いた。

ショックから覚めるとマリア・フリスティナは日記を調べてわたしたちの名を知り、連絡先を突き止めた。実父を知りたいと願う子供の不屈の執念から、わたしたち三人の居場所を突き止め、この一大会見に招待したのだ（修道女テレーザも捜したが、彼女の両親から、写真を撮った二年後にコロンビア軍の待ち伏せで殺害されたと聞かされた）。

読者が何をお考えかは承知している。電話でマリア・フリスティナに何歳か訊ね、今年から一九七五を引いてみればいい。しかし、結局どうなったかは別の物語だ。事情が許せばお話しすることになるだろう。

あの奇妙な払暁（ふつぎょう）に目覚めたとき、疲れから回復してはいたが、茫洋（ぼうよう）とした記憶と懐かしい恋と自分の全人生がひっくり返るのではという落ち着かない恐れとがない混ぜの感情に満たされていた。暗い部屋を不吉な静けさが支配している。少しばかりうたた寝するうち、突然強い光に目を覚まさせられた。視神経の根元の鋭い痛みが頭を貫いた。その瞬間、固く瞼（まぶた）を閉じた。六十から逆に数えながら、丸一分間が過ぎるのを待ち、薄目を開いた。白黒の影が音も立てずに揺れているのが見える。そのうちのひとつは微（かす）かに息をしているような感じで、誰かの姿を強く思い出させた。誰か特定するのは無理だった。視覚上の幻覚であってほしいと願った。じっとしたまま、わたしは意識と無意識の灰色の境界に爪先立ちしていた。ここ数週間わたしを追い立てていた、ぼんやりとした呪わしくも悪（あ）しき予感がより痛烈になって来た。暗示をもらえる物音に耳を澄ませ、少しでも現実に着地させてくれる何かを考えようとした。わたしは自分に問うた。「いったいどこにいるんだ?」抑えた動きで痺（しび）れを関節から追い払い、しばらくベッドに座ったままでいてから、起き上がった。すべての原因は朝日だった。港の安宿の狭苦しい部屋（船乗りの夢を捨ててしまった思い出からわたしはいつもそういう部屋を選んでしまう）はまともに太陽に面していた。昨夜からカーテンを引き、鎧（よろい）戸（ど）は大きく開け放っていた。はるかな海と空を眺めると、よく肥えたカモメのつがいが目前を弾丸のように飛び過ぎた。

　バルパライソに来てすでに三日だった。手早く服を着ると、立ったままコーヒーを飲んで出かけた。ウーノ・ノルテ運河地区のカイエ・シン・ノブレを歩きながら、とあるレストラン――その名も《イル・トラドゥットーレ》――の外に並んだテーブルに座る人影を見かけた。朝の影の形を思い出させた。《翻訳家(イル・トラドゥットーレ)》！　ただちに頭を回転させなければ。しかし思いは相反する考えと不快な記憶に沈みながらあちこち飛び回る。わたしはあてのない散歩を続けた。

疑念のせいか、次の日の夜明けまで汚(けが)らわしい夢を見続けた。昼十二時ごろまた《イル・トラドゥットーレ》の外まで行った。

彼だ！　同じ席に座っているのを目でとらえた。パナマ帽を押し上げ、濃い緑の《レイバン》を額にのせている。夢見るような様子で眉をしかめながら、霧の立ちこめる太平洋の無限の水平線を眺めている。手には黒いカバーのレストランメニューを持っていた。

わたしは枯れかけた枝垂(しだ)れ柳の後ろに隠れながらもっとよく見ようとした。難しい。危険な接近を試みる。野球帽のひさしを右側に下ろし、素早い足取りで彼の前の安全圏すれすれを通り過ぎた。目の端でとらえたものから、即座に嫌な一撃を頭に喰(く)らった。そう、《イル・トラドゥットーレ》のメニューだ。カバーの中央には白い死体の輪郭線が描かれているが、これが『ギリシャの犯罪4』の表紙と同じなのだ。ただ、こちらは死体の輪郭が直立して（なんだか恐々(こわごわ)スケートをしているように見える）、片手に持った給仕の盆にはテレビの画面と開いたアンテナが載って勝利のVサインを形作っている。奇妙な図柄だが事情を知るものにとってはちゃんと理由がある。象徴だ。《イル・トラドゥットーレ》のアンテナはわたしたちの時代の耽美的(たんびてき)、美食的、文学的享楽(きょうらく)で作られた星座を放送しているということだ。

男はどこを見るともなく視線を前に投げていた。わたしはレストランの外に並べられたフィカス樹のプランターまで近づくと、メニュースタンドの前に立って黒いメニューのページを繰るふりをした。すべてスペイン語とイタリア語の二言語で書かれていた。見よ、ここに第二の証拠が叫びをあげている。《イル・トラドゥットーレ》の豪華メニューの料理すべて（前菜、メイン、デザート、飲み物）には、彼自身がインタビューした文学者たちの名がついているのだ。各ページの上辺左右には三つ目の証拠が描かれている。気取った黒いカラスのイラストだ！

これ以上は必要ない。カニのように後ずさりすると、向きを変えて隣りのカフェの敷地に入った。フィカスの間から様子を探ろうとテーブルを選び、コーヒーを注文した。次の瞬間相手は立ち上がり、特徴ある歩き方でレストランの闇へと姿を消した。

彼が戻って来て同じ席に腰を下ろしたとき、わたしからはためらいが消え去った。大騒ぎになろうが彼の前に出て行ってやろう。コーヒー代を払うと、ゆっくりと近づいて行き、こちらの影に気づいたらしい瞬間になってはじめて話しかけた。

「あなたですか？　これはこれは。驚きの再会だ！」

彼はばね仕掛けのように飛び上がった。罠に落ちた獣のように、瞬時に目であたりを一掃し、声に詰まりながら、自分の目が信じられないといった体で《レイバン》越しにこちらを見た。レストランの入り口に立っている、腫れた顔をしたボクサー風のボーイ二人が（いつ現れたのか気がつかなかったが）、苦虫を潰したように視線を交わした。チェックのエプロンのポケットから手を出し、ベルトから白いナプキンを取り出すと、これ見よがしに椅子の位置を整えテーブルを拭きながら、わたしたちを取り囲むように接近してきた。彼は決然とした仕草でサングラスを上げ――これに対してわたしは背筋がぞっとして数秒間固まったが――歪んだ微笑みを見せながら、気まずい再会の驚愕を何とか切り抜けようとして叫んだ。

「こんなことがあるか！　たしか君は……」

彼の口からはわたしの本名がとび出すところだった（わざとか？）。唇を噛むと、親しげな口調に戻り、少しばかりうれし気だが決して本心ではない調子で「どうしてこっちへ？」。その後ギリシャ語で話すのが怖くなったかのように、同じことばをイタリア語で繰り返し、わたしには理解できない文（わたしはイタリア語を知らないので）を一つ二つつけ加えた。

わたしも思わず、相手を落ち着かせようと英語で答えた。

「ただ通りかかっただけですよ、偶然。あなたはどうです？　変わりないですか？」

彼がふたたび顔を曇らせたのも当然だ。なんというバカな質問だろう。わたしが言いなおす前に相手はすばやく言った。

「ここで何してるんだね、イエロニモス？」

相手の抑えた詰問口調には気づかないふりをして、わたしは答えた。

「どう言えばいいか……長い話なんです……とにかく、あなたを捜しに来たんじゃなくて。心配しないでください」

最後のことばは笑いを見せながら言ったのだが、同時に、――やむを得ずにしろ生まれつきにしろ——気まずさを逃れる際に巧妙な皮肉をこめる修練を積んだ第三者の言い方に聞こえただろうな、と思った。

彼の唇には曖昧な微笑が浮かび、左の眉を微かに上げると、一二秒わたしを刺し貫くように見つめた。それ以上は必要なかった。彼は十分に自制を取り戻しており、あらゆる感覚を動員して緊急警報の態勢をとっていた。わたしがいつまでも肩越しに、大理石のように動かざる二人のボクサー風ウェイターに目をやっているのを見ると、ふりむいて何かイタリア語で言った。二人は視線を落とし、黙ってうなずくとレストランの入り口へと戻り、王冠の衛兵よろしく腕組みをして立った。気まずさから劇的な休止がしばらく続き、わたしたちはその間視線を交わすのを避けていたが、それからどこかよそよそしいまま両手を広げ、座るようにとわたしを誘った。わたしは全身から好奇心に沸き立ち、期待でムズムズしてはいたのだが、しかしあまりに気恥ずかしいので、半分だけ本当のことを告げて丁重に断った。

「そうしたいのは山々ですが、残念ながら三十分もしないうちに大事な約束があるので」

「ああ、それなら夜会おうじゃないか。いっしょに食事しよう。君に御馳走できるなんてうれしいね。八時ごろはどうかな？」

「大丈夫だと思います。今日がだめなら、明日同じ時刻に来ますが」

「オーケー」

彼は一瞬あらぬ方を見てから、さも些末なことを思い出したかのようにそれとなく訊ねてきた。

「どこのホテルに泊まってるんだ、イエロニモス？　迎えをやろうか？」

「いえいえ。どうもありがとうございます。厄介になってるところがあって……」

「ああ、そうか……いいだろう。では待ってるよ……」

口調は快活ながら皮肉っぽかった。

「今日か明日の晩に……」わたしは急いで繰り返した。

微笑んでいたが、彼の鋭い視線は他のことを告げていた。わたしたちは歯を食いしばって笑顔を作り、熱い握手の汗で手をべとつかせながら黙って別れた。

もはや先延ばしにしても無駄なことだと思い、八時五分前に《イル・トラドゥットーレ》の門をくぐった。ボクサー風ボーイのひとりが探るようにこちらを見てから、仕切りの間に案内した。六人用の丸テーブルが二人のために準備されていた。中央にはヴェネチアガラスの花瓶が鎮座し、青と藤色のアジサイが生けられていた。テーブルクロスはバラ色に光り、レストランのロゴの入った真っ白な楕円形の磁器の皿、透明のグラス、銀のフォーク・ナイフが置かれている。

一分後にアンデオスが現れた。落ち着いており情熱を抑えている様子だった。

お決まりの挨拶（あいさつ）を交わすと、もうひとりのボクサー風ボーイがチリのアンデス山脈産の《ペテーオラ》のボトル水を運んできた。どこかのスピーカーからスタヴロス・クサルハコス（一九三九年アテネ生まれの有名なギリシャ人作曲家）の有名なオーケストラ曲が静かに聞こえてくるのに気づいた。

このレストランをどう思うかね、と訊ねられた。ひじょうに感じがよく、シックで世界的にもユニークなものだと答えた。メニューの料理に文学者の名をつけるというアイデアは驚きだし、斬新な料理の完璧さは、客人第一を旨とするホストの提供する風格と要求に結びついている、としか言いようがなく、テイスティングと偉大なる文学の言語および思想という険しい道を同時に歩みつつ獲得した知見は実にみごとな調和を見せており……

ありがたいことに彼は口を開いた。わたしは自分の演説をどう収めればいいのか、わからなくなっていたのだ。

「なあ、イエロニモス！　わたしの番組では対談相手にグルメの好みについて質問するという段取りになっていたんだが。特にカメラの外でね。そういうことで、選り抜きの文学的『ツェレメンデス』（ギリシャでよく使われている料理のレシピ本）を結集したのだ。この美食の隠れ家が提供する料理と飲み物のメニューと名称は、かの本に基づいている」

彼が逸話の例を集めて披瀝するあいだ、わたしは相手の目に見入ったり、レシピと文学者名を比べようとメニューをあちこち繰ったりして、本当に感じ入っている様子をしてみせた。しかしだ、目前に繰りひろげられる彼の説明を前にしてわたしは気持ちを集中させられなかった。偉ぶった黒いカラスが羽ばたきながら襲いかかり、メニューカバーの《死体》の輪郭はそれを逃れようと、空飛ぶ少林僧のように旋回していた。

それを見て取ったのか、一息入れようと彼は突然会話の方向を変え、自身が気になっている件を語り始めた。

「どうしてバルパライソへ来たのか、君は話さずじまいだったな」

わたしはできるだけ短く曖昧に、正直なところを打ち明けた。彼は礼儀上相手を信じるふりをするように鷹揚（おうよう）な共感を見せながら聴いていた。バルパライソから逃げ出すことになるのは、マリア・フリスティナ・ポルタレスが誰の娘かの確証を得た時だけですと、言いわけがましく話したとき——そう話す必要をわたし自身もなぜか感じていた——それを聞いた彼は骨が砕けるほどわたしを凝視し、仕方がなかろうという風にうなずいた。優雅に手を伸ばしメニューをそっと私の手から取ると、経験豊かなホストとして有無を言わせぬ自信を見せながら、ふたたび丁寧（ていねい）なことば遣いで宣言した。

「よろしい。さて、イエロニモス、最初の前菜はわたしに推薦させていただこう。第二の皿はお好みのものを選びたまえ。アラン・ホリングハースト風フィノキオとオレンジのサラダ。マリオ・バルガス＝リョサ風野菜のアンティパスティ、サンティアーゴ・ロンカリオーロ風海鮮品のフライ、エンリーケ・ビラ＝マタス風トマト入りムール貝グラタン、ジョン・バンヴィル風チーズ入りナス、ノーマン・マネア風ロブスター・サラダ、アントニオ・スカルメタ風新鮮なイカ入りソースのスフォルマティーノ（イタリア風スフレ）、カルロス・フエンテス風ライスコロッケを供するように命じてある。他に所望のものがあるかね？」

「いいえ。たぶん多すぎますよ。次の皿を置くスペースがありますか？」

「ああ、心配せずともよろしい。量は調整してあるから。ただ味覚を喜ばせるぐらいにね。満腹を求めるわけではない。さて、ワインにはうちの白をお薦めする。無農薬（ビオディナミック）、完全有機栽培だ。コルチャグワ谷産（チリ中央部のワイン作りが盛んな地域）シャルドネ、ソーヴィニヨン・ブラン、リースリングなど様々な品種から作ったものだよ。その配合はもちろん極秘だ。この店を売ってくれたジュリアーノという男が、わたしに血の掟（オメルタ）を誓わせた。やつの村の守護聖人シラクサのマドンナ・デッレ・ラクリメの前でね。果汁をイタリアとフランスの樫樽（かしだる）の中で醸造し、その後うちのラベルを貼った瓶に入れるのだ。絶品の味に驚くはずだ。口蓋（こうがい）に少しばかりプラムの味を残す。《イタロ・カルヴィーノ》と命名したよ」

　異論はなかった。パスタとメインにわたしはジョン・ル・カレ風スパゲッティ・デル・カピターノ（プチトマト、アンチョビー、ケーパー、ニンニク、トウガラシのソース）とジョゼ・サラマーゴ風ペーストとクルミ添えバルブーニのフィレ焼きを選んだ。彼はニコロ・アンマニーティ風黒トリュフ入りスピノジーニ（ブロッコリ、プチトマト、ニンニク、黒トリュフのスパゲッティ）とアントニオ・タブッキ風アンコウの包み焼きにした。

　メインの皿が来ると、ふたたび会話が始まるまで黙々とフォークが動いた。ボクサー風ボーイの監視（人間らしい風貌の他のボーイたちは残りの客を担当していた）と無関心に見える相伴相手の視線の下でわたしは舌鼓を打ちながら、次にどんな戦術を取ろうか考えていた。結局はすぐ本題に入るのが得策だと判断した。そのほうが会話の進む方向に応じて、防御なり反撃なりの態勢を立てるのに余裕があるだろう。

「そのうち耳に入るでしょうけど」とわたしは続けた。「喜ばしいニュースです。カスタニオティスさんはお元気ですよ。あなたが犯したと思っていることは、結局起こってません。ぼくもいくらか後になってウラを知ったんです。アボリジニーの親友ジュプルーラを訪ねて

《赤い砂漠》に行ってたので……」

わたしは突然ことばにつまった。彼が突然しかめ面を見せたのだ。礼儀作法(サヴワール・ヴィーヴル)の達人として手慣れた貴族風ふるまいの後ろに巧みに隠そうとしていた表情だった。足をすくわれたわたしは、適切なことばを選んで何気(なにげ)なく語ることができなくなった。わたしたちの間にずっと聳(そび)えている透明な壁を打ち破れなかったのだ。そうして、《カルヴィーノ》をグイとあおると、がむしゃらにまくし立てた。

「あなたの告白を読んで凍りついてしまいましたよ。理解できませんでした。信じていただきたいんですが、ぼく自身が意図せずにであれ、あなたをあんな試みに駆り立てた原因、あるいはきっかけになったんじゃないかって恐ろしいくらい心配しました。まあ、『終わりよければすべてよし』ですが。ぼくがざっと理解したところでは、あなたのほうも意図せずにですが、おそらく一種の瞬間的視覚障害の犠牲になったんだと推察します。いわゆる《ゴリラの錯視》ってやつです。有名な現象ですが、ご存じですか？（ハーバード大が行った心理学実験。数人がボールをパスする映像を見ながらパスの回数を答えるよう指示されると、途中で人々の間に現れたゴリラの姿に気がつかない）」

相手は皿からつまむのをやめ、苦り切った表情で、フォークを浮かせたまま黙ってこちらを見ていた。ひたいには深いしわが三本刻まれている。わたしは少し水を飲み、ジョン・バンヴィル風チーズ入りナスの最後のかけらを流し込んだ。彼のしわが消えたため勇気を出して、二人の間に君臨していた気まずさの亡霊を無視し、お互いは対等な食事相手なんだと念じつつ続けた。

「ある現象です。テレパシーなんかじゃない。さて、どう説明すればいいか……奇妙に聞こえるかも……でも、こういうことです……特別な状況ではだれでも一瞬視覚を奪われ、ついさっきまで視野の中にいた他人の存在が知覚できなくなる場合があります。ずっとそこにいる人が見えないということです。言ってることがおわかりでしょうか？」

「おおよそ」

「何かに集中すればするほど、特に極限の緊張状態の場合は、視覚やほかの知覚器官は注意が逸れないように、それ以外の明らかな情報を無視するのです。こうして、高い確率でと言ってもいいくらい、各人は自分の前や隣りにいる誰かを知覚しないという誤謬に陥ることがあります。それが巨大なゴリラだったとしてもです。

要するに言いたいのは、ぼくの作品をめぐってあなたがたの間に不和が生じ、それが引き起こした緊張によってあなたの視線はカクリ氏のカラスに集中した。頭の中でモヤモヤした相反する考えが渦巻きジレンマに惑乱されて、あなたはこんな風に想像したんです。カラスは生きており、ためらいがちにであれ、あなたが願った中でもっとも極端な申し出に同意した。あなたの手に飛び移って巣をかけ、殺しの凶器となったと。

その間カスタニオティス氏は出版はキャンセルだとあなたを脅した後、エスプレッソ機の前に背を向けて立っており、あなたにはすでに契約を交わした作家たちに起こるはずの結果を考えるごく短い運命の時間が与えられた。その瞬間――ぼくの推理ですが――あなたの意識の理性的な保護メカニズムがひっくり返ってしまった。キャンセルの結果は攻撃的本能と変容し、あなたは一瞬の間自らが厳格な復讐の幻視者であると考えざるを得なくなった。ここまではおわかりですか？」

　まったく反応がない。彼の顔は驚愕の仮面をつけたまま固まっていた。わたしは背筋がぞっとした。何やら囁きあっているボクサー風ボーイの方に目をやりながら続けた。

「その瞬間ご自身の自我に欺かれて、あなたは現実の時間の中で忌むべき一歩を踏み出し、殺害を行うさまをゆっくりと目に突きつけられたのです。ことばを換えるなら、感情が沸きたちその結果混乱してしまったため、期せずしてご自身の興奮に搦め捕られてしまった。つまり、あなたが殴ったために相手が床に倒れたとしか意識することが許されなかった。あなたがどう覚えていようと、そんな攻撃が存在しなかったことは確かですよ。突然の体調不良で気絶しただけです。彼もまた明らかに、ぼくをアンソロジーに入れないというあなたの要求に憤慨していましたからね」

　わたしは一息つき、唯一確かな《松葉づえ》に絶望的にすがりながら結論づけた。

「それに、ジョン・ル・カレもどこかで言ってますね。『どのような理由であれ、頭脳と目とのコミュニケーションが停止した場合、結果としてこの逆立ちの感覚が現れる』って」

　わたしは彼を、衝撃を受けたままにしておいた。彼がフォークを無造作に丸テーブルに置いたため、テーブルクロスに染みがついた。そして左手で宙にある動作をした。目の奥で影がちらちら揺れている。この動作で言いたいようだ。「そこらでやめておけ、イエロニモス。誰を前に戯言を飛ばしている？」と。しかしそれはボクサー風ボーイに向けて、水と《カルヴィーノ》を足すようにとの合図だった。短い休止。そしてフォークの動きが続いた後、相手が一言も話さないので、わたしが続けた。

「とにかく、事件はおおやけにはなりませんでした。二万五千ユーロの件でさえ、まったく漏れてません。その跡を探る者もいなかったし。それに『アンデオスはいったいどこに消えたんだろう?』みたいな疑問が出始めると、出版社の社員たちからの返事は曖昧ながら、巧妙に筋が通ったものでした。ミステリや世界文学についての上流階級との対話とか交流の回想録を書くために一人でこもっているだの、イタリアのRAI3チャンネルの依頼でドキュメンタリーのため世界周遊を始めただの」

仮面は徐々に剝がれ落ちていった。表情がだんだん穏やかになり、最後には忌むべき犯罪を赦された者のようなほっとした視線でわたしを見た。自身が犯したと思いこみながらも、最悪の復讐の悪夢の中でさえ行う才覚があるとは想像だにしていなかった犯罪を。

しかし、それでも黙ったままだった。彼に口を開くつもりがない以上、わたしのほうが、気乗りせずに皿をつつき不信をくすぶらせる相手の様子には寛大に目をつぶり、丁重な招待に釣り合う礼儀の中で自分を抑えつつしゃべり続けるしかなかった。

「言っとかなくちゃなりませんが、ご同僚で友人のハルトゥラリさんは、名誉にかけて約束を守りましたよ。おわかりでしょう。圧力はかけられたけど口をつぐんでましたから。最高機密って感じでね。あなたの逃走経路を知る人物がいるとすれば、唯一彼女だろうと誰もが思ってましたが。彼女の勇気はみごとでしたよ」

その名を聞くと彼の目には喜び、悲しみ、甘い思い出、抑えがたい郷愁といった煌めきが次々に現れた。唇がほころんだ。エンリーケ・ビラ＝マタス風トマト入りムール貝のグラタンといっしょにフォークを下ろし、何か、たぶん質問を口にしようとしたが、最後には気を変えた。ふたたびフォークを手にしてムール貝をほおばった。わたしは回想がいい方向へ向かい最後に奇蹟を呼ぶのでは、としばらく待っていた。二三度何かを言おうとするように見えたが、結局はだめだった。こちらの心の動揺もまあ治まったのだから、彼の気持ちも汲んでやろうと思った。彼にとってわたしを信用するのは容易ではないのだ。それはお互いさまでもある。わたしたちは二人して何年も小説に描かれた犯罪に、さらには死ぬほど敵対する二つの左翼の信条（わたしはボリシェヴィキ、彼はメンシェヴィキ）にのめり込み、いわば同じ猜疑心の盤で洗礼を受けたごとく、考えをぶつけ合ってきた。そして、そもそも懐疑なるものは論理の最上の友軍であるがゆえに、わたしも絶品のジョン・ル・カレ風スパゲッティ・デル・カピターノの最後のひとくちをフォークでかきこむと、自分自身の問題に戻った。

「説明が一つ必要だと思います。今ではもう意味はないかもしれないけど、ほら、こんな風に予期せぬ再会を果たした以上、ちょっとした些事を二三お話ししたいですね。多分ご存じないだろうから。誰もあなたを誤魔化そうなんて思ってなかったんですよ。ぼくがパースからカスタニオティスさんに電話して『クズたちのロマンス』の出版の礼を言い、お定まりの激励をもらったときのことですが、話のついでに『ギリシャの犯罪４』が近々出ると教えられ、あなたに短編を送ったかどうか訊かれました。こっちは驚きを抑えながら、いいえと答えましたよ。第四巻を準備中なんて知らなかったんで。

『オーケー。書いたものが何かあるかい？　送ってほしいな。アンデオスには伝えとくから』と彼は言いました。

『なさそうですね。前回と同じスタイルのはって意味ですが』とぼくは答えました。

『大丈夫だよ。なんでもいいから送ってくれ。長編を出した以上デビューしたってことだ。チャンスだろ、他の大物作家たちとお祭り騒ぎの中で君も注目してもらえる』

ぼくのほうからチャンスを断ったと思われないように、こんな風にベラベラと続けました。

『どう言えばいいか。あるにはあります。つまりシリーズもののひとつで、他にはないアイデアだと思ってます。一種のトラベルミステリです。乗り物の中で偶然出会った知らない相手にロールプレイさせます。彼らを観察して、つまり特異なフェイス・コントロールをさせるんです。徹底した人相見のように彼らの行動を記録して、その心理世界を形成してきた状況を想像します。そのあと、ぼくの倒錯した思想の手綱を解き放って、彼らを起こり得る極限状態——目的地に着いた際予期せずして発生すると想像される状態——に導きます。個性を研究する訓練というわけです（実際に第四巻に収録された短編「フェイス・コントロール」のストーリー）』

『おもしろそうだね。そのうちの一つをアンデオスに送ってくれ。彼にはわたしから言っとくよ。わたしにも一部送ってほしい』」

やっとだ！　一瞬相手の口もとに懐かしさから微笑がうかび、ひとことが漏れ出た。

「いかにもサナシス（カステニオティス）らしい……」

こちらが話しかけていた間、彼は思いを一方的に抱え込んでいたことが今やはっきりした。わたしはできる限りの誠実さを視線に込め、彼の不信を目にしながらも、この会見によって彼本人が最後に口を開く機会をつかもうとした。何か話させよう、わたしたち二人で、丸テーブルの上に居座る暗雲を少しでもはやく吹き払おうとして。息抜きのため、しばらくひとりでいる時間を彼に与えようと、ことわってわたしはトイレへ立った。

席に戻ると、奇蹟が起きていた。まるで見えざる機械仕掛けの注射器が真実のことばを注入したかのように、何とか息を継ぎながら彼は語り始めたのだ。

《ゴリラの錯視》に陥った瞬間から、忌まわしいその土地に自分の居場所はない。彼はそう悟った。これっきりドアを後ろ手に閉め、どこかに去らなくては。人生の絆に開かれたあらゆる通り口を一切断ち切ろう。赤く燃えあがる罰点の刻印を押して過去を消し去るのだ。他人からは忘れてもらいたかったし、あらゆる人を忘れたかった。新しい始まりだ。慄然とする混沌の中で突然バルパライソが浮かんだ。チリは過去の独裁政権のせいで、ギリシャとは身柄引き渡しの条約を交わしていないことが頭のすみにこびりついていた。幸運なことに、

《われらの時代のアンテナ》のため初めて訪れた際にちょうどこのレストランで食事をし、ジュリアーノが海外生活に飽き、シチリアの故郷に帰りたがっているのを知っていた。

　ここでわたしは、レストランのロビーを堂々と飾っている元オーナーのポートレートを思い出した。獰猛(どうもう)な面がまえは、年金で十分に暮らし、わたしのデビューのお膳立てをしてくれた目前の人物の顔とはちぐはぐな感じだった。ジュリアーノはコーサ・ノストラ（イタリアのギャング）の《駅長》だったが、しくじりをやらかし自分の周囲の者と図って、絶望し逃げてきた編集者に自分のレストランを譲ることで、姿をくらます絶好の機会とみたのだ。少なくとも、二人のボクサー風ボーイの外貌はわたしの推論を十分に裏書きしている。もちろん、こういったことすべてはあとでゆっくり吟味するために、自分の頭の中にしまっておいた。それより、どうやって痕跡を残さずに地表から姿を消したのか、と訊ねた。

　彼は目に見えてリラックスしながら《カルヴィーノ》を一杯飲み、首尾よく逃亡できた秘密を打ち明けた。

「逃亡しながらロンドンに立ち寄り、そこから——どうやってかは神のみぞ知る——ある激しい嵐の夜、吹きさらしのコーンウォールの丘、ランズ・エンド岬にたどり着いたんだよ。ジョン・ル・カレの農場があるところだ。二度目に——そして最後になったが——ドアをノックしようと決心する前、眼下に広がる恐ろしい崖を見た。二歩も進めば大西洋の荒れ狂う波に飲みこまれて……」

「あぶないところでした！」

わたしの合いの手を無視して続けた。

「結局、彼に真実をすべて話した。つまり、ほとんどすべてだ。そうしてある期間姿を消すのに手を貸してほしい、と頼んだよ。自分自身と折り合いをつけ出頭するまでの間だ。彼は注意深く話に耳を傾け、ある条件で同意してくれた。

そんな顔をするんじゃないよ、イエロニモス。そのことを話すつもりはないから。とにかく、デイヴィッド・コーンウェル（ジョン・ル・カレの本名）の手中にある見えざる世界の諜報ネットワークによって、わたしは異なる名前のイタリアのパスポートを三つ無事に受け取り、プリマス港からモンテビデオへ商船で向かう手配もしてもらった。最初のパスポートで下船し、二つ目でブエノスアイレスに入り、三つ目でここバルパライソに到着した。後は知っての通りだ」

わたしが黙り込む番だった。訊きたいことはあったが変に取られるのが怖かった。ありがたいことに、こちらが手立てを凝らすこともなく、彼もまたどのように自分の深淵からの叫び（デ・プロフンディス）を続けようかと考え込みながら、その目は空いた皿に釘付（くぎづ）けになっていた（自分の皿はほとんど手つかずだった）。ボクサー風ボーイに合図して、丁寧な、しかし反論は受け付けないといった口調で告げた。

「さてと、イエロニモス。デザートにはすべての種類を少しずつ試してもらえるよう大皿を命じておいた。アンドレア・カミッレーリ風ハチミツかけババロア、アミン・マアルーフ風アーモンドのクロッカン、マッシモ・カルロット風コーヒーソースかけパンナコッタ、カルロ・ルカレッリ風トルタパツィエンティーナ、アイスクリームにはダリオ・フォ風マルサーラ・ワイン入りの冷やしたザバイオーネ。以上だ。他にあったかな？　ああ、そう、消化を助けるために、ミケーラのリモンチェッロを飲むことにしよう。これも自家製だよ」

　新たなスイーツの旋風を耳にしてわたしは怯えながらも気取られないように、なんとか自分を抑えようとした。声が出ないまま、ただ両手でもう何も入らないと合図した。だが無駄だった。次の瞬間大皿が現れた。数匙(すうさじ)すくったところで不耐症状が始まった。相手を侮辱せずにすべての味を試すためには、第一級の極度に過食症的なふるまいに自分は取り憑(つ)かれているのだ、と自己暗示をかける必要があった。汗がにじみ、顔は火照(ほて)り、耳はチリチリと音を立て、シャツの襟は万力のように締めつけた。圧迫されて尿意は耐えがたく、内臓はグルグルとくぐもった音を響かせ、酒に弱いせいで極上の《カルヴィーノ》はただ悪酔いのもとと化してしまった。

　水をひとくちふたくち飲むと、彼にことわってボクサー風ボーイの視線が背中の汗を凍りつかせる中を、ゆっくりした足取りでトイレへ向かった。異様な恐怖が頭の中で沸き立って理性相手にかくれんぼ(クレフトゥーリ)に興じ、すでに朦朧(もうろう)としていた判断力を闇の中へ引き込んだ。結局のところ、こちらが限りなく評価している相手、そのうえ余裕しゃくしゃくで周囲を圧倒する才能を生まれながらに持つ相手を前に、どれほどまがい物の爪先回転(ピルエット)を見せることができようか？　そしてここだけの話、ひたすら劣化してゆくこの惨めな世界で、ひとりの駆け出しミステリ作家が人間本性の暗い面や他人の隠された秘密や事件に対し、どれほど確信が持てるだろうか？　「おおげさだ」そう言う人もあるだろう。反論はしない。しかし、わたしの立場に立ってみてほしい。その瞬間わたしはまるで竜巻が交差する前線に投げ出されたかのように感じていた。限界まで食べつくした後、超越的なる想像のひとつを体験していた。過去と現在の気まぐれでちぐはぐな映像が混じり合い、立ち現れた運命の熱い吐息を首筋に感じざるをえないあの想像だ。正直言って、彼が疑問に感じなかったということがあり得るだろうか？　マリア・フリスティナ・ポルタレスやら《ゴリラの錯視》について話したことを咀嚼もせず飲み込んだとでもいうのか？

　トイレに三つ並んだ真ん中の個室に再び入ったとき、戸棚を開けいきなり骸骨どもが舌をつき出しているのを見る思いがした。そう言っても嘘ではなかろう。どうしてさっきは気づかなかったのか？　便器のタンクからは水がしたたり、あろうことか、そのロゴは這っている黒い亀だった……

　わたしは呆然とした。顔が青ざめ、赤くなった。信じられないことだが、ジュプルーラには予言の力があるのか？　すばやい動きで金のレバーを引くと、ベルトを緩めて便座のふたを閉めたまま座り込んだ。数分間動かずにじっとしていた。罠にかかったという思いに密かにとらわれながら。わたしの舌の突起は――その通り、呪われた貪欲さのせいだ――ごちゃごちゃの、追加に追加を重ねた味覚の爆撃を喰らって、味覚は狂っていた。わたしは愚かにも、巧妙に仕組まれた饗宴に列なり――ほとんど一方的に――身をゆだねていた。それは無邪気ながら同時に底意の潜む、証拠を残さない毒殺をすでに引き起こしかけていた。なんとも前代未聞！　互いに食べ合わせの悪い食材を調理したグルメ料理を過度に提供されての死とは！

決して笑いごとではない。わたしはいったいどことも知れぬレストランにひとりぼっちで（マリア・フリスティナ・ポルタレスと他の連中にはこの招待の件を話すのを失念していた）、証明されることもない、都合のいい偶然のなすがままだった。レストランはずっとそうだったのだろうか。結局はわたしが易々と引っ掛けられたコーサノストラのショーウインドーというわけだ。

さらに計り知れない数分間が過ぎると、わたしの腸の反応は治まって強固な無気力症候群を脱し、ふたたび足で踏ん張れる自信が出た。立ち上がると手早く服を直し、念のため不吉なしるしのタンクを引き（ジュプルーラがいつも狼狽(うろた)えていたやつだ）、個室を出て、監視カメラはないかと見回し、顔にたっぷりと水をかけて鏡の顔に見入った。反応は返ってこなかった。

頭が十分に冴(さ)えたとまでいかないが、気分はいくぶんよくなった。そういうことだったのだ。席に戻ることはできない、ともうわかっていた。何度か息を深く吸った。掃除婦が入ってくるのを見てあるアイデアが浮かんだ。サインペンを取り出すと、《イル・トラドゥットーレ》のカードの裏面に読みにくい手跡でメッセージを書き、チップをたっぷりと添えて十分後オーナーに渡すようにと彼女に託した。

平にご容赦願いたし。すべてのお心遣い感謝に堪えず。
件の私事に関し緊急の呼び出しあり、急な出立を避けられず。
『ギリシャの犯罪５』での再会を期す。

プした。

## 『ギリシャの犯罪5』出版時に添えられた序

この短編は『ギリシャの犯罪4』が出版された二か月後に書かれた。仕上げるとまず、目を引こうとしてメッセージを『クズどものロマンス』ウェブページ（今はもうない）にアップした。

……わたしが殺人の状況を調査し、デビュー作品を選び編集してくれた人物を殺人の激情へと駆り立てた動機（もしそれがあるとして）を明らかにし、その源泉は何であれ疑惑の影を頭から払いのけようとして、『ギリシャの犯罪5』を待ち望んでいるなどとは、考えないでください。

返事はない。一週間待ち、直接アンデオスに送った。彼は電話で笑い転げながら言った。「結局わたしの見立ては正しかったってことだ。君にはパロディが合ってるよ」。三か所の矛盾箇所と二か所の明らかな間違いを指摘してくれたので、わたしは修正し送り返した。その後こういう返事が来た。「オッケー。『ギリシャの犯罪5』のお楽しみに取っておくよ」。こうして『5』は出ることになったが、アンデオスはもういない。

彼が亡くなったために、出版への期待はいつまでともつかない延期に陥り、この短編はわたしにとって、計り知れない情緒的な価値をまとうことになった。

# 三人の騎士

ペトロス・マルカリス

Οι Τρεις Καμπαλέρος

ΠΕΤΡΟΣ ΜΑΡΚΑΡΗΣ

アシナス通りにある銀行の入り口の軒先に毎晩マットを広げて、お互い隣り合ってではなく、一人の足が次の者の頭に触れるように縦一列で寝転がっている。それぞれが毛布にくるまっている姿を通行人は目にする。

毛布は汚くて穴だらけの点ではそっくりだが、色が違っていた。ソクラテスとペリクレスは頭のそばにプラスチックのカップを置き、プラトンは右手に金属のカップを持っていた。朝起きた時たいていカップは空だった。時には三つのうちのどれかに二十セント玉か十セントが二枚あったりするが、夜遅い通行人が憐れんだものか、或いはモナスティラキのバーか食堂からいい気分で帰宅中の人間が寛大なところを見せたのだった。

トニス・マルダス（一九五〇―六〇年代の流行歌手）が内戦の暗い時代に歌い、少なくともまだ無人の孤島へ追放されていないアテネ人の唇に上っていた大ヒット曲が生き続けていたら、アテネの人々は彼らに《三人の騎士》というあだ名を与えただろう（マルダスが五七年発表したメキシコ民謡調の曲。もともとスペイン語で書かれたヒット曲のカバー）。

この現代の《三人の騎士》は、歌に出てくるカウボーイたちとは何の関係もなかったが、二行目の歌詞にはぴったりあっていた。曰く「三人は同じ住処」。

プラトンは寝床から少し離れた聖イリーニ通りの角で物乞いをしていた。《物乞い大賞》などというものがあるなら、プラトンはさしずめアテネの《身だしなみ物乞い大賞》か《ダンディ物乞い大賞》候補だろう。長い髪は常に櫛（くし）で後方へ梳（す）かれ、ほとんど胸まで届く髭（ひげ）は念入りに手入れされていた。手にしたボール紙にはそのものズバリのことば《どうか御慈悲を》。このボール紙を椅子（いす）の傍らに置いては、ポケットから櫛と鏡を出して髭を整えるのだ。

　ソクラテスとペリクレスはゴミ箱あさりだった。アテネ中心部の居住区域を徘徊（はいかい）していたが、周辺部のゴミ箱には決して手をつけなかった。その区域は移民のゴミ箱あさりの縄張りであり、一度近づいてみたものの、様々なアフリカ移民たち十人ほどに脅されたことがある。もし一台のパトカーが通りかかってグループを散り散りにしてくれなければ、叩（たた）きのめされていただろう。

「この区域でゴミ箱あさりなんかするんじゃない」とパトカーの警官は言った。「ここは移民の土地だぞ。おれたちはたまたま通りかかっただけだ。お前たち、次はこんなに運がいいとは思うなよ」

　そうして、歌に言う「草原（パンパ）には目印あり」を理解した。そこで、まだ開拓されていない土地を探すことにした。

　だが、開拓されていない土地などあるのだろうか？　ゴミ箱あさりは企業の経営者のようなものだ。ギリシャ人の三人に一人は企業経営を学ぶが、ホームレスも三人に一人がゴミ箱あさりに従事する。

　ペリクレスとソクラテスはこれは困難と見て、探査の遠征に出ることを決意した。居住区を回り、収穫が多く危険が少ない場所を特定する。

プラトンは議論を耳にして首を振った。

「プラスチックのカップを持ち、よく見える角に立って物乞いを始めてみろ」と助言した。

「ゴミ箱に潜るなんぞ生業じゃない」

「ほっといてくれ、プラトン」ペリクレスは苛立って答えた。「いつから物乞いが職業になった？　おれたちはゴミを掘り返し不要なものを集めて売っている。こりゃ商売だ。物乞いこそいくらのもんだ？」

「マネーロンダリングなんだろうよ」とソクラテスは言って笑い出した。

「いつかやられるぞ」プラトンが批判して議論は終わりになった。

ソクラテスとペリクレスはその夜参謀本部の計画を練りあげていた。ソクラテスの最初のアイデアは裕福な郊外から始めるというものだった。

「そうだな。でも、どうやってそこまで行く？」とペリクレスが訊く。「今じゃどこでも電子チケットだ。チケットの金が見つかったとしてもカートをどこに置く？」

彼らはスーパーでコイン投入式のカートをちょろまかしていた。健康商品の小さな店を持つアンドニスに頼んで倉庫に置かせてもらっている。

「向こうで別のカートを失敬すればいい」ソクラテスが提案した。「どこかで小銭を見つけられるだろ。その後は品をでかいビニール袋に詰めて運ぶんだ」

「気は確かか？　警備員がうじゃうじゃいるのに。カートを持って行くのを見られたら捕まっちまうよ」

結局のところ、歩いて行ける場所を捜索することになった。パティシオン通りに沿った、ヴィクトリア駅から下パティシア駅の範囲だった。

「バカだな」プラトンは結論づけた。「パティシオン通りの下手はジャングルだ。あそこを握ってるのはナイジェリア人やアフガン人、それにソマリア人とかその一味だ」

負け惜しみだと知っていたので、二人は意に介さなかった。しかし調査旅行を始めるとプラトンの言う通りなのがわかった。

ヴィクトリア駅からアッティキ区や聖ニコラオス区の奥地へと進んでいくと、どこの道にもアフリカ人やアジア人の集団が何やらしゃべっているのが見えた。ある道では喧嘩や衝突に出くわした。住民たちは目を地面に落としたまま、周囲を見ることもなく通り過ぎていく。

「結局プラトンの言った通りということか？」ペリクレスはソクラテスに訊ねた。

「というと？」

「わからないのか？　ジャングルだ。名前も実態も。ここでゴミ箱に触れたら最後叩きのめされるぞ」ソクラテスを見て狡そうに微笑んだ。「協会でもつくるか？」

「どんな協会だ？」ソクラテスは訊ねた。

「プラトンといっしょにだよ。協会は農協だけじゃないだろ。こっちだって物乞い協会を作ればいい。見たところ、おれたちの生業はよそものの財閥に喰いものにされてる」

ソクラテスは考え込みながら相手を見た。アイデアが気に入らない。《三人の騎士》なら、少なくともマルダスが大ヒット曲で後押ししてくれる。《三人の物乞い》では、歌にもある通り、何千ものバッファローに囲まれてお手上げになるだけだ。

「来い」とだけ言うと、すたすたと歩き始めた。

「どこへ行くんだ？」ペリクレスが訊く。

「パティシアは下地区だけじゃない。上もある」ソクラテスは説明した。

アガスポレオス通りを上り、アメリカ広場からキプセリ区へ入っていった。ここではすべてが静かだった。カフェニオに人々が座っておしゃべりをしている。犬と散歩している人々もいた。アフリカ人の女性が縁石に座って子供が遊ぶのを見守っていた。

「どうだ？」ソクラテスは満足げに言った。

ペリクレスは答えなかった。その視線はテネドス通りと聖ゾーニ通りで見かけた最初のゴミ箱に注がれていた。一方の歩道に三つ、もう片方に二つ置かれている。周りを見回して枝を見つけると、最初のゴミ箱の蓋を持ち上げ始めた。その後、他のゴミ箱に向かった。

その区域は静かな海原のように見えたが、ゴミ箱は空だった。周囲の道をすべてあたったが、状況は変わらなかった。メギスティス通りまで上って来た時後ろから声がした。

「探しても無駄だよ。こんな時間にゃ何もない」

振り向くと、安物のジャンパーとスポーツシューズを身につけた七十歳ほどの禿頭の男がこちらを見て微笑んでいた。

「なんで何もないんだい？」ソクラテスが訊ねた。

「朝来た者たちがゴミ箱を《むしり取って》いくからさ」

「移民たちか？」とペリクレスが訊く。

「移民たち？　ギリシャ人だよ。たいていの者が寝ているか、まだコーヒーを飲んでいる朝六時から七時の間にやって来る。ゴミあさりを見られるのが恥ずかしいからだ」ちょっとことばを切ってから、付け加えた。「年金をもらってる者や失業者たちだ。やって来ると何でも持ち帰る。食べ残しから金属や材木品までな。それにしても、朝の六時に何があることやら。ゴミ収集車は真夜中過ぎに来て、ゴミ箱を空にしていく。夜の間に誰がゴミを捨てるというんだ。どう言うか……『貧困は技術を向上させる』ってヤツだ。今じゃ、『技術』の中には『ゴミあさり』も含まれてる」

きびすを返すと首を振り振り去っていった。残された二人は考えながら帰り道を歩いていく。

「さて、どうする？　朝四時に来るか？」ソクラテスが訊ねた。

「あいつの言ったこと、聞いてなかったのか？　ゴミの車は真夜中に来るんだぞ」

「来るとも。だが、空けるのはゴミの箱だけだ。リサイクルの青いゴミ箱は別の車の担当だ。だから年金受給や無職のヤツらは朝早く来るわけだ。青い箱がまだいっぱいのうちにな」

「普通のゴミとリサイクルのを分けて捨てるなんてことはないだろ。目の前にあるゴミ箱に全部つっこんでいく」とペリクレスが言った。

ソクラテスは少し考えていたが、その顔がほころんだ。

「わかった！　収集車が来る前の十一時頃に来よう。ゴミ箱はまだいっぱいだ」

二人は帰って来ると、興奮してアイデアをプラトンに話したが、相手は聞こえないふりをした。両手で物乞い用のボール紙を持ち、平然と道路を見ていた。

「ほっとけ。へそ曲がりだ」ペリクレスはソクラテスに言った。

さっそくその夜二人は出かけたが、収穫は相当なものだった。そのあと何夜も上々の首尾が続いた。

「物乞いの手つきやボール紙なんかやめていっしょに来いよ、わからず屋」宥めるようにペリクレスは言った。「三人で十分な稼ぎになるぞ」

プラトンはできるならそうしたかった。最近は毎日カップのコインを数えるごとに上がりが減っている。しかし、一方で負けを認めるのは癪だったし、自分の縄張りを失うのも怖かった。誰かに乗っ取られるかも知れない。

「賭けるんだ。もう回り始めたぞ」相手のとまどいを見て取ったソクラテスが勇気づけた。「三年間人生のルーレットに賭けてきただろ。そして今おれたちに微笑みが向いてるんだ。しかも明日からもっとよくなるぞ」

「どうしてだ？」

「キプセリで会った男が本当のゴミのパンパがどこにあるか教えてくれたんだ」ペリクレスが説明した。

「ゴミのパンパ？」プラトンは理解できなかった。「頭がどうかしちまったようだな」

「ネオ・ファァリロの、ビッツ何とかってオリンピック施設跡にでっかいゴミ置き場があるそうだ」ソクラテスが付け加えた。「明日ひとまず行ってみる。いっしょにどうだ？　三人がいっしょに一つの拳で立ち向かうなら、稼ぎはデカい。電車のチケット代は十分あるし」

プラトンは考え込んでいるようだった。

「《人には持ち場あり》」最後に言った。「おれは物乞いが持ち場だ」

「ほっとけ。石頭は今に痛い目に遭うぞ」ペリクレスが頭にきてソクラテスに言った。

翌朝、プラトンは彼らがマットをたたむのを薄目で見ていた。いっしょに行こうかと一瞬考えたが、誘惑を蹴り飛ばし、眠っているフリをした。しばらくしてから起き上がりマットを片付け、櫛で髪と髭を整えると朽ちかけた椅子に座り、膝にボール紙を置いた。その瞬間からソクラテスとペリクレスのことはオリンピック施設といっしょに頭から消えていた。

夜、ニュースを聞こうと期待していたのだが、二人の騎士は帰らなかった。プラトンは心配しなかった。翌日も続けるために、電車代を節約してオリンピック施設で寝たんだろうと思った。ゴミ箱あさりや物乞いは連絡用の携帯など持っていない。かつての《三人の騎士》もそうだった。

しかし、ソクラテスとペリクレスは二晩目も帰らなかったので、プラトンの心に疑念が生じた。一晩中寝ずにマットに座り、二人の友に何が起きたのだろうかと考えた。《ゴミのパンパ》で寝たというのもあり得ない。少なくとも収穫を売りさばきに帰って来るはずだった。

ゴミ箱あさりたちのカートを預かっている店主アンドニスは、プラトンが朝いつもの場所で頬杖(ほおづえ)をついているのを見つけた。

「どうした？　なにか問題でも？」心配して訊ねた。

「おれは大丈夫。だけど、ソクラテスとペリクレスの身が心配なんだ」

「どうして？」

「二晩帰って来なかった。新しいパンパを見つけて偵察に行ったんだが」

「パンパ？」アンドニスは戸惑った。

「がらくたを集める場所をそう呼んでた」

「で、そのパンパはどこにある？」

「ネオ・ファリロのオリンピック施設跡だ」

アンドニスは相手を見ながら考え込み、話しかけようとしたがためらった。プラトンはそれに気がついた。

「隠してることがあるな。何か知ってるなら言ってくれ」

「昨日オリンピック施設跡で身元不明の死体が二体見つかった。刺し殺されてた」プラトンの様子を見て、あわてて落ち着かせようとした。「だがな、ソクラテスとペリクレスとは限らない。同じ仕事をしようと、他にもたくさんの人間がうろついているからな」

プラトンは声も出さずに相手を見ていた。

「どうすれば確かめられる？」やっと口を開いて訊ねた。

「警察だ。昨日の夜テレビで見たが、細かいことはわかっていないようだ。もっと詳しいことは警察だけが知っている」

プラトンは考えた。これが人生だ。警察は自分にとって地雷原だ。一方で、友だちを見捨てれば人生が地獄になるのはわかっていた。櫛を取り出し髪と髭を梳かし始めた。警察を避けることが出来ない以上、まっとうな市民としてのいでたちが必要だった。

オモニア警察署の署員はジロリと睨みつけた。

「どこかで見たな」と言って思い出そうとした。

プラトンは説明を避けるためにすぐ本題に入った。

「友人二人が、ここ二日間帰ってこないんだが。今朝別の知人から、ネオ・ファアリロのオリンピック施設跡で死体が二体見つかったと聞いて、友人ではと心配で」

「友人はどんな仕事をしてたのかね？」署員は意味ありげに訊ねた。

「おれと同じく無職だ」念のため、物乞いという職業には触れずに答えた。

「友人かどうかはっきりさせる唯一の方法は死体公示所に行って確認することだな」

パトカーで連れて行かれた。途中ずっと心配が心をむしばんでいた。変に捜したりせず、《三人の騎士》は自分を見捨ててどこかへ去ってしまったと信じる方がいいのではないか、と一瞬思った。恨み辛みは抱えることになるが、あいつらが生きてはいると信じられる。

部屋で待たされた。パトカーの制服警官が監視している。逃げ出すのではないかと心配なのだろう。しばらくして白い作業着の若者が入ってきた。マスクを渡され、ついて来るように言われた。

大きな部屋に連れて行かれたが、プラトンは冷気に肌を刺し貫かれるような気がした。ストレッチャーの上にシーツで覆われた二体の遺体があった。若者がシーツをめくり、顔が現われた。ソクラテスとペリクレスが目を大きく開いて天井を見上げていた。

「わかるかな？　友人かい？」若者が訊ねた。

プラトンは口を開いたが、声が出てこなかった。ただうなずいた。突然《二人の騎士》は行ってしまい、一人だけがクリント・イーストウッドのように残されたことを実感した。涙が流れ、心の中は怒りで煮えくり返った。

バカなヤツら。言ったじゃないか。ゴミのパンパなんかあるもんか。クズ鉄商いの代わりに、おれのようにカップとボール紙を持ったからって人間の価値が下がるとでも言うのか？

若者は再びシーツでソクラテスとペリクレスの顔をおおった。

「さあ、こっちへ」とプラトンに言って、勇気づけるように優しく肩を叩いた。

「どうやって殺されたんだ？」プラトンは訊ねた。

「一人は左の肩を刺された。もう一人は胸だ。二人とも同じナイフでやられてる」

制服の男がオフィスで待っていた。

「確認したか？」若者に訊いた。

確認したと聞くと、プラトンの方へ向き直り、

「オッケー。さて行こうか」

「どこへ？」

「署だよ。証言が必要だ」

警察ではがらんとした部屋で待たされた。十五分ほどして女性警官がパソコンを手に現れた。

「始めましょう」と言われてプラトンは話し出した。

警官は中断することなくキーを叩き続けた。プラトンは急に止めた。

警官は不思議そうに目をやった。

「どうして止めたんです」と訊ねた。

「思い出したんだ」

そして、ペリクレスとソクラテスが興奮して帰ってきた夜のことを物語った。大きく稼ぎたいならネオ・ファリロのオリンピック施設跡に行け、と何者かに言われた件だ。

「その男を知ってたようですか？」話が終わると警官が訊ねた。

「いや。聞いた限りじゃ、初めて会ったようだった」

「ちょっと待っててください」

オフィスを出たが、六十歳ぐらいの男とすぐに帰ってきた。

「警部、こちらのお話は重要だと思います」

プラトンが話を繰り返すと、六十がらみの警部は訊ねた。「友人がその男に会ったのは初めてだったって確かかね？」

「そう言ってた。それに大喜びだった」

警部は考え込みながら言った。

「ちょっと時間を取らせることになりそうだな。申し訳ないが」と言うと、警官に向かい「こちらさんのためにコーヒーを注文してくれ」

「お好みは？」警官が訊ねた。

「ブラックで」とプラトンは答えた。「砂糖入りは高くつくから」

コーヒーを待つようにと言って二人は出ていった。コーヒーはすぐ来た。

二人は三十分も経って帰ってきた。向かいに座り、黙ってこっちを見ている。暮らし向きのせいでプラトンは疑い深くなっており、不安になり出した。しかし不安は長くは続かなかった。警部が沈黙を破ってくれた。

「友人を殺したヤツを見つけたいかね？」と訊いた。

「もちろんだとも」不安が消えてプラトンは答えた。「ソクラテスとペリクレスはおれの家族だった。他に家族はいない」

「そのために協力してくれるかね？」警部は続けて説明した。「強制するわけじゃないが、協力してくれれば、犯人を見つけるのが容易になる」

考えるまでもなかった。

「何をすればいい？」すぐに訊ねた。

「君の友人はキプセリ区では新顔だったと言ったね。ゴミ箱をあさりに行って消えてしまった。我々の考えでは、犯人が二人に近づいたのは、まさにその区域では知られていない顔だったからだ。キプセリの移民になら近づかなかっただろう。簡単に足がつくからな。というわけで、友人と同じことをしてもらいたい。ゴミ箱あさりだ」

プラトンの顔に不安が読み取れたので、急いで付け加えた。

「怖がらないでくれ。ひとりじゃない。常に誰かに尾行させておく。君がやたらと振り返って注意を引くとまずいので、どの人間かは教えられないが。毎日違う人間だ」話を切って相手を見た。「さて、どうする？」

プラトンはためらった。怖かったからというよりも、自分がうまくできるかどうかわからなかったのだ。最後に言った。

「いつ始める？」

「よければ、さっそく今晩からでも」警部の返事だった。


アシナス通りに戻ると、まっすぐアンドニスの店へ行った。オリンピック施設跡の死体はソクラテスとペリクレスだったと話した。それから椅子とボール紙を渡し、預かってくれるように頼んだ。馴染(なじ)みの場所で物乞いをする気にはなれない、と言い訳をしておいた。

夜になると、二つの大きなビニール袋を抱えて出かけた。警部との打ち合わせ通り、レーラ・カラヤニ通りと聖ゾーニ通りのゴミ箱から始めることにしていた。

最初の夜は静かに過ぎた。聖ゾーニ通りを左に折れレスボス通りまで行ったが、誰も近づいてこなかった。物を集めるというよりもゴミをひっくり返していた。そもそも集め方を知らなかったし、必要もないのに重い物を抱え込みたくなかったからだ。

その後数日間、同じ状況が続いた。その区域中をうろついてゴミ箱をあさっていたが、近寄って来る者は誰もいない。午前中はまた物乞いを始めた。収入のためというより、毎日の習慣を変えたと思われたくなかった。

六日目の晩、メギスティス通りとカリフロナ通りの角でゴミ箱あさりをしていると、背が高くがっしりした男が近寄ってくるのが見えた。頭を剃り、ボディービルダーのような体型だ。そばで立ち止まり、革ジャンのポケットに手を入れてこっちを見ている。プラトンは寒気を覚えたが、同時に無視を決め込んで見返そうとしなかった。

「このへんじゃ、安物のクズしか見つからねえよ。お宝が眠ってるのは別の場所だ」と野獣のような男が言った。

プラトンは相手の視線を避けることができなかった。

「安物を探してるんだ」声が震えないようにしながら答えた。「お宝があるなんて話は聞いたことがない」

「ネオ・ファリロへ行ってみたか？　オリンピック施設だ。あそこならでっかい稼ぎになるぜ」

プラトンは震えを隠そうとビニール袋を置き、手をポケットに突っ込んだ。

「そうかい？　初めて聞くな」疑わし気に訊いた。

「おれは明日の午後あそこにいる。ビーチバレーのコート跡だ。黄金の鉱脈ってヤツを見せてやるよ」野獣は言った。

その後、きびすを返しカリフロナ通りを下って行った。

つまり、そういうことか。ペリクレスが言っていたのは《ビーチバレー》だったんだ、とプラトンは思った。そこであの野獣と会うことにしていたのだ。


帰り道ずっと、どうやって警部に知らせ、自分はどう対応すればいいのか、と頭をひねっていた。その問題が解けたのは、アシナス通りとエウリピデス通りの交差点に着いた時だった。突然目の前に三十がらみの男が現れ、行く手を塞いだ。ポケットから警察身分証を出して見せると、肘をつかんでエウリピデス通りの方へ引っ張っていった。

「あの男、ゴミ箱の前で何を話したんだ？」

プラトンはあますことなくすべてを伝えた。

「それでいい。明日あそこに行ってくれ」警官は言った。「恐れることはない。我々が守っている。袋を忘れるなよ。ちょっとでも疑われてはマズいからな」

プラトンはその夜と次の朝を不安の中で過ごした。五時頃電車に乗り、ネオ・ファリロで降りた。

　オリンピック施設跡に入って見回したとき、あの野獣が友人に仕掛けた罠がどれほど説得力があるかがわかった。その場所は《二人の騎士》が言ったように、ゴミのパンパだった。ビニール袋や壊れた劇場の座席から金属の柵や鉄製の道具まで、選り取り見取りのゴミの山だった。選ぶ必要すらない。目の前のものを取ればよかった。

「金脈だって言っただろ」後ろから声が聞こえた。

　振り向くと野獣が笑っていた。恐怖に囚われ、真っ先に逃げ出すことを考えた。震えを抑えることができなかった。

「ちょっとあっちへ行ってみるか。もっといいものがあるぜ」

　プラトンはついて行き、コートの中央にまで来た。実際のゴミ収集場所はここだった。コートは埋もれていた。「袋を置いて下を見てみな。隠れたお宝が見つかるぜ」野獣が言った。

　プラトンはこんな遊びに巻き込まれて生死を賭けている自分を呪いながら相手に従った。一番上のゴミの間を探そうと身を屈めた。

　突然後ろから声がした。

「動くな！　そのまま。抵抗するな」

　恐怖から身を起こした。四人の警官が拳銃で野獣に狙いを定めているのが見える。野獣は右手を革ジャンのポケットに入れていた。

「手をポケットから出して高く上げろ。動くなよ。ここまでだ」

野獣は両手を上げげた。三人の警官は狙うのをやめず、四人目が近づいて野獣の手を背中に回し、手錠を嵌めた。他の警官たちは銃を下ろした。

プラトンは遠くから警部が近づいてくるのを見た。

「右のポケットを探れ」警官に命令した。

警官は医者用の手袋を嵌めると、野獣のポケットに手を入れナイフを取り出した。

「警部、犯行の凶器を発見しました」意気揚々と叫んだ。

野獣は振り向いてプラトンを見た。

「ワナにかけたな」と訊ねた。「お前がエサか」

「どうして殺したんだ？」プラトンは訊いた。

「誰を？」

「おれの二人の友人だ。今みたいにここへ連れてきて探させたんだろ。どうして殺した？」

「周りを見てみなよ」野獣が答えた。「何が見える？　ゴミだ。あの栄光の祭典を覚えてるか？　オリンピックの開会式や閉会式を？　ブラウスを着た少女たちが胸元で国旗を振っていたのを？　今は何が残ってる？」振り向くと警官たちを見た。「ゴミだ！　ゴミだけだ！どこを歩いても栄光のゴミを踏んづけている」

その視線は警官たちを離れ、再びプラトンの上に止まった。

「お前もお前の連れもみんなゴミだ。生きているゴミだな。お前らをここに連れてきて他のゴミといっしょにしてやったんだ。オリンピックのゴミは片付けられないが、生きているゴミは駆除できる。これがオリンピックの思い出へのおれの貢献だ」

「だけど、ゴミを集めて売ってたのはおれじゃない、友人たちだ」プラトンは言った。

「ゴミ集めじゃないって？　じゃ何なんだ？」

「物乞いだ」

野獣の目が見開かれ、後ずさった。

「物乞いだと？　そのことを言わなかったな。もし物乞いだと知っていたら、お前には触れなかった」

「どうしてだ？」警部が訊いた。

「物乞いはギリシャの象徴だからだ。国も物乞いになっている。毎朝耳にするだろ、『今日はまず誰から施しをうけようか』。物乞いはこの民族の記念碑だ。おれは記念碑を汚さない」

警官たちは野獣を連れて行きパトカーに乗せた。警部は去る前にプラトンの肩を優しく叩いた。

「よくやってくれた！　頼れるヤツだ」と言った。


その夜ぐっすり眠れたがソクラテスとペリクレスの死以来初めてだった。次の朝はいつもの場所に行くのが遅れた。新しいボール紙を準備しなければならなかったからだ。アンドニスに頼んで店の段ボールとマーカーを借り、箱の底をちぎり取って書いた。

物乞いにお慈悲を
ギリシャの象徴にお慈悲を

統計の専門家が興味を覚えてプラトンのそばに座りながら収入を数えたならば、新しいボール紙によって四分の一ほど増えたことが確認できただろう。

# 双子素数

テフクロス・ミハイリディス

*Δίδυμοι πρώτοι*

ΤΕΥΚΡΟΣ ΜΙΧΑΗΛΙΔΗΣ

「新聞、ちょっといい？」

マキス・ゲオルギアディス警部補は驚いて同僚を見た。

「へええ！　いつからスポーツ紙を読むようになった？　アルゼンチンのあいつ、なんてったっけ、お前の御執心の作家がマンチェスターに移籍したとか？」

オルガは唇をかみしめた。愛読している作家ボルヘスに対する皮肉だ。もう慣れたし悩むこともない。これも男性の同僚たち全員から向けられる敵意のひとつにすぎない。自分は異物、それもベッドには誘いがたい異物というわけだ。日頃から仕事以外の議論に巻き込まれるのは避けているし、そうやっていれば、受け入れられるのは無理だとしても、平静は保てる。しかし今日は事情が別だ。《ゴールとスリーポイント》紙の第一面で微笑む、ほとんど子供のような若者の顔。知っているどころではない。上には『全国民の悲嘆、メーシ非業の死』のデカデカとした見出し。

決然として自分から立ち上がり、ゲオルギアディスのデスクから新聞を取った。

「どうも。見たらすぐ返すから」からかうような視線を無視しながらつぶやく。

原因不明の火災により、著名なサッカー選手アルキス・メシメリス氏所有の、ヴリャグメニ（アテネ南の海岸の景勝地）の海を臨む豪華マンション最上階の部屋が完全に焼失した。寝室で発見された焼死体は同選手のものと見られている。警察の推測を裏付けるためのDNA鑑定が待たれる。

やっぱり！　アルキスとソマス！　双子の兄弟だ！　子供の頃近所に住んでいた旧い友達。同級生だった。その後それぞれの道は分かれたが。

　優等生だったオルガ・ペトロプルは、工科大学か物理数学科なら首席間違いなしと勧める教師たちの助言に従うことなく、将来の保証のある警察士官学校という道を選んだ。そうして二十年間、経済的に独立し、少ないながらも安定した給料をもらいながら、当初期待したほど興味は惹かれないにしろ、そこそこ面白い仕事をこなしている。出費は本、CD、時にはコンサートと限られており、心躍る毎日とはいかないが不満だらけというほどでもない。同僚や上司の敵意に負けず、着実にいくつかの手柄を立て、アッティカ警察本部凶悪犯罪課でそれなりの地位を得るようになっていた。

　一方、双子の友人はそれぞれの道を歩んだ。双子はあらゆる点で似ているなどと主張する者は二人を見てみればいい。上背があり堂々とした体軀に黒髪、濃い眉と大きな淡い緑の目のソマス。かなり小柄で華奢、明るい栗色の髪、刺すような細い漆黒の目のアルキス。二人とも美形だった。長ずるにつれ、近所の女の子たちを《高い方》の熱狂的支持者と《低くて可愛い方》の熱愛派に二分した。

最優秀の生徒だったソマスはごく幼い頃から数学の才能を示した。数々の数学コンテストで賞を獲り、さらに手に入る限りの専門書にのめりこんだ。のみならず、最初の頃から解答を発見すれば有名になれるような難問を選んだ。単純に見えるが何世紀にもわたって専門家たちを悩ませてきた古来有名な問題だった。その問題に執念を燃やし続けたため同級生は二人にニックネームを付け、後々もそう呼ばれることになった。曰く《双子の素数》。

「素数というのはね」ソマスは我慢強く耳を傾けてくれる同級生に説明した。「それ自身と一とでだけ割り切れる数。つまり、二、三、五が素数だ。これに対して四や六は割れるから素数じゃない。四は二で、六は二と三で割れるからね。さてさて、ここからだよ」相手がそれとなく逃げかけると、引き止めて「素数の列を見てみよう。二、三、五、七、十一、十三、十七、十九、二十三、二十九、三十一……ある場合は差が二だよね。三と五、五と七、十一と十三だ。これを《双子素数》と呼ぶ！」

「そうか。それで？」相手が冷ややかに訊いても、舌は止まらない。

「《双子素数》は数が大きくなるにつれ少なくなる。でも、いつか完全になくなるのか、無限に続くのかはわからない。ぼくはいつの日かこの難問を解きたいんだ」誇り高く宣言すると、相手はさらにソマスから問題解決の見取り図とやらを聞かされるのに恐れをなして逃げ出すのだった。

予期されたとおり、ソマスは首席で大学の数学科に入った。その年度最優秀の記録で卒業すると、アメリカのある大学から奨学金を全面的に援助され、夢を追い続けることになった。

後には例のニックネームと、親切だが凡庸な人柄の記憶が残された。

まったく違う道へ進んだのがアルキスだった。

サッカーの虫。勉強アレルギー。クラス一の双子の兄が試験の前、あるいは試験中にいっそう熱心に助けを買って出なければ、中学さえ卒業できなかっただろう。あれこれ苦しみながら義務教育を終えると、近所の路地や空き地の遊び仲間から地域の少年チームへ入り、さらに二部リーグのチームへ。その後一部リーグの地方チームに入った。そうして今では二十七歳にして、ここ十年間全国の王座に君臨する《ケラヴノス（雷電）》の、人も羨む不動のセンター・フォワードになっている。誰もが驚いたのは、世界最高峰のセンター・フォワードたちが背番号《9》をつけているのに、彼はそうしようとせず、近所の素人仲間のチーム以来《23》番にこだわり続け、変えようとしなかったことだ。

「オレのお守りなんだ！《23》は双子じゃない最小の素数だ」と、《ケラヴノス》入団の際のインタビューで、《ゴールとスリーポイント》紙のレポーターに明かした。「アニキがそれを発見した。でもその意味とか訊かないでくれよ。オレにだってわからないんだから」とあけっぴろげに語るのだった。

終わったばかりの今シーズンはアルキス・メシメリス――ファンもジャーナリストも好んで短く《メーシ》と呼んだが――その《メーシ》にとってはまさに一大凱旋だった。二位に十一ゴールの差をつけて最多得点を記録し全国リーグ戦を圧倒、自身のゴールでワールドカップの決勝リーグ進出も決めた。しかしそれだけはなかった。最後に決めたゴールは《今年最高のゴール》に選ばれたのだ！　ファンだろうとなかろうと、何千人もが繰り返しスポーツ・サイトやユーチューブを覗き、メーシが試合終了の笛の直前、飛び上がってハサミのように伸びた足で軽々とシュートを決めるのを絶賛した。リーグの最終戦であり、何試合も前に優勝を確実にしていた《ケラヴノス》は、最下位でリーグ降格がすでに決まっていた《シエラ（嵐）》を相手にしていた。ところが試合の流れは予想とはまったく逆だった。ゴールが決まることもなく試合は淡々と進み、実に意外なことに、終了間際にセンターからのゆるいロングシュートで《シエラ》が勝ち越した。そのままいけば、試合は予想はずれの劇的な結末を迎えていただろう。ところが、次の瞬間メーシが同点ゴールを決めたのだ。そのゴールはヨーロッパのあらゆる国のスポーツニュースを独占し、本人のポケットや《ケラヴノス》の金庫に計り知れない大金が転がり込む魅惑的な契約話も持ち上がり始めていた。

《ユーロスポーツ》でもサッカー先進国の有名チャンネルでもすぐさま報道された《今年のゴール》受賞のわずか二日後、不運なエースは部屋で原因不明の焼死体となって今日発見された。

午後にはより詳細なニュースが伝えられはじめた。

「我が国最高のサッカー選手の死は事故ではなく犯罪に絡んだもののようです」女性キャスターが少し前屈みでたわわな胸を強調しながら、哀悼めかした顔つきに甘い声で話していた。

「検死報告では、遺体はアルキス・メシメリスのものであり、残忍な拷問の後殺害されたことが確認されました。殺害犯たちはこの若いアスリートを容赦なく責め立てた後、石油をかけて焼き殺したのです。火はメシメリスの身体から、可燃性の物質をまかれた部屋中に燃え広がり、犯人たちはその後堂々と正面から逃亡したとのことです。捜査機関は犯人を特定し逮捕すべく、全力を挙げてあらゆる可能性を追求中です」

アルキスの葬儀はむしろ社交界の集まりを思わせた。政治家、ジャーナリスト、スポーツ関係者たちが教会の外で固まり合い、陽気にとはいかないがあれこれ無頓着に会話を交わし、ただテレビクルーのカメラが向けられたときだけ映りを意識した沈痛な表情を見せようと骨を折っていた。オルガはもみくちゃにされながら雑多な群集をかき分け、死者がこの世の戦場から天の教会へ入るのを我慢強く待っている小部屋へたどりついた。《ケラヴノス》の旗に覆われた豪華な棺のそばに人間の影らしきものがうずくまっていた。髭も剃らず、擦り切れたくしゃくしゃの服を着て、しわの刻まれた顔に濁った視線。犠牲者の兄はその場に存在すらしていないように見えた。

「ソマス！」

顔を上げようともせず、力なく手を差し出してくる。

「まことにおそれいります」曖昧な答え。饐えたような酒とタバコが喉の奥から強く臭ってきた。

「ソマス、わからないの？　オルガよ」しつこく言った。「近所に住んでたオルガ。同級生の……」

聞こえているようには見えない。

「まことにおそれいります」繰り返す声は録音メッセージを思い出させた。

「オルガ、行こう。わかってないよ。上の空だ」

驚いてふり向いた。若い男が彼女を肩から抱きかかえ、優しく、しかし決然とその場から連れ出そうとしていた。パノスだ！　やはり同級生でいっしょに遊んだ仲。ソマスの一番の親友だった。オルガは腕の中に泣き崩れた。

「パノス、彼どうしたっていうの？」なんとか嗚咽を抑えると訊いた。

「ひどい話だ。強盗は金の隠し場所を吐かせるために拷問したらしい。だが明かさなかったので殺された。あいつ何だって教えなかったんだろう？　金なんかどれほどのものか！　殺されることはなかったのに」

しかしオルガはことがそれほど簡単ではないと知っていた。現場を調べた捜査班の話では金や装身具は手つかずで、小さな耐火性の金庫の中に残されていた。金庫は応接間の目につく場所にあり、しかも鍵がかかっていなかった。だが、そんなことを話すときではなかった。

「ソマスもボロボロね。見たときはゾッとしたわ」

パノスは言い澱んだ。

「じゃ、知らないんだな」

「何？」

「ソマスはずっと前から……あんな風だよ」

「どういうこと？」

「奨学金をもらってアメリカに行ったのを覚えてるだろ？　双子素数だかなんだかの難問を解こうとしていた。オレにはよくわからない話だけど」

「ええ。それで？」

「聞いたところじゃ最初は順調だったが、どこかで行き詰まったんだな。アメリカがどんなだか知ってるだろ？　《発表さもなくば破滅》。何か発表しなければ、居場所がなくなる。あいつはかなりのあいだ結果を示せず、大学は難を示し奨学金の打ち切りを脅し始めた。不安の中で酒に溺れ、そのうち麻薬に手を出し、最後にはアメリカから追放されたというわけだ。二か月前悲惨な状態で帰国したが、幸いアルキスが助けてやっていた。なのに、今この追い撃ちだ……」

その夜、恋人のディミトリスに会った時、心は真っ暗だった。

「どうしたんだよ」心から心配していた。「そんな顔は初めて見るぞ！」

説明を聞くと、驚いて口笛を吹いた。

「メーシと同級生だって！　すごいじゃないか。ギリシャが生んだ最高のサッカー選手だ……いや、だった。走るなんてもんじゃない。空中を舞うんだ。ボールとひとつになってね。

あのゴールは十年に一度だよ。もちろん賭けはご破算にしちまったけど」

「どういう意味？」

「いいかい、《ケラヴノス》と《シエラ》の実力差はリムジンとキックスケーター並だ。《シエラ》はどのみち二部落ちが決まってたし、まともに戦う理由はない。逆に《ケラヴノス》の方は勝ってリーグ優勝をホームで祝いたかった。勝利は確実だと思われてた。勝った場合サッカーくじの会社が払うのは一・一だけなんだよ」

「というと？」

「《ケラヴノス》勝利に一ユーロ賭けると、買った場合実際にもらえるのは一・一ユーロ。つまり一割の儲けだ。逆に、《シエラ》が勝てば一に対して五十の儲けになる！」

「うん。でも勝つはずないんだから、誰も賭けないでしょ」

「ほとんど誰もね。だけど、いつだってあり得ない結果に賭けるやつがいるんだよ。僥倖で成金を夢見るやつが。さて、試合が始まる。すぐに誰もが両チームの選手ともやる気がないのに気づく。それでも、《ケラヴノス》が負けるなんて信じる者はいない。そのうち中途半端なゴールにしろ決まるはずだと思っている。と、突然試合終了一分前に《シエラ》の選手がセンターあたりからシュートして、《ケラヴノス》のキーパーの不意を襲いゴールだ。わかるかい？　チャンピオンチーム最高のキーパーだよ。英国かドイツチームへ鳴り物入りの移籍を望む選手が間抜けなゴールを喰らっちまった！　そんなこともあるだろうだって？　いやいや、ありえない。通にはわかる。驚きの極みだ、《ケラヴノス》の敗北など！　これがあと一分で実現しちまう。ところがその後すぐ、君の同級生が登場して、《今年最高のゴール》を決める。同点になり、大穴に賭けていたやつらはショボい生活に逆戻り。どう言えばいいかな。あり得ない夢に百ユーロ賭けて、一分の間に百が五千になり、その後消えてなくなるのを目にしたなら、殺してやりたいと思うだろ……」

オルガは身を震わせた。身中の刑事魂が目覚めた。もしかして……

「そんな大胆な賭けをする連中が本当にいるかどうか知りたいわ」

「そいつはまかせてくれ」ディミトリスは両手を高く上げ、宙で指を動かした。「《魔法の指(マジック・フィンガー)》さ」と言い放ち、意気揚々とデスクに向かった。

オルガは、恋人がパソコン使いの才能を自賛したがるときのこの仕草にはいつもうっとりする。急いで後に続くと、ディミトリスはすでにパソコンを立ち上げ、猛烈にキーを叩(たた)きながら、口元を引き締めてはサイバー空間に隠れた見えない相手に向けて時おり罵(ののし)りや皮肉を浴びせていたが、しばらくして勝利の叫びをあげた。

「見てくれ！　わが魔法の指は侵入に成功せし。こいつは別のハッカーのデータを失敬してるな。で、このやり手ハッカーが今度はくじ会社のアーカイブに不法アクセスと来た。スポーツくじ専門のミニ版ウィキリークスみたいだ。もっと寄って見てみたまえ、警部補どの」そう言いながら彼女を大胆に愛撫(あいぶ)した。ディミトリスが時に名前ではなく、階級で呼びかけるときに好んでする仕草だ。

「ここだよ。ある試合でいくらの金額がどこで賭けられたのかがわかる。このとおり、ギリシャのいろんな場所で《シエラ》勝利に小口を賭けた大胆なやつらがいるだろ。でも、大部分は安定株《ケラヴノス》勝利だ。うむむ。ここ見てみようか。なあ、インド人ってギリシャのサッカーにこんなに熱中してるんだっけ?」

「どういうこと?」

「これだ。インド南東のチェンナイにある《トランス・ベット》社ってのが総額四百万ユーロを《シエラ》勝利に賭けてる。亡きメーシが《今年のゴール》を決めなければ、この怖いもの知らずたちは二億儲けてたよ!」

翌朝早くオルガは直属の上司フィリプ警部の部屋を訪れた。おそらくギリシャ警察上層部で唯一人オルガに共感してくれる人物だ。

「メシメリス殺し担当は誰でしょうか」と訊ねた。

「ディムリディスだ」意味ありげな渋面で返事が返る。

フリストス・ディムリディスの捜査における無能ぶりは誰もが知っている。それに政権政党に関係なく政界とコネを持つおかげで、成功まちがいなしの単純な事件ばかりを手がけ、ファイルに積めこんでは足取り軽く出世階段を駆け上るという驚くべき才能も周知のことだった。最近の政界再編によりこの男のツキは、つかの間にせよ消えるだろうとみんな信じていたのだが、すぐにそれは大間違いだとわかった。新しい政治体制でも足がかりを見つけることに成功していた。

「わたしも捜査に加えていただけませんか。被害者はわたしの同級生なんです。それに……」

フィリプは首を振ってさえぎった。

「加えることはできん。事件は片がついたようだ。つまり国際警察が捜査し、ディムリディスに一任された。やりたいなら、やつから直接情報をもらうことだ」

毛嫌いしていた同僚だったが、オルガは急いでオフィスへ向かった。相手は勝利の笑顔で迎えた。

「解決したぞ！　殺人犯たちは家に指紋やＤＮＡをたっぷり残していった。指名手配中の二人のスロバキア人だ。名前はちょっと忘れたが。国際警察のリストに載っている。金の隠し場所をしゃべらそうと被害者を拷問して殺した後、痕跡を消すために火をつけたんだ。ただドアを拭くのを忘れた。そこにやつらの、いわば署名を残すことになったんだな！」

「それで？　捕まえたの？」

「いや。すでに国外へ逃亡したと国際警察は見ている。いつだってそうだ。殺しておいて、犯罪が発覚する前にトンズラする。知ってるだろ。ありとあらゆる旅行用の書類を準備してるんだ。いろんな国の」

「待ってよ、フリストス。腑に落ちないことがいっぱいあるの」

「どういう意味だ」

「まずお金は手つかずだった」

「ふん、だから殺したんだろ。拷問したのに隠し場所を言わなかったからな。あのチビ助はたいしたヤツだが、それで命を取られちまった」

「でも金庫は見える場所にあったし、それに鍵も掛かってなかったのよ」

「だから何だ？　急いで逃げるんで見なかったのかもしれない」

「指名手配犯なんでしょ。国際警察に知られてるのに捕まらないっていうのは、駆け出しじゃないっていうことよ。まず金庫を見つけられなかったし、もっと肝心なのは、玄関ドアの指紋を消そうともしなかった点をどう説明するの？」

「おいおい。なんて細々と。人を殺しといて、自分が焼け死ぬかもしれないのに火をつけるやつらの心理状態なんかわからないだろ」

この男との議論は埒が明かない。自分の《成功》の周りにコンクリートの壁を築き上げ、なんであれ聞く気などない。オルガは戦術を変えることにした。

「国際警察のファイルを貸してもらえないかしら。ちょっとだけ見たいの」

「いいか、ペトロプル。何を穿りかえしたいんだ？　事件は解決した。わかるか？　か・い・け・つ、だ！」

オルガは返事を準備していた。

「ええ、それはわかってる。でも、こういうことなの。メシメリスは私の幼馴染みなのよ。私は事件に関わりたくないんだけど、ただ出来るだけのことを知りたい。わかってくれるかしら……ごく個人的なことなの」

相手の態度は軟化した。女ってヤツは……。オルガの方は絶妙の涙でもうひと押しする。数分後オルガは国際警察のファイルを手にし、一時間後には再びフィリップの部屋へ行った。

「警部、どうもおかしなところがあるんです。国際警察によれば、スロバキア人は強盗じゃありません。契約で動く殺し屋です。しかも、今回の事件のように署名同然の跡を残すなんて。それに、鍵の掛かってない手つかずの金庫と言い、殺人が金銭目的ではないことを誇示したがってるようです」

フィリップは父親のように彼女の手を軽く叩いた。

「じゃ、なんのために殺したんだ、オルガ？」

「自分の意見を申し上げるなら、《見せしめ》の殺人だと思います。殺人犯たち、というより命令した者たちは《常連客》に向けて、アルキスは何かの契約に違反し、そのせいで罰されたのを見せようとしたということです」

上司が驚くのを見て、オルガは前夜ディミトリスが発見したことを話した。

「そんなに急いで事件を終わらせるべきではないと思います。まだ多くの謎が突き止められておりませんし」

フィリップは憂鬱（ゆううつ）そうに微笑んだ。

「だが、事件は終了したんだよ、オルガ。数分後に市民保護省――だったかな、最近改称したんだが（二〇一八年に内務省から改称）――とにかく警察の役所の大臣が声明を出して、警察の献身と成功を讃（たた）えることになっている。『市民第一』何たらかんたらという例のバカバカしいセリフだ。

かのディムリディス君を表彰せよとの通知も来ている。ほっとけ。どうしようもない」

前夜と同じく、オルガは打ちのめされた思いで恋人に会いに行った。

朝の討論と仮説を聞いた後で「とんでもない事を見つけたよ」とディミトリス。

彼女の無関心な瞳にもめげず、

「《トランス・ベット》社はね」と話し始めたが、好奇心を惹いたのに満足して「《アジア・インヴェストメント》の子会社だ」

彼女のほうは目つきで理解できないと告げた。

「《アジア・インヴェストメント》社はヘッジファンドの一つで、大部分はジョニー・ソクラティディスが所有している。で、ジョニー・ソクラティディスってのはエヴァンゲロス・ソクラティディスの従兄弟（いとこ）。これ、《ケラヴノス》のオーナーだよ」

オルガは抑えられない怒りがこみ上げるのを感じた。

「どうすればいい、ディミトリス？　何が出来るの？　我慢できないわ！」

「ボクだったら、メシメリスの兄に会いに行くね。たぶん今度は素面（しらふ）だろう」

翌朝、エクサルヒアの半分崩れた《接収済み》の家の中、三、四人の襤褸（ぼろ）をまとった虚（うつ）ろな目の若者たちの間に彼はいた。彼らの濁った視線は短くも無意味な人生を完全に捨て去ったことを物語っている。その場所にはむかつく臭いが混じりあい漂っていた。小便、カビ、タバコの匂い、腐りかけた雑多なゴミ。ソマスの同居人のある者は無関心な視線を彼女に注ぎ、ほかの者は存在すら感じていないようだ。

ところが、彼女の同級生その人はこの環境にあって不協和音を放っていた。酔いのかけらもなく、清潔でさっぱりとして髭をそり、葬儀で出くわした残骸を思わせるものは何もない。まさにかつてのソマスだった。何年も前の……本当にどんなに前のことか。一世紀も経った気がする。すぐに気づいてくれた。

「オルガ！」強く抱擁しながら言う。「何年ぶりだろう。さあさあコーヒーでも飲みながら話そう」彼女をドアの方へと引っ張っていった。

オルガはたまげてしまった。葬儀で会った襤褸着の男はどこへ行ったのだろう？　二日前のことなのに？　殺された弟以上にこの世のものとは思えず、声をかけてくれる誰かれかまわず機械的にお礼を言うだけで、明らかに自分のことばを理解していなかった。あの人物はどこへ？　幼馴染みの様子を喜びはしたものの、心の中ではその変化の原因がわからずにいた。

二人は広場の外れのテーブルに腰を下ろした。オルガはこの近くで、二十年ほどの時を隔てて十五歳の少年が二人、たいした理由もないのに発砲した《同僚》の銃弾で命を落としたことを考えずにはいられなかった（一九五八年と二〇〇八年にエクサルヒアで実際に起きた事件。全国で警察に対する抗議が巻き起こった）。《同僚》……背筋に何かが走った。

コーヒーを注文したが、会話の糸口は難しかった。ぎこちなさに押しつぶされそうだった。

「何年も経ったわね」オルガが言った。

相手はうなずいた。

「こんな状況で再会するなんて誰が想像したかしら。あのひどいヤツら……」オルガは続ける。

ソマスは意外なほどの力でオルガの手を握った。

「アルキスを殺したのは強盗じゃない、オルガ。ある意味アルキスは……自殺したんだ」

オルガは驚いて相手を見た。ソマスは静かな落ち着いた声で話し続ける。

「死の前日、アルキスと話した。時々ぼくに金をくれてたんだ、生活やら他の、ま、とにかくね。

『大失敗しちまった』とあいつは言った。『ゲームはシナリオが出来てた。《シエラ》が八十九分にゴールを決め、勝つことになってたんだ。裏じゃ巨額の金が賭けられてた。オレたちみんな、両チームとも命令されてたんだよ。八十九分にあのお笑い種のゴールが決まった。ところがその後、ボールがオレのほうに飛んでくるのが見えた。ビビッときたよ。何も考えず、本能的に飛び上がってゴールを決めちまった。《今年最高のゴール》だ！　わかるかな。プレーしてると時おり何も考えないで自然に反応することがあるんだ。試合の後、会長の右腕ソドラスさんがやって来て、《命令を破ったな。ツケは払ってもらう》と言われた。はっきりわかったよ。外国チームへの移籍はおあずけだ。しばらく冷蔵庫にでも隠れておく。練習のとき誰かに脚を折られたりしないようにね。そのうち会おう』

かわいそうに、怪我や一時干されたくらいで簡単に片付くわけがないとは理解していなかったんだ。やつらにとっては冗談ごとじゃない。掟はマフィア以上に厳格だ。破ったら終わりだ」

「ソマス、このままには出来ないわ。私も手伝うから。真実を暴くのよ」

「何にも出来ないよ、オルガ！　この事件には何の証拠もないんだ。まともな裁判官にさえ期待できない。まして……」

「でも証拠はあるわ。八百長で儲けるはずだった会社は《ケラヴノス》会長の所有よ。これなら証明できる。それから、事情通の話では、試合は明らかに八百長で……」

「試合は誰が見ても八百長だよ。しかし法的に証明は出来ない。どこかで証明出来たって話も聞いたことがない」

「それにソドラス氏の脅しもあるでしょ……」

「ぼくが証言するんだよ。麻薬中毒のちんけな男が《ケラヴノス》の名誉ある会長を告訴するんだ。弟がこう言ってましたよって。誰が信じる？　無理だよ、オルガ。相手はぼくの存在すら知らない。このまま放っておく方がましさ」

「そんな、ソマス」

ことばに詰まった。どう言えばいいのか。

「とにかく、あなたよくなったの？　こないだはひどい姿だった」

ソマスはしばらく黙っていた。それから決心して口を開いた。

「昔からぼくは《双子素数の予想》を証明するのが夢だっただろ。でもアメリカで四年目に、自分には決して出来ないって悟ったんだ。そのときぼくの人生はあらゆる意味、あらゆる目的を失ったよ。酒に溺れ、麻薬に手を出し、底の底に沈んでしまった……」

「でも今は……」

「でも今はもう一度目標ができた」

オルガが答える間もなく、立ち上がり優しく頬にキスすると、しっかりした足取りですばやく去っていった。

オルガはその姿を見ながらことばを失っていた。この世の中はそんなにも腐っているのか。『もう一度目標ができた』そう幼馴染みは言った。弟が残した遺産にしがみつく以外にどんな目標があるだろうか。アルキス移籍の金は相当なものだし、同僚のように高級車やカジノなどで浪費してはいない。他方で、ソマスの気持ちもわかる。人生は彼に対してあまりに手酷く当たってきた。そして現在、本人に責任はないまま弟は死んで相当な財産を残した。これにありつくのは許されないことだろうか。そんなことはないだろう。しかしオルガには割り切れないものが残った。

彼女の疑いはその夜確認されることになった。ディミトリスと散歩に出かけ、あてもなくアテネの町をぶらついていると、とある人通りのない小道の豪勢なバー《オーランド》の前に来ていた。オルガは初めて目にした。

「ここは？」と訊ねた。

「ここはね、警部補どの、裕福な市民で《特別な》趣味を持つ方々が美青年を買いに来るんだ」

実際、バーの入り口には装甲した超高級メルセデスが駐車してあった。ハンドルの前には運転手、ドアのそばには二人の筋骨たくましい護衛が立っている。

「ちょうどいい」とディミトリスはそのときバーから出てきた恰幅（かっぷく）の良い男を指しながら言った。「あれが会長だ」

「っていうと？」

「《ケラヴノス》の会長、やんごとなきエヴァンゲロス・ソクラティディス氏だよ。可愛い坊やたちには目がない」

実際、会長に続いて背の高いエレガントな若者がバーから出てきた。

その顔を見てオルガは青褪（あおざ）めた。

「ディミトリス、帰りましょう」と囁（ささや）く。「彼よ」

「誰だい？」

「あれ、ソマスよ、アルキスの兄の。弟の殺害者と連れ立ってるなんて」

二人は足早に四百メートルほど進み、広い通りに出た。オルガは脚がふらつくのを感じた。ディミトリスは支えてやりながら一番近いカフェにたどり着いた。オルガは半ば気を失ってソファに倒れこんだ。

「コニャックをダブルで」ディミトリスは心配そうに近寄ってきたウェイターに注文した。

「お連れ様は大丈夫ですか」

「うん、心配ない。急に具合が悪くなっただけだ。何でもないよ。ぼくにもウイスキーを」と付け加えた。

ダブルのコニャックをもう二杯飲んでから、一時間以上かかって、オルガはやっと正気を取り戻した。

「でも、理解できる？」ようやくことばが交わせるようになって喘ぎながら言う。「弟の死はあの男のせいって知っているくせに、いちゃつきあって車に乗るなんて。どこへ行ったか知れたもんじゃないわ。いえ、さっき《オーランド》のこと教えてもらったから、どこへ何をしに行ったかはっきりした。神様、なんて汚らわしい。ひどいわ。『もう一度目標ができた』って今朝言ったのに。あれが《目標》ってこと？」

最後のことばを言い終わらないうちに身体がこわばった。輝く光が頭をよぎったかのように啓示めいたものを感じ、今や事情がまったく別様に見えてきた。深い印象を与えたソマスのあのことばが、突然まったく別の意味を帯びている。急いで携帯を捜した。

「ええ、ペトロプル警部補です。大至急パトカーを……」

カフェの場所を伝えた。

「払ってきて。わたしは外で待ってる」彼女の変貌に呆れているディミトリスに言った。

「エヴァンゲロス・ソクラティディスの別荘へ。急いで。間に合うように」結局三十分遅れて到着したパトカーの運転手に告げた。「場所はわかる？」

「何て質問だ、警部補さん」と運転手。「オレたちが誰だと思ってるんだい？《ケラヴノス、ケラヴノス、すべてを蹴散らせ！》」とチームの応援歌を口ずさみ続けた。

急行するためにはサイレンを鳴らさなければならなかった。別荘に着いたとき、すでに二台のパトカーと三台の消防車が外に止まっていた。巡査が報告に来て、

「少し前に原因不明の火事がソクラティディス氏の寝室で発生しました。火は消し止めましたが、深刻な結果です。ベッドで二体の焼け焦げた死体を発見、一体は《ケラヴノス》会長のようです。署長と大臣を待っているところで……」

警察は別荘の火災のもう一人の犠牲者ソマス・メシメリスの手がかりを求めて、エクサルヒアの廃屋に踏み込んだが、そこで以下の手紙を発見した。宛名は曖昧に《ギリシャ捜査機関御中》となっており、封筒に入れて封印されていた。

わが双子の弟アルキス・メシメリスは、《ケラヴノス》対《シエラ》戦を後者の勝利とせよ、というエヴァンゲロス・ソクラティディスの命令に従わなかったため、彼の命令により殺害された。すべての関与者はわたしのこの証言が真実であると知っているに

もかかわらず、《司法》がこの件を決して取り上げないだろうとわたしは確信している。堕落した弁護士や金にあざとい判事が、政治家の権力の庇護の下で、事件が法廷にすら持ち出されないよう立ち回るだろう。よって、わたしはやむなく唯一人で裁きを下すことにした。双子素数は無限に存在するが、死ぬときはいっしょでなければならない。

翌日の《ゴールとスリーポイント》紙は《陰惨な殺人、悲劇の幕切れ》の見出しで以下の記事を掲載した。

長年常習した麻薬の影響下でアルキス・メシメリスの双子の兄が、わが国最高のサッカー界の要人エヴァンゲロス・ソクラティディス氏を殺害、別荘に火を放ち自ら命を絶った。スポーツ界並びに政界の重鎮はそろって哀悼の意を表し……

ほかのスポーツ紙や政治紙の記事も同じような内容だった。

# 冷蔵庫

コスタス・ムズラキス

*Ψυγείο*

ΚΩΣΤΑΣ ΜΟΥΖΟΥΡΑΚΗΣ

ひとつ秘密を教えてあげるよ。審判の日を待ってはいけない。毎日やって来るんだから。

アルベール・カミュ

冷蔵庫には温度管理のための特別な壁があり、外界の熱が中に入らないようにしている。しかしながら、完璧な温度管理は不可能であり、つねに熱が冷蔵庫の内部へ入り込む。そのため冷蔵庫は絶えず稼動し続けなければならない。冷凍室の温度はさらに低く水は氷になり、細胞も凍るほどである。ただし、冷蔵は微生物を破壊することはない。食品が室温に戻されると微生物も再生する。

ウィキペディア「冷蔵庫」

おぼえておけ、と老人は言った。この国はちっぽけだ。地下室、ボイラー室、最上階の部屋を備えた大きな家のようなもの。電気がある限り、つまり支払う金(かね)がある限り、家はまっさら同然だった。そこで生まれた者も死んだ者もいないかのように。そうして冷蔵庫は昼夜休むことなく動いていた。肉は冷凍室の奥に積み上げられて固くなり、死んだように硬直して忘れ去られておったんだ。冷凍室の奥深くにな。ただ、ときおり電流がしばらく切れるたびに――ごくしばらくの間だったが――、傷むことはあった。

例外的にだ。

＊＊＊

「静かにしろ、いい子だから」と囁(ささや)く。「静かに」

犬は白く尖(とが)った歯を剝(む)き出し、前のめりになってまた唸(うな)っている。毛は棘(とげ)のように逆立ち、尾はまっすぐな線を描く。

男は指で革ひもをしめつけて後ろへ引く。圧迫された指は青白くなっている。犬の背を肘で押さえて伏せさせる。

「静かに」再び囁き。

目前に開けた森の空き地に、百メートルほど離れて、十数人の男たちが大きな円形を描いている。四人はギリシャ警察の青い制服。軍隊用のブーツとズボン。短袖シャツに野球帽。ベルトからピストルのケースと手錠を吊るしている。他の四人は作業着をまとい、あとの二人は看護服とゴム手袋、首まで医療用マスクをずらしている。残り三人は私服警官だった。その中の一人は脇の下にピストルケースで武装している。全員が周囲のまばらな木の枝と乾いた草を焦がす灼熱の陽の下で、苦りきってほとんど動かずにいる。中央では、ひとりの男が絶えず場所を変え膝をついては、素早く踊るような動きで、中心にある何かの写真を撮っている。作業の中心にあるまったく動かないものとはひどく対照的だ。森の真ん中で突然何かの野外劇の主役になったかのように全員の注目を浴びている。

オスリスの山中（ギリシャ中部テサリア地方の山地）。九月上旬の午前十一時半。

茂みの後ろの男は空いた手で八倍二十一口径の双眼鏡を目に当て、ごつい指で焦点を合わせ、空き地の男たちひとりひとりの顔を見る。大柄で脂肪のない痩せた男。大きな耳、顔の造作も大きい――醜い一歩手前だ。落ち着いた温かい目。足元の大柄なセッター犬とまったく同じ。つばの広いカーキ色の帽子をかぶり、軍隊ズボン。背にはモスバーグ散弾銃を斜めにかけている。弾薬筒を並べた腰のベルトには小さな水筒と、鞘におさめた大ぶりのナイフ、仕留めた鳥を吊るす輪綱が半ダースほどぶら下がっている。双眼鏡を荒れた小道の奥に向けると、四輪駆動の警察ジープとピックアップトラックのナバラが見える。そしてまた男たちの方に目を向ける。

犬がまた唸る。

「シーッ」とふたたび男。「静かに。落ち着け」

しかし犬は吠(ほ)える。二度。

空き地の男たち全員が同時にこちらを向く。ただ写真係だけが他人事には我関せず、と憑(つ)かれたように作業を続ける。

猟師は双眼鏡を下ろして背中に回すと、帽子を後ろへずらすが、あごひもが狼(おおかみ)のような彼の首にはきつい。犬の革ひもをゆるめてやって、濃い藪(やぶ)の中から現れ空き地へと進み出る。四人の制服はほとんど同時に——本能的に——拳銃のグリップに手を伸ばし、ホルスターのボタンを外す。

猟師は空いた手で曖昧(あいまい)に挨拶(あいさつ)する。私服の一人が隣の男に何か言い、さらに順繰りに制服たちに何かを伝える。制服組は緊張を解いてふたたびボタンを留めると、写真係の方へ向き直る。

猟師は低い声で話し合っている三人の私服のほうへ近づくが、大柄なセッターは不安げに唸り、革ひもを引き千切らんばかりに引っ張っている。三人のうち背が一番高い男のそばに立つ。太った縮れ髪の男で胸元をはだけたシャツの背中と脇は汗びっしょりだ。猟師は肘で軽くつつく。

「義兄(にい)さん」と低い声で話しかける。太った男は悲痛な表情で、黙って少しばかり向き直る。

「あの人なのか？」

太った男はそうだ、とうなずき、立て続けに悪態を吐き出す。

猟師は空き地の中央の死体に目を向ける。

「死んでいるんだろうね」ほとんどわかり切ったことをつぶやく。

二番目の、これも肥えてはいるが身嗜み（みだしな）がよく、念入りに手入れしたあご鬚（ひげ）の男が鼻息も荒く、

「しかももっとひどいがね」と唸る。

「死よりひどいって？」

脇の下に拳銃を吊るした三人目がサングラスを押し上げて鼻から汗を拭う。

「そうとも言えるな」と目をカメラマンに釘付け（くぎづ）にしたまま答える。猟師の方に向き「度胸はあるかね？」

猟師は穏やかに、ほとんどなんの感情もなく相手を見る。そばの犬はふたたび不安げな様子。

「隣りは検死官の先生だ」と相手は続け、あご鬚の男をちらりと見る。冷たく微笑（ほほえ）みながら、「こちらさんを案内してやってくれ。われわれが踏んだ跡を通ってくれよ。このへんはもっと調べる必要があるんでな」

あご鬚の男は軽く猟師にうなずきかけ、二人は前後に連れ立って歩き始める。犬もしたがう。注意深く踏みしめながら円の中心に向かって近づいていき、写真係の後ろに立つ。

「これだよ」と検死官。「こんな状況だ」

猟師は枯れた草に横たわる男の死体を見た。八十を超えた老人の死体。胸には黒く乾いた血の大きなしみ。砕かれた両膝にも二つのしみ。口は半ば開き、目は閉じている。

「伯父さんかい？」

猟師はうなずく。

「いつからいなくなったって？」

「おとといから」

「たぶん他所から運ばれたわけじゃないだろう。膝と心臓を撃たれてる。ほとんど至近距離でな。どっちが先かなんて訊かないでくれよ。おそらくは三十八口径の拳銃だ」

猟師は目を背けた。犬のひもは握ったまま。

「まさかね！　人の膝を撃つことなんて出来るんですか」

検死官は疲れたように頭を振り、

「ゲスな野郎はどこにだっている」と鼻を鳴らす。その視線は猟師の背負った散弾銃をかすめる。

「技術的な質問ですよ」空いた手で銃のケースに触れながら猟師は言う。「こいつでなら簡単。この装弾ならね。でも、相手をじっとさせておいて膝を撃ち、その後別の膝にも撃ちこむなんて、どうやって？」

検死官は肩をすくめる。

「後でやったのかもしれないな。まず心臓を撃った後で」

「だけど、意味はないでしょう」

「そう、意味はないね」検死官は二、三メートル向こうの倒木の幹を目で示す。「まずあの上に縛り上げたんだろう。幹の上に縄がこすった跡がある。犠牲者の上にも同じ跡があった。幹からは三十八口径の弾丸も一つ採取したよ。逸(そ)れたんだな。ほかの二発は犠牲者を貫通した。君の質問への答えにはなるだろう」

検死官は陽射しを受けて目を細めながら続ける。「奇妙なのは——むろん八十代の男の膝を撃ったことは置いておくとして——どうしてその後、わざわざ木から下ろし、目を瞑(つぶ)らせたんだろう?」

猟師はしばらく考えてから口にする。

「敬意でしょう」

検死官は眉を吊り上げて相手を見る。

「敬意だって?」微笑み。「膝を撃つなんてたいして敬意を表したようには思えんがね」

「生きているうちは敬意を見せなかった。でも、死んでからは敬意を示したのかもしれません」

検死官はふたたび死体に目をやる。

「同じ人間じゃないか」

「生きているなら人間です。死んだらもはやそうじゃない。同じはずはないでしょう」

検死官は肩をすくめた。

「キリがないな」と言う。「とにかくここからは警察の案件だ。それに犯罪学のね。われわれの仕事じゃない」

猟師は何も言わず振り向くと、もと来た方へと戻っていく。後方では写真係のシャッター音だけが響いている。ふたたびしかめ面の一団のもとへ戻ったとき、犬は不安に唸り、森の方へ強引に駆け出そうとするが、猟師は革ひもをしっかりつかんだまま、汗ばんだ男の背をそっと手で触れる。

「義兄さん、村に下りたらまた話そう」サングラスと脇下のピストルの男に向かって言う。

「警部、何かお手伝いできますかね？」

警部は大柄なセッターに一瞥（いちべつ）をくれる。

「犬を連れて行ってくれないか。怯（おび）えているぞ」

「腹をすかしてるんですよ」

「じゃ、連れてって食わせてやれよ」

猟師は森の方へ走ろうとする犬の革ひもを緩めてやり、周囲の男たちに最後の視線をくれる。皆はほとんど動かず、倒れた木の幹と踏まれた草に焦点を合わせる写真係を苦々しく見つめている。ただ、作業着を着たうちのひとりだけが、曲がった鼻――明らかに折られている――の上から猟師を見ている。両者の視線が出会う。三十代半ばの筋肉隆々の男で、目には憎しみだけがこもっている。

数秒間視線が絡み合う。折られた鼻の男は何かをつぶやく。おそらく口の中でだけ。両脇に従者のように控えた、髭も生えそろわない二人の若者には何も聞こえていないようだ。

猟師は目を細めるが、ひもが手から離れてしまい犬は茂みの方へ駆け出す。猟師は叫びながら後を追う。

「ミツォス！　戻れ、戻ってこい！」

数人の男が振り向いて見る。犬は茂みに覆われたけもの道に飛び込む。猟師も後を追って入ろうとするが、急に立ち止まる。地面を見ながら一歩二歩進んで、屈もうとする。が、思い直して立ち上がり、周囲を見回している。

「警部！」と叫びかけ、「これを見たほうがいいですね」

いまや全員が彼のほうを見ている。警部は鋭い声で制服を一人呼びよせ、一団を離れていっしょに茂みに近づき、猟師と並んで立つ。

「あそこです」手を伸ばして地面を指差す。

乾いた草の間に金貨が光っている。

「あそこにも」少し向こうを指し示す。

金貨がもう一枚朝の光の中で輝いている。そして少し向こうには掘られたばかりの小さな穴がぽっかり口を開け、周りには二、三枚の朽ちた板切れが散らばっている。

警部は制服警官を肘でつつき、

「鑑識の写真係をこっちへ呼んで来い」とどなり立てる。「すぐにだ。袋も持ってこさせろ。

ほかの者はあっちにいるんだ。この場所を踏み荒らさんようにな」

犬が茂みの後ろで何かをかじっているのが聞こえる。猟師はもう一歩近寄って、少しばかり前屈みになる。警部は彼の袖をつかみ、

「それ以上踏み込むんじゃない」

「そんなつもりはないですよ」猟師はしゃがんで、けもの道に残された跡を指差す。

「ここです」

警部も屈みこんで、

「足跡だ」と静かに言う。

「ゴムの長靴だな。少なくとも二人。でかいサイズだ」

警部は立ち上がる。

「写真係が来るから」鼻を鳴らしながら「外を回って犬を連れ出してくれ。では気をつけてな。明日の朝には証言をしに署に寄ってほしい。十時以降だ。どっちにしろ検死があるから、葬儀はもっと後になるだろう」

猟師は立ち上がる。警部は鼻をひくひくさせ、

「死体が匂うようだな」とつぶやく。

「陰惨な話ですね、警部」と猟師が言う。それから茂みに入り、犬を連れて樫（かし）の木々の中へ姿を消した。

森外れの住まいの入り口までたどり着くと、木の門を開き、入って後ろ手に閉める。犬の革ひもを解き、自由にしてやって、水を飲みに走らせる。馬屋、鶏舎、菜園を通り過ぎ、燃えたゴミやビニールの臭いを宙に放つ樽のそばを過ぎると、小さな石造りの家に出る。煙を出す煙突をぼんやり見上げながら、手の甲でドアをノックして中に入る。

女が竈の前に屈んで何かを焼いている。金髪で小柄。蒸し暑い日に炭火の前で汗まみれだ。美しい姿。

「あなた」火から振り向きもせずに言う。

前を見つめたままの女に軽くうなずくと、銃と道具のぶら下がるベルトを身から外し、壁の太い鉤にひっかける。

「見つけたよ」

女は突然振り向いて彼を見る。

「それで？」

「上じゃ警察がみんな集まって、死体の写真を撮ってる」男はブーツのひもを解こうと屈みこむ。「弾も採取した」

「それで？　なんて言ってるの」

靴を脱ぎドアのそばに押しやる。向こう側まで四歩ほどしかない部屋を巨大なヒョウのように音も立てずスッと横切り竈に近づく。

「まだ何も言ってない。だけど、いろいろと出てくるだろう。ミツォスが金貨を見つけた」

猟師が近づくと彼女も立ち上がり、二人はしっかりと抱きしめあう。彼のほうが頭二つほど背が高く、さらに十五ほど年上だ。こうして並んで立つと、娘は三十を越しているのだが、ずっと幼く見える。男は灰色でまばらな髪と陽に焼かれた粗い肌の老け顔だ。

娘は曖昧に微笑み、頭を彼の胸に寄せる。

「いい子ね、ミツォスは」と囁く。汗ばんだ背中に優しく手を置き、「ヤノスもいい人」それから竈の方を指す。「肉を焼いといたわ」

猟師は身体を離し、ポケットから葉をひとつまみ取り出すとひねってタバコを巻く。

「おれのはミツォスにやってくれ。食べたくない」

離れた椅子に座り、空のテーブルのそばで考え込みながらタバコを吹かす。

娘はまた竈の方に向きなおる。

「ヤノス」と囁き声。

少し顔を向け、女の後ろ姿を見る。黙ったまま。

「犬みたいな気にならないで」炭をかき混ぜながら言う。

「そんな気持ちじゃない」

しばらく沈黙。その後また彼女の声。

「何を考えてるの？」

「何も。明日の朝証言をしに行ってくる。その後は葬儀だ」

またしても押し黙る。娘は炭に目を据えたまま。彼のほうはタバコを続ける。やがて、娘

がふたたび、

「葬儀には出たくないけど」

ゆっくりとタバコを吸い込んで、洞穴のような巨大な鼻の穴から吐き出す。

「そいつはまずいだろう。おれの伯父だからな。それにお前も村の教師だ。村の慣わしは知ってるだろ」

「病気だって言ってよ」

猟師はタバコを消し、がっちりした肩をすくめる。

「言っとくよ。どっちにしろ、他にも面倒なことが起きてるだろう」

夜が更けていき、空が白み始める前に、うたた寝しながら、嘆息と嗚咽で目覚める。猟師はいつも眠りが浅い。腰のそばには彼女の背中があり、眠りの中で嘆き震えているのを感じる。しばらくしてから猫のように音もたてずに身を起こし、ベッドをぐるりと回り、彼女のそばの床に座り闇の中でそっと頭を撫でてやる。もう一晩、薄明を迎えるまで。

警部はデスクにペンを投げ出し、椅子にそっくり返る。「公式の証言は以上だよ、ヤノスさん。他に役立ちそうなことはないかね」

肩をすくめて曖昧に頭を振る。

「特に思いつきませんね。判断の材料さえない」

警部は薄い布でレイバンを拭き始める。

「材料はだな、あの幹の上に縛り付けておき、スミス・アンド・ウェッソン三十八口径――少なくとも五十年物――で至近距離から膝を撃ち、それから胸を撃った。八十何歳かの男をだ。バカでかい長靴をはいた、明らかに男だろうな、少なくとも二人。山のブドウ園から半キロほどのところだ。その後、老人の縄を解き、横たえて目を瞑らせた。そして、少し離れてあの穴と金貨が見つかった。以上が証拠だよ」警部は濃い眉毛の下からまともに相手を見つめた。「何か役に立ちそうなこと、思い出さんかね？」と繰り返す。

「ただの一般的な考えですが。たぶんそちらと同じでしょう」

「違うかもしれんよ。あるいはこっちには何も浮かんでないかもしれない。どんな考えかね？」

「これらすべては老人に金貨の隠し場所を吐かせるために起きた」

「バカなことを」

「それにこういったことを関係ない者がやるはずはない。行きずりの者もね」

警部は身を乗り出して、デスクに肘をついた。

「と言うと？」

「誰かがいっしょに上まで登って行ったのなら、以前からの知り合いだったということでしょう」

「誰もいっしょに登って行きゃせんよ。あんたの伯父さんは一人でブドウ畑に行ったんだ。

この時間いつもそうしてた」

「誰かが後をつけたかもしれない」

「道に伯父さんのゴム靴以外の足跡はついていなかった」

猟師は窓から道の方を見る。

「それじゃ待ち伏せされたのかも。伯父の金貨と習慣をよく知るやつらが。ごろつきの一団かもしれません。しかしその場合でも、伯父と関係ある誰かから情報を得たはずでしょう」

「たとえば？」

猟師は曖昧に渋面を見せた。

「いろんなやつらが金貨を見つけようと躍起になってます。憑かれたように。考えも及ばないようなやつらがね。最近は誰にとってであれ景気が最悪なのを考えるなら、驚くこともないでしょう。あれほど財産のある伯父にしたってひどい状況になってました。こういうことは連鎖するでしょう——親族、使用人、知人友人——それに伯父は酒好きだった。まずい場所でうっかり漏らしたということも考えられます」

「誰か心当たりがあるのか？」

「息子はありえないでしょうね。わたしの従姉妹(いとこ)も同じで、ふたりともアテネに住んでる。友人についてはよくわかりません。わたしたちはここ数年老人とはうまく行ってなかった」

「どうしてかね」

視線を窓から離し、警部を見る。

「たいしたことじゃありません。ただウマが合わなかったんです」

「理由もなくかい？」

ふたたび肩をすくめる。

「誰とでもうまく行く人なんていませんよ」

「親族なのに？」

「どこでもよくある話です」

「じゃ、友人関係についてはよく知らないんだね？」

「息子に訊いた方がいい、警部」

「他の人物は？」

猟師は少し考えてから静かに、

「使用人がいますね」

「アルバニア人たちか」

両手の親指をベルトに差し込み、また外を見る。

「どうでしょうね。若い二人はいい子らしいし、とても殺人犯とは思えない。秘密を打ち明けてもらえるほど長く働いているわけでもないでしょう」

「それじゃ？」

「わかりません」鼻を鳴らしながら、

「あの監督官もいますね」

「エンヴェルか?」

「そう、エンヴェルです」

「犬のように忠実なやつだが」

「番犬ですね。長年老人の右腕だった。何かに勘づいたのかもしれない。最近は彼の給金も減ってきたのは確かですから」猟師は嫌そうにしかめ面を見せる。「あいつは癇癪持ちです。躊躇しない。老人の――あるいは誰かほかの人であれ――膝を撃ち砕いたのがあいつだった、と聞くことになっても驚きはしませんね」

警部はふたたびペンをつかみ、頭のほうでゆっくりと書類を叩く。

「やつに偏見を持ってるな。まっとうな証言とは受け入れられん」

「証言じゃないですよ。個人的見解です。公式の証言はもう終了したと思ってましたが」

「そうだった」警部は曖昧に微笑む。「だが、しばらく前に君たちがつかみ合いの喧嘩をした、というのも本当だね」

「理由があったかも知れませんよ」

警部の微笑みは続く。

「クレタから来た金髪の先生だろ」

猟師の視線は突然険しくなる。

「名前はフリスティナ」ほとんど犬のように唸りながら、「わたしの婚約者です」

「お幸せに。しかし、最初はそうじゃなかった」

「だったら何です？」

「つまりだ、男どもの間で時たま起こることだ。女が間に入ると」

「時にはもっとひどいことになりますね。しかし、いつだって理由はありますよ。他人の女に迫るなんて許されない。それもあんなやり方で」

「本人はあんたたちがカップルだと知らなかったのかもしれない」

「あいつがそう言ったんですか？」

警部はまたペンをデスクに放り投げた。

「一体どうしてそんなことを我々に言う必要がある？」

猟師は痺れてきた片足を前に伸ばす。

「あなた方にあれこれ情報を漏らすのがあいつの仕事のひとつだって噂もありますね」

警部は胸の前で腕組みをして、重機のような厳しい声を響かせる。

「ある市民が警察に何を言うのかは、他の市民の知るところではない。それにそんな噂をする者たちこそ警察の仕事の邪魔をしておる。それを繰り返してしゃべる者たちも同様だ」

猟師はニヤリと笑った。

「とにかく、本人がやったと自白するなんて、あなた方は期待してるわけじゃないでしょう」

「想像は自分にだけ取っておいたほうがいい。関わりあいにならんようにな」

「そんな想像をめぐらしているのはわたしだけじゃないかもしれませんよ。噂じゃ、ここ数年であいつが手を染めていない汚れ仕事はないらしいから」

警部は首を振り、神経質に右のかかとで床を鳴らす。「ほんとかい？　まあ、おれの身にもなってほしい。ちょっと考えてみてくれ。あんたたちは皆ゴチャゴチャ言うが、警察はどうやってこの辺でたむろする有象無象のやからを捌(さば)けというんだ？　どんな情報を使えばいい？　風の噂か？」

「羊を護(まも)るために狼を置く者などいませんよ」

警部は突然立ち上がる。

「だれ一人我々が仕事に励んでるとは言ってくれんのだろうな」ときっぱり言って、ドアのほうを指した。「そういうことで、村へ帰ってもかまわんよ、ヤノスさん。お悔み申し上げるとともに、山でのご協力に感謝する。我々だけでは困難だったというわけでもないが」

猟師も立ち上がり、

「もちろんそうでしょうよ」

「警察でまた犬が必要な場合は連絡させてもらう」

大股でドアのところにたどり着いていた猟師は、

「喜んでお手伝いしますよ」と開けながら、「しかし犬はただ餌を嗅ぎつけるだけですがね」

幅の広い木のテーブルに食事の皿を置き、自分も腰を下ろす。

「それで？」

「それで何？」

「話してくれないの？」

太い指でパンを二つにちぎり、皿のそばに置く。

「何の話だ？」

「警察で何を話したの？」

「何も新しいことは話してない。武器の種類がわかった。それと二人の男がブドウ園で待ち伏せをしてて、金貨のありかを吐かせようとした、とかだよ」

二人とも黙りこくって少し食べる。それから猟師は口にほお張ったまま、

「エンヴェルの話も出た」

「それで？」

「厄介なことになると思う」

「そうなの？」

「そうだろうな。エンヴェルが狂犬野郎だってのはみんな知ってる。伯父の右腕だったことも。あんな野良犬を飼ってればいつか主人に噛（か）みつくだろうよ。ちょっとでも腹を空かせたらね」ナプキンを取って、ごつごつした顔の口の周りを拭く。「それにアルバニア人だ」と続けて「簡単にやってのけるだろう」

「二人の若い子がとばっちりを受けなければいいけど。いい子たちのようだから」

「そんなことにはならないだろう。エンヴェルは警察のたれこみ屋（ルフィアノス）で、不利な証拠はないか

らね。もちろんあいつを問い詰めはするだろう。伯父もただ者じゃなかった。退職警官で裕福な地主だったし、二度村長になった。それに殺人は重罪だ」

「あの人たちどうすると思う？」

「今の状況じゃたいしたことは出来ない。そのうち金貨が発見されるのを待つことだろう。どのみちそうなるだろうし。でも、それまであの野良犬野郎は飼い主がなくて、この辺じゃもう働けない。警察が罰してくれるよ」

鷲（わし）づかみにしたカップを持ち上げてワインを一気にあおる。

「今すぐあいつがしょっぴかれても一向にかまわない。世の中の癌だからな。後ろ暗い仕事だけじゃなくアルバニア人たちの賃金までピンはねしてる。目が合うだけでも嫌な野郎だ」

「ヤノス、一度もう顔を殴ってるじゃない！」

「見てろよ。あいつとはいつか口髭を喰（く）らいあうぞ（つかみ合いの大喧嘩になる、の意味）」

「そうならないといいけど」娘は静かに言う。「あなたたちには口髭がないから」

「それじゃ、おたがいを喰らいあうだろうな」

「ヤノス！」

「やつの所持品の中に金貨一枚でも見つかればいいんだがな。車の中とか」

「ヤノス！」

「ふん！」

「まるで復讐（ふくしゅう）してるみたい」

猟師は手の甲で口を拭う。

「おれも執念深いクレタ人の仲間入りってわけだ」と言うと、しばらく話がとぎれる。

「葬儀はどうだった？」しばらくして娘が訊く。

「普通の葬儀だよ。無念、嘆き、弔いのことば」

「なんて言ってた？」

「故人はなんといい人だったことか。どれほど公務に勤しみ、仕事には有能、家長の鑑、敬虔な人。これほど世の中に必要とされながら、齢八十三にして無慈悲にも身罷られ、後に残された虚しさが何とかかんとか。誰に対しても捧げられる月並みなセリフだ。それでもこの社会は歩みを止めず云々」

　娘は指でパンを一つまみちぎる。

「詐欺や陰謀については何も言わなかったでしょうね」

猟師は皿のほうに屈み、また食べ始める。

「ああ、言わなかった」

「脅迫や汚職のことも？」

「それも言わない」

「軍事政権で拷問担当だったこともね」

猟師は背を椅子に持たせかけ、窓のほうを見て苦々し気に息を吐く。

「もちろんだ、フリスティナ。葬儀ではそんな話は出ないよ」

「わたしの弔辞ではどんな話が出るのか聞いてみたいものね」

彼は外を見ながら黙ったままだ。太陽は血のように赤くなって山ぎわに沈みかけている。

彼女は手を伸ばし、大きなテーブルの上で彼の手を握って囁く。

「ごめんなさい。いろいろあったにしろ、あなたの伯父さんだったのよね」

「そうだった」悲しみの目を窓から離すことなく言う。「でも今じゃ何者でもない」


翌朝は早くから大柄な牡馬に鞍を置き、ケースに入れた散弾銃を馬の首もとに吊るして出掛ける。森に分け入り山へと登っていく。馬の歩みに任せ目的地へと。一時間も行くと陽はすっかり昇り、開けた峡谷へと馬を進めて降りる。鞍のそばから太いロープのひと巻きを取り、馬を木に結わえつける。ケースから銃を抜き、徒歩で茂みに入りこんで二時間ほど狩りに耽る。戻ってきたときには手に三羽の山鶉を仕留めている。

ふたたび山を登り始める。さらに一時間。陽射しは馬にも乗り手にもまともに照りつける。ほどなく山小屋の外に着き、また馬を下りて木陰に結わえ、泉のそばの水飲み場に近づく。

老人が小屋の外に腰を下ろしている。お互いにそっくりな会釈を交わすと、猟師は革の鞍を馬からはずし、鶉と並べて、老人のそばの空いた椅子に積み上げる。

老人は震える手をゆっくりと上げ、目を細めて馬のほうを見る。

「ラブロスか？」しゃがれ声。

「そうだよ」

「来るたび大きくなるようだ。わしの方が小さくなるのかもしれんが」

「そんなはずないだろ」

猟師はごつい手で戸板を引き開け、小屋の中をちらりと覗く。中には必要なものだけだ。あるいは必要ですらないかもしれない。大理石の流し。鍋がいくつか。火を起こす竈。ベッドと敷布。わずかな服と本。ロシアの旧式ライフル。二つかみほどの弾薬筒。土と古くなった食事の微かな匂い。

「変わりはないかい？」ふたたび外に出て後ろ手にドアを閉めながら訊ねる。

老人は面倒くさそうに首を振る。干乾び痩せこけた身体。頭はつるつるに禿げあがり、歪んだ顔には見事な雪白の口髭。

「別に。最近は時おり銃声がしていたが、それも先週やんだ」

「銃声？」

「ああ。ピストルだったかもしれんがの。誰かが練習しとるようだった」

「見たのかい？」

「お前が立っとるあたりまでしか見えんわい」

猟師は老人を見てから周囲を見回す。

「眼鏡はどうしたの？」

「割れた」

「割れた？」

「ああ」

「いつ割れた？」

「三日になる。それとも四日前だったかの？」

「そろそろ降りて来て下でいっしょに住まないかい？」

「他の者も毎日眼鏡を割っとる。村でも町でも。毎回家を変わるわけにはいかんて」

「ここは家じゃないだろ。誰もここまで登ってこないし」

「そのほうがええ。ここの方がお前のおふくろさんのことをよく思い出せる、逝っちまってからは。あの世には近いからな。下じゃいつだって誰かがわしを苦しめに来よる」

「苦しめに？」

「聞いておるだろ」

「そのうち目が見えなくなって転んでしまうよ。でなきゃ、寒さで死んじまう」

「心配せんでええ。いろんなことが起こっとる」

「なにが起きてるって？」

「あれやこれやの野蛮なことじゃよ。誰も逃れられやせん」

猟師はドアにもたれて、タバコの葉を取り出してもみ始める。

「ここには電気もないだろ？」

「お前たちだって下じゃ、それほど保ちやせんじゃろ」

「まだ電気は来てるよ、父さん」

「払う金がなくなるわい。比喩的に言っとるがの」

「降りて来てくれ、そうすればどうにかなるよ」

老人は頭を左右に振る。

「お前たち、このさき見るものは好きになれんじゃろう。未来に期待するのをやめるなら――あるいはもっと悲惨なことに――今すでに首を絞めつけられておるのなら、過去に目を向けることになろうが。腹を空かせておるのに食い物がないときと同じだ。そんなら冷蔵庫を開けて中をあさり始める。だが中にあるのはうまそうなものだけじゃない」

「何を入れたかによるだろ」

「そう、何を入れたかによるな」

二人はしばらく黙り山を見つめる。

それから老人は、

「知っているのが自分ひとりだと思うとき過ちを忘れるのは簡単じゃ。誰だってそうだ。あいつ、わし、おまえ、誰でも」

「あいつって?」

「わかっとるだろ。お前の伯父さんだ」

猟師はタバコに火をつけて吸う。しばらくして老人のことばがまた聞こえる。

「お前はもう大人だ、ヤノス。頭もある。いつかお前がしくじるにしても誰のせいでもない」

灰が風に飛ぶ。

「何だって今そんなことを言うんだい？」

老人は動かない。視線は山の尾根を撫でている。

「数日前にここまで登って来おった」

「誰が登って来た？」

「お前の女房だ」

「フリスティナか。そうだろうね。妻じゃないけど」

「牝馬でここまで来たぞ。デスポって名の」

「知ってるよ。それで？」

「わしに話しおった」

「何を話したんだい？」

老人はゆっくりとうなずくように、

「ああ、話したとも。自分のおやじのことをな。海軍士官で勇敢な男だった。一九七一年に軍事政権への抵抗活動に少しばかり関わった。左翼とかそういうんじゃない。ただ民主主義に忠実だっただけじゃ。ほとんど宗教的なほどに」老人はのどに詰まった痰を吐き捨てる。

「計画に取りかかる前に全員が捕まって、おやじさんはブブリナ通り（一九六七年—七四年の独裁政権下で軍事警察が置かれた）の拘置所で手酷い拷問にかけられた。何週間にもわたって。例の足枷でズタズタになぶられた。最後に病院送りになったときには打撃でボロボロで、医者たちは命を救うため両足を根元から切断せにゃならなかった。『癒しようのない傷』と言われた。そうやって生き永らえ、数年前に亡くなった。心不全だ。『癒しようのない傷』、とそのときも医者たちは言ったそうじゃがの」

猟師はタバコを投げ捨て踏み消す。

「他に何を言った？」

「不具にされた者の娘がどんな風に見られるか。近所や学校で『父ちゃんの靴のサイズは？』などとからかわれてどんな気持ちか。他人は五体満足なのに、壊された人間を毎日毎日目にしてどう感じるか。二時間も話しおった。物心ついたときから毎晩切られた脚の悪夢を見ながら、それでも自分自身の夢を抱くのがどんな気持ちか。そしてある日おやじさんが死に、わずかに遺（のこ）してくれたものも消え去って、他人の思い出の中にすら残らないなら？それで何が夢なものか。心にはただ怒りを抱え、過去を見続ける。冷蔵庫をあさって肉を解凍しつづけるのがどんな気持ちかをな」

老人はゆっくりとため息をつき、続ける。「ようやく張本人を見つけ出し、首尾よくそいつの村の学校に任命される。そいつと知り合いになり一層憎しみをつのらせる。そいつの甥（おい）を巻き込んで復讐に向かう。そういったことがどんな気持ちかも話した」

父と子は草を食（は）む馬を見つめる。それから老父は、

「こんな風にも言った。地獄への途中で小さな楽園を見つけられるかもしれん。じゃが、肉を取り出して解凍し始めるなら、ふたたび凍らすことはできない。最後にわしに頼んだよ、

お前にわしの兄を殺す手伝いをさせるのを許してほしいと」

老人はまた地面に唾を吐き、袖で拭う。

「何て話だ。この山の上でこんな問題に出くわすとはの」

猟師はごつい手でライターをつかみ、タバコに火をつける。

「で、父さんは何と答えた？」

「そんな状況の人間に何が言える？　たいしたことは言ってやれん」

「ああ、言えないな。わかってる」

「わかっておろう」

「ただ泣いてやれるだけだね」

「そうよな。わしもそうだ」

娘は古いリボルバーと金貨一枚の入った古い木箱を、掘ったばかりの穴の底に横たえ、上から手で土をかける。それから立ち上がって大柄な男のそばにたたずむ。

小柄で華奢（きゃしゃ）な身体。

別のある日、何百キロも離れた場所でのことだ。午後の三時。彼女の父の墓前。

「これですべてを後にできる」猟師が言う。

「新しい長靴は二足とも火にくべたし、祖母の二枚の金貨は警察へのお土産ね」

「そしてまた過去へと戻りつづけるんだな」

娘は彼をしっかり抱きしめる。腰の周りを強く。

「戻ればいいじゃない。また始めるのよ」

猟師は微笑む。

「子供だって生まれるかも」

娘も微笑む。微かに。

「子供？　こんな世の中でかい？」

猟師は頑丈な肩をすくめる。

「ここは本当の世界なのよ。わたしたちが知ってるのはここだけ」

＊＊＊

そうしてある日、電気は完全に切れてしまった。支払う金がなくなったのだ。

冷蔵庫は動くのをやめた。

中の肉はいっせいに解け柔らかくなり始めた。元の肉の面影が現れ、虐殺と死で穢（けが）れ始める。忘れられた命の記憶と終焉（しゅうえん）のおぞましい記憶とが濃く真っ赤に滴り出した。ごく稀（まれ）だったものが次第に増えて常態となり、プラスチックのケースから溢（あふ）れ出て、冷たい床に広がっていく。殺された者の血で不毛の空白が染められるかのように。

そうして、自分の知っている世界は消えさり、代わって別の世界が現れる。

存在していることすら知りたくなかった別の世界が。

# 《ボス》の警護

ヒルダ・パパディミトリウ

**Ο φύλακας του Αφεντικού**

ΧΙΛΝΤΑ ΠΑΠΑΔΗΜΗΤΡΙΟΥ

ポーリ・リクルグとノー・サレンダー・コミュニティーに

ハリス・ニコロプロスは温厚な人物だった。人生を一歩一歩、決心するにあたっては慎重に判断してきた。おそらくは高圧的な母とものわかりのいい父の一人息子として育てられたせいだろう。何が不思議かと思われるかもしれない。ギリシャ人の母親の九割は高圧的なのだから。しかし、ハリスはただのギリシャ人ではなかった。今まで――今現在もそうかも知れないが――《人命・財産に関する犯罪捜査課》の副主任だった。しかも成功を収めていた。彼のオフィスが捜査した事件の解決率は八十九パーセントに達していた。

五十に手が届くハリスは印象的な人物だ。背が高く堂々とした体軀。太っているわけではなく、オベリスクを思わせる。ブロンドの巻き毛はこめかみのあたりが灰色になり始め、青い目がきらきらと輝いている。陰では《アッティカ警察本部のハリー・ホーレ》と言われている。ミステリ小説の熱烈なマニアで、本人もジョー・ネスボ描く主人公のように見られたいと望んでいるからだ。ここ数年実家を離れ、リカヴィトスの丘を望む陽当たりのよい部屋で、雑種のシェパード犬ヘクトールと暮らしていた。とは言え、家族とのへその緒は断ちがたく、それ以上にビートルズを卒業して新しい歌やバンドの信者になるのは困難だった。

《犯罪捜査課》の同僚で特に親しいのは、魅力的な四十代の未婚の母マリタ・セルヴダキ警部と二人の若い警部補――アニメのキャラを思わせるパラスケヴァスと海水パンツのモデルのようなニコディモス。まったく異なるタイプのこの四人が友情と尊敬で結ばれ、仕事の外でもつきあっていた。

みんながハリスからお薦めの映画や本を聞きたがり、ハリスの方は新曲リリースの情報を期待していた。そう、もちろん疑問に思われることだろう。こんな警察官のグループはちょっとあり得ない。しかし、かつてボブ・ディランが言ったように《時代は変わっている(ザ・タイムズ・ゼイ・アー・ア・チェンジン)》。時は変化し続け、失業と長引く経済危機は、二十世紀の警官とは縁遠い多くの若者を警察に送り込んでいた。

コンサートは好きだが、ハリスが好むのは黒人歌手やコーラスグループ、ジャズピアニストやしっとりしたシンガーソングライターの出る小さなクラブだった。いずれにしてもアリーナでのコンサートやハードロックといったのは避けていた。

そこで二〇一四年二月に二人の部下が、ブルース・スプリングスティーンが《アテネ・オリンピックスタジアム》で夏に公演、という知らせに色めき立っているのを目にした時も、ハリスは特に注意を払わなかった。従姉妹(いとこ)たちが一九八八年《国際アムネスティ》のアテネの大コンサートで《ボス》と呼ばれるこの歌手を見たのは覚えていたが、その年は兵役で行けなかった。ただし、行けたとしても同じコンサートに出演していたスティングのほうを選んだだろう。部下たちはまだ床を這(は)い這いしていたか、せいぜい「アヒルの赤ちゃん」とか「幸せなら手をたたこう」みたいな童謡を聞いていた頃だ。

意外だったのは、マリタ警部がコンサートを知って「ダンシング・イン・ザ・ダーク」を歌いながらダンスを始めたことだ。三人の部下は今月最後の土曜日十二時にネット上で集まることを約束した。コンサートチケット発売の時間だった。若い連中は六十五歳のロック歌手に何を期待するんだろう、とハリスは思ったが、特に答えを知りたいわけでもなかったので、すぐに忘れてしまった。

七月初め、上司であるアッティカ警察署長マルカンドナトス副将軍にオフィスで受けた命令はまったく思いも寄らぬものだった。ブルース・スプリングスティーンを個人的に警護せよというのだ！　ハリスはアッティカ警察本部の副署長というれっきとした幹部職であり、人気歌手のボディーガードなどではない。犯罪が起きてから追跡するのが専門であって、未然に防ぐのはごくまれな任務だ。しかしマルカンドナトスはひじょうに不安な様子だった。ここ一週間、ギリシャ側の主催者と歌手のマネージャーは脅迫メールを受け取っていた。メールの文面は流暢（りゅうちょう）な英語とギリシャ語で書かれていた。ただ、発信者が何を求めているのか、いまひとつはっきりしていなかった。

最悪のシナリオは西洋、とりわけアメリカ文化の崇拝者に罰を下そうとするテロ組織の仕業というものだった。マルカンドナトスとハリスは顔を見合わせ同時に、「ボーン・イン・ザ・ＵＳＡ！」とつぶやいた。あるいは、これもまた不吉だが、どこかのサイコパスが本人だけ知る理由で《ボス》とことを構えようとしている、という推測もなされた。

「代償を払う時は来た（ザ・プライス・ユー・ペイ）」と最初のメール数通には書かれていた。

ギリシャ側の主催者は警察と密に協力しながら、スタジアムの入場券を買った八万人の警護という途方もない仕事をすることになった。何重ものチェック地点、金属探知機、群衆に混じる何十人もの私服警官。ハリスは、スプリングスティーンが本番の前夜にジャーナリストと選ばれたファンクラブ会員の前でこぢんまりと行う《シークレット・コンサート》の間、歌手本人と夫人の警護という困難な任務を負わされた。《ノー・サレンダー》という名のファンクラブには千五百人ほどが所属し、交流し合いながら様々な都市へ三回から五回ほどの海外旅行を企画して歌手を追いかけ、国内でもパーティーを開いてコンサート情報を交換しあっていた。危険とみるや火の中にでも飛び込んで《ボス》を救おうという意気込みのファンたちの中に正体不明の殺人者が紛れ込むのは不可能だろう、とハリスは思ったが、マルカンドナトスはジョン・レノンの殺害者のことを思い出させた。一九八〇年にかの人物はビートルズのファンを装って近づき至近距離で射殺したのだった。ギリシャはあらゆる局面で困難な時を過ごしている。経済。政治。人々の信頼。ブルース・スプリングスティーン暗殺未遂の国などと歴史に名をとどめるようなことがあってはならない。

ハリスの最初の行動は気心の知れた同僚からなる警護班を組織することだった。若くて熱烈な音楽ファンの部下たちはアイドルに対するファンの行動様式を知っており、不審な動きを察知することができるだろう。四人だけの身軽な行動力あるチームは《シークレット・コンサート》が行われる場所の建築図面を綿密に調べ始めた。歴史あるアテネ中心の豪華なホテルの屋上だ。スプリングスティーンがアクロポリスを背景にアコースティックで歌いたいとの希望から選ばれた。それに移動が楽になるよう、妻パティやバンドメンバーといっしょにそのホテルのスイートに宿泊していた。《ボス》はパティといっしょにアクロポリスと博物館を訪れ、プラカの路地を散策し、古代アゴラを巡りたいと望んでいた。古代への興味をそそるヨーロッパの町ではそうするのが常だった。ファンはその習慣を知っており、ことばを交わし写真を撮ろうとホテルのそばで待ち構えていたし、本人もファンを失望させることはなかった。《ボス》は今でもニュージャージー出の素朴な若者であり、音楽産業の生むスーパースターの気まぐれに染まってはいない。少なくともハリスの部下たちはそう主張した。実際、徒歩での移動は長短両面がある。つねに渋滞のアテネの大通りで苦しめられることはない。しかし、プラカ、モナスティラキ、シシオを練り歩く何百人という観光客を見張らなければならない。どのバックパックにも拳銃やらナイフなど殺しの道具が隠されているかもしれないのだ。

さらに《ボス》作戦の別の難点は隣の屋上だ。件のホテルのあるプラカ地区では低い建物が圧倒的に多いが、二百メートルしか離れていないモナスティラキ広場の周辺にはマンションがかなりあり、屋上はアクロポリスが望めるバーやレストランに改装されている。そのいくつかには暗い死角がある。暗殺者にとって願ってもない隠れ家となりそうだ。狙撃者が身を潜めようとするならどこを選ぶだろうか？　あらゆる場合に備えて、特殊な訓練を受けた警察官にプロの殺し屋が武器をかまえる可能性のある場所を探させた。

《シークレット・コンサート》の前夜、ハリスの胃は緊張が取れないほどの危機的状態にあった。メールは旧ソ連のある国のアドレスから途切れることなく送られてきた。

「デカ頭(ケファラ)よ、おまえの番だ！」

「明日なき暴走(ボーン・トゥー・ラン)が続けられるものかな？」

「至近距離(ポイント・ブランク)からバン！　ドタリだ！」

「おまえは他のやつらよりタフ(タファー・ザン・ザ・レスト)だとでもいうのか？」

スプリングスティーンのほとんどの歌詞を覚えているマリタは、直近のメールを調べながらある推論を語った。

「この匿名メールの書き手、明らかにブルースのファンね。脅迫に彼の歌のタイトルを使ってるから。でも《デカ頭(ケファラ)》はブルース・マニアにとって敬愛の表現。そうじゃない人がこんな呼び方をしたら、殺されちゃうわよ」

ハリスは困ったような目で彼女を見た。

「つまり、どういうことになる？」

「この人は中心メンバーね。挿入された歌詞は感情に溢(あふ)れてるわ。この人はブルースに危害を加えようとしてるんじゃないな」

「じゃ何が狙いだ？　ジョン・レノン射殺犯のように有名になることか？　危険なサイコパスってことかい？」

「それともわたしたちの注意を逸(そ)らそうとしてるとか。こっちがアコースティックライブに当選した七十五人の警護をしている間にほかの犯罪を企(たくら)んでいるのかも」

「もう一度技術スタッフ、カメラマン、ジャーナリストを調べてみましょう」ニコディモスが意見を挟んだ。

「技術スタッフはアメリカ人で、コンサート中はいつもブルースのバンドについて行く。ジャーナリストたちも音楽業界じゃ知られた名前ばかりだ。大手新聞社から五人、テレビ局から三人。フリープレスから二人の編集者だ。連れてくるのは自分たちのカメラマンだろう」

パラスケヴァスはいつもとまるっきり違って、その時まで無言で座っていたが、ほかの考えを言い出した。ホテルの従業員たちは、覆面の警察官たちによって完全に調査済みで、怪（あや）しい者はいない。しかし同時に、旅行シーズンのピークに働く臨時スタッフを加えると百人を超す大人数だ。誰かがスイートルームのあるホテルの最上階二階をたえず見廻（みまわ）って、予期せぬ事態に備えたほうがいいのではないか？　その役は一番若くて鍛えてあげているニコディモスに回って来た。さらに、パラスケヴァスは《ノー・サレンダー》に知り合いがいて手助けしてもらえそうだった。

マリタはここ数日間悩まされている考えを口にした。「みんなは誰かの冗談だとは思わないの？　どこかの愉快犯がわたしたちをあちこち駆け回らせて笑い転げてるって？」

ハリスは彼女を睨（にら）みつけた。相手は叱（しか）られるのを覚悟したが、上司は何やら考えを吟味しているようだった。

「愉快犯じゃないな。おそらく我々の注意を誤った人物に向けようとしてるんだろう。あるいは誤った──君たち英語かぶれが言う──《イベント》ってやつに」

「別のアーティストを殺そうとしてるって意味？　今週アテネに来る他の？」

「マラカサ（地方北部(アッティカ)）にスコーピオンズが来ますけど」

「ああ、そっちは大丈夫。ほとんど死んだゾンビみたいな連中ですよ」ニコディモスが言うとみんな噴き出し、ハリスまでつられた。

「じゃないとすると……」とマリタがしばらく考えて続ける。「強盗狙いかな。トンネルを掘って……」

「何を盗もうってんだ？　金(かね)か宝石みたいなものか？」ハリスは身を乗り出した。

「そういったものは部屋の金庫かホテルの大金庫にしまうでしょうね。ブルースの奥さんのパティは高価な装飾品は身に着けない。持っている指輪ひとつでギリシャが借金から抜け出せるようなリズ・テイラーとは違うから」マリタが答えた。

「推論は置いといて、もう一度計画を見直すとしよう」ハリスが本題に戻した。「スイートのある最上層二フロアは閉め切られることになる。上がれるのは我々が操作するエレベーター一本だけだ。各階はメイドやベルボーイに化けたうちの者たちがニコディモスの指揮下で見張りをする。パラスケヴァスは屋上への出口に陣取って、もうひとりの警官とともに出入りチェックを行う。入場開始は八時ちょうど。ファンクラブの会員はパラスケヴァスの地点以前に三度チェックされる。コンサートは九時十五分から四十五分間の予定で、そのあとカクテルパーティーとなり、その間ファンはブルースとおしゃべりしたりサインをもらう。

《ボス》の左右は本人のボディーガードが固め、マリタはブルースのすぐ近くにつく。パティのそばはわたしだ」

部下たちは何とかニヤニヤ笑いを隠そうとした。

「なんだ？　変なことを言ったか？」

パラスケヴァスとニコディモスは顔を見合わせ、さらにマリタと目を交わした。ハリスの前で一番度胸があるのはマリタで「あなたがパティのような赤毛にとりわけ弱いのを思い出しただけ」と言った。ハリスはコーヒーを飲み終えたことに気がつき、カップに注ごうとポットのそばへ行った。

カウントダウンが始まった。主催者は椅子をジャーナリスト用の二十脚に限った。ファンクラブのメンバーは椅子に座ってブルースを見るなんて、ときっぱり拒否したのだ。

「そのうち、アテネコンサートホールのビロード席にてご鑑賞くださいって言い出しかねないな」ファンクラブ会長ヨティス・パナヨトゥは憤って言った。

「でもアコースティックなセッティングなんですから」ホテルの広報担当の女性が意見を変えさせようとした。《ヴォーグ》誌のモデルを思わせる赤毛だった。

「雨に濡れようが三十九度の熱を出そうがブルースを聴いてきたのよ。草叢とか地べたに座って。厚いジャンパーやノースリーブシャツを着てね。だけど椅子に座ってなんか一度もないわ！　フリオ・イグレシアスを聴きにアレクサンドルポリからよたよた来たわけじゃない！」《ノー・サレンダー》の古参メンバー、ヴァシリキも同調した。彼女は大西洋をまたぐ《ボス》追っかけ歴五十九回によって皆から賞賛されていた。

「ぼくらが座って聴いてるのを見たら、彼、傷つくよ」アンドレアス・ナフパクティオスが付け加えた。コンサートに三十二回参加ながら、肩身が狭く感じていた。

聴衆の入場はきわめて順調に進んだ。座る者、立つ者、みんな自分の場所についた。屋上の照明が落とされ、スポットライトが即席の小さなステージの上を照らす。スプリングスティーンが右手でアコースティックギターを、左手でパティの腰を抱えて登場した。拍手と「ブルゥウゥス！」の歓声と絶叫がおさまると、パティはハリスの差し招く椅子に座り、ブルースは、今夜は特別にギリシャのファンのためにアルバム《ネブラスカ》の全曲を歌うよ、と告げた。歓声が再びおさまるまでにギターとハーモニカホルダーを身につけ、《ネブラスカ》のハーモニカのリフを吹き始めた。

ハリスは遥(はる)かな未来を想像した。この瞬間を子供か孫に話して聞かせる自分、ハーモニカの音を耳にして感じるこの肌の粟立(あわだ)ちをことばを尽くして伝えようとする自分の姿を。もちろん、一方の耳に例の最新技術の特殊イヤホンをはめてニコディモスと連絡を取っていたため、ブルースを聞いたのは片耳だったなどという些事(さじ)は省くだろうが。しかし鼻孔に漂って来た魔法さながらのパティの香水の話は忘れないだろう。

コンサートの後でどのコロンをつけているのか訊(き)いてみよう。彼女に誘いをかけている、とブルースは思うかかな？

　レコードにすれば裏面にかかる頃合い、イヤホンからくぐもった騒音と押し込めた叫びが聞こえた。なにくわぬ顔で立ち上がり、マリタにはその場に残るように、パラスケヴァスにはついてくるよう合図した。聴衆に見えないところまで出ると、スプリングスティーン夫妻のスイートがあるホテル十三階の階段へ突進した。豪勢なスイートのドアは開かれており、勢い込んで中に飛び込むと、もみ合いながら床を転がりまわる人間につまずいた。ニコディモスが小柄で小枝のように華奢（きゃしゃ）な少女を押さえようとしていたが、猫のように手からすり抜けてしまった。

「動くな！」ハリスが叫び、パラスケヴァスは万一に備えて、リボルバーをケースから取り出した。「何があった？　この娘（こ）は誰なんだ？」

「メイドが運んできた真新しいバスタオルのワゴンの下に隠れてたんです。メイドが浴室に入るとすぐ、こいつはベッドの下に潜り込みました。わたしがメイドの後から来るのに気づかなかったようです。実を言うと、こっちには影が見えただけでしたけど。一瞬、猫が部屋に入ったのかと思って、確かめようと覗（のぞ）いてみたんですよ。そしたら爪と歯を出してとびかかってくるなり、『襲われる』なんて叫び始めたんです！」

「そうなのよ！　あたしを怖がらせて、うまくいかないからって、乱暴しようとしたの。サツ、ブタ、人殺し！」少女は叫んだ。

　短く切った淡い金髪、ハチミツ色の大きな目にそばかす。《そばかす鼻のピッピ（「長くつ下のピッピ」のこと）》みたいだ。体操かバレエ用の全身レオタードを身に着け、平底のいわゆるバレエシューズを履いている。

「で、ブルースの部屋になんの用だ?」銃をケースに戻しながらパラスケヴァスが訊いた。

「たまたま入っちゃったの。カナダから来た伯母さんに会いに来たんだけど。階を間違えて……」

ハリスが少女の目を覗き込むと、相手はじっと見返した。

「脅迫メールを送ったの、君かい?」と訊いた。

「メールって?」少女は叫んだ。「なんで昔の歌手を脅迫しなくちゃいけないの? うちのおじいちゃんくらいの歳でしょ」

「君の名前は?」

「当ててみて!」

「いいだろう。パラスケヴァス、パトカーを呼んで本部へ連れて行け。取り調べが必要だ」

「ロザリータ・パンドゥっていうの」

「ロザリータは洗礼名かい?」

「洗礼は受けてないわ。けど、身分証にはロザリータって書いてる」

「それで、君はブルースが全然好きじゃないのか? だけど君の両親は好きだから、彼の歌からロザリータってつけたってわけだな?」

《ロザリータ》はハリスが知っている数少ないブルースの歌のひとつだった。古い歌でむかしカセットに入れたことがあった。

ロザリータこと《そばかす鼻のピッピ》は深々としたアームチェアで身を丸めた。

「母さんは重病でエヴァンゲリズモス病院に入院してて。ブルースの大ファンだから、元気づけてあげようとおみやげを持って行きたかったの。お医者さんが言ってたわ。いい精神状態が快復にはとっても大事だって」

「おやじさんはどこだ？」

「あたしが子供のとき車の事故で亡くなっちゃった」

「おやじさんの名前は？　ピノキオか？　メロドラマはよして全部話すんだ」

「全部話したら許してくれる？」

「それは請け合えないな」とハリスは答えた。

「あなたがお巡りさんのボスじゃないの？」

「決めるのはホテルのオーナーと《ボス》だ。だけど、正直に全部話すことだな。それに、身寄りのない孤児のふりはやめるんだ」

「話すわ。でも、許してくれなかったら、あのブロンドのお巡りを暴行未遂で訴えるわよ！」

「話すんだ」ハリスはぴしゃりと言った。

「あたし、ハッカーの友だちがいてね、クレイジーなブルースファンなの。あたしたちはちょっとおみやげをいただく方法を考えたのよ。Tシャツみたいなショボいのじゃなくて。本人が手にしたなにかね。汗をふいたハンカチとか歯みがき粉とかコロンとか」

「どうしてメールを送った？」

「テレビドラマで見たんだ。主人公たちがアメリカ大統領を殺すぞっておどす話。捜査官たちが殺し屋を捜してるあいだに、自分たちは大統領夫人の金のアクセサリーを狙うの。ミッシェルじゃなくて（当時はオバマ政権）、もうひとりの、ヒラリーみたいな嫌味なブロンドね」

「友だちはどこだ？　ビビッて君に全部押しつけたのか？」

「昨日の夜足首をくじいて腫れちゃったの。憲法広場の階段でスケボのスゴ技見せてたら、ステンといっちゃった」

ちょうどその時ホテルの支配人といっしょに赤毛の広報が現れた。ハリスは彼らをわきに呼び、騒ぎはたいしたことではなかった、と状況をおおまかに説明した。妙な噂が立たないように、ロザリタを訴えるかどうかブルースに決めてもらうのがいい。本当にロザリタという名だとしてだが。ロザリタ、ローザ、バラ。さっき彼を魅惑した香りだ。魅惑的な広報担当もそんな香水をつけていた。バラかマンダリンかヴァイオレットか、そういう類の。

ハリスとパラスケヴァスはロザリタを間に挟んで屋上に上がった。スプリングスティーンはちょうど予定していた曲を終えたところで、自分が少しでも知っているギリシャの歌のリクエストをファンから求めていた。もちろん《ノー・サレンダー》のファンたちはそれを期待していた。ブルースは歓迎を受けた国の有名な歌をコンサートでサービスするのが常だったからだ。

「《ミシルルー》！」（ギリシャの伝統的な歌曲。近年は映画「パルプ・フィクション」挿入曲として有名）みんなはいっせいに叫び、ブルースはスティーヴ・ヴァン・ザントを立たせてセカンド・ギターを持たせ、《ミシルルー》をやりはじめた。聴衆もジャーナリストも警官もみんな立ち上がった。

　ブルースは騒ぎの説明を受けて笑い出し、少女の名前を聞くと感動した。彼女を自らスイートへ連れて行き、汗の染みたシャツ、ホテルのナプキン、新しいバンダナ、それにもちろんセットリストの紙をプレゼントした。ロザリタはいっしょに写真を撮ってほしいとせがんだ。じゃないと友だちが信じてくれないの。しかし動揺のあまり携帯のカメラはブレてしまい、ブルースの隣に写っていたのは彼女の頭のてっぺんだけだった。

　ハリスのチームと写真を撮ってから、ブルースは休ませてもらいたいと丁重に頼んだ。翌日は大事な一日だし、実はサイボーグなのではという噂に反して、八時間邪魔されずに眠る必要があった。

「あの小さなハッカーたちはＣＩＡのコードも突破できるな。われわれだってだまされるんじゃないのか？」マルカンドナトス副将軍はヤレヤレといった体で言った。「ニコロプロス、おめでとう！　終わりよければすべてよし。おそらくギリシャでも将来ＶＩＰ警護担当の新しい部門を設置する必要があろう。市民保護省大臣と協議しなければなるまいて。アメリカのあらゆる大都市には選抜警官隊があり、こういった些細な騒ぎに細心の注意をもって対処しておる。その場合、君はチームを組織し率いるのに理想的な人物だな」

ハリスは謝意を述べたが、部署を変えたいとは思わなかった。ボノやラナ・デル・レイを警護するために自分や部下の身を危険にさらす気はまったくなかった。彼には夢と野心があり、それはイカれたファンを追跡することではない。上司が演説をいつ終えるのやらと、時計をちらりと見た。《オリンピックスタジアム》の大コンサートの準備をするのになんとか三時間はある。主催者は感謝の意を示すため、ハリスのチームにフリーパスを三枚プレゼントしてくれた。このパスがあれば、ステージのちょうど前のゾーンへ入れる。《ノー・サレンダー》のメンバーがいつも占める場所だ。ハリスは舞台の袖で魅力的なホテルの報道担当リーダ・ソフィアといっしょにコンサートを見るつもりだった。

音楽ファンがよく訊く質問だが、人生を変えた一夜を選ぶとするならば、ハリスにとって二〇一四年七月十六日こそがその夜だった。八万人がシビれるのを目にしつつ、ステージの《ボス》の情熱や聴衆の歓呼に応える様子、バンドのみがきぬかれた機材、しっとりしたアコースティックソングの際の完全な静寂を体験しながら、情感の何たるかを魂の奥底で意識した。音楽、ダンス、恋、人生とは、まさにこれだと。そして始まってほぼ四時間後、《ボス》が《ツイスト・アンド・シャウト》でコンサートを幕にしたとき、ハリスは思わずリーダ・ソフィアの手を取って踊り出した。

その夜の甘い気分は、明日は早いからとリーダ・ソフィアに言われ、彼女を家まで送っていく際も続いていた。彼女は週末アスティパレア島（ドデカネス諸島の一つ）へ発（た）つ予定だった、婚約者がそこで待っているのだ。甘美な想（おも）いは翌朝犬を連れてリカヴィトスの丘へ散歩に出たときも、ハリスの頭の上で小さな雲のように舞っていた。携帯が鳴りパラスケヴァスが、縛られ暴行を受けた中年男性の死体をルーツァ通りの少し先のゴミ箱で発見、と連絡してきた際にも消えていなかった。男の老妻は家で金目の物を見つけようとした賊に殴り殺されており、そこで検死をしなければならなかったのだが、その時でさえ金のかけらがハリスの心では輝いていた。

ハリスが警官になったのはあれこれ考えた末のことだ。明確な意識と根拠のある決心だった。正義を信頼し、人間の正義の法を犯した者は罰せられなければならないと信じていた。しかし、芸術のもたらす魂の浄化(カタルシス)というものも知っていた。芸術こそが、死者や切り刻まれた死体の恐怖、何歳であろうと死というものが持つ不正に日々向き合う力をくれるのだ。そしてこの点で、彼は多くの同僚と異なっていた。

# 死への願い

マルレナ・ポリトプル

*Θανάσιμη ελπίδα*

ΜΑΡΛΕΝΑ ΠΟΛΙΤΟΠΟΥΛΟΥ

一方通行のゆったりした《希望通り(エルピドス)》。まさに希望のようにずっと先へ延びており、山への上り坂となる中央幹線を静かな郊外とつないでいる。このあたりは一戸建てがまだ巨大マンションの間に埋もれてはいない。歩道にはレモンやオレンジの木、あるいはここ二十年でアテネ郊外に目新しく植えられたポプラが並び、絶えず水を欲しがっている。道の真ん中には巨大な松の木が道を下るドライバーたちの前で威容を誇っていた。明らかに木を守るために造られた高さ一メートルほどの楕円形の石壁のせいで道が狭くなっており、ドライバーは左右どちらに避けるかとっさに判断しなくてはならない。右に避ける場合は木が視界を邪魔する間に左からの車に追い越される恐れがあり、スピードを上げて急ぐか、左のミラーで確認しながらゆっくり進むしかなかった。

「こいつはひどいよ、ペリクレス。何年道のど真ん中に立ってるんだろ、この木？　死者が一人だけとは驚きだ」

パヴロスは十分ほど木の下に座り、さらに十分間角(かど)に立って車の流れを調べていた。

「聞いた話だがな、ある作家が小さい頃この木陰に座り霊感を得て話を書いてたんだと。その記念に残してあるらしい」

パヴロスは頭を少し左に向け、もの問いたげに親友である犯罪研究課主任を見た。野良犬が一匹片足を上げて向こう側に渡ろうか、ためらっている。

「サラキスだかママキスだか、覚えてないが」

ペリクレス・ヤジョグルの文学との縁といえば、絵入りの古典名作か偉人の伝記くらいなものだ。『その男ゾルバ』（N・カザンザキスの一九四六年の小説）は気に入った。『リャプキン大佐』（《三〇年代派》作家M・カラガツィスの一九三三年デビュー長編。人間の衝動と欲望をリアルに描く）を読んだのは十七歳の時。ちょっときわどいが、こちらの方がいいと思った。親友である設計士パヴロスによく本をプレゼントされては読まずにいるのだが、年金をもらうようになれば読書三昧の新生活に入るつもりだから、と言い訳をしている。

パヴロスがいつものノートを手にスケッチをして、メモを書き込んでいるのが見えた。スケッチで有名にはなったが、困難な殺人事件に関わって苦労しても得られるものは少ない。しかし、真相をあばくという使命感に支えられた二人の友情を強めることになった。ただ、一方はジャズを好み、他方は演歌好きではあったが。あるいはパヴロスの方はベランダの石膏の飾り柱を見てショックを覚えるのに対し、ペリクレスは極薄のメロンにのったプロシュート半切れが十ユーロもするのに憤るのだった。

「見ろよ、ペリクレス、この様を。木の根に押し上げられて、歩道の敷石がどこもかしこもボロボロだ。ピレアスの貧民街じゃあるまいし。北東の郊外だというのに。誰かが脚を折ったら、市か、それとも木を家の前に植えた人間に賠償請求しなくちゃ」

設計士魂が――と言っても理論方面だが――、パヴロスの中で目覚めていた。

「市に賠償請求するやつなんか今時いやしない。時間の無駄だと知ってるからな。ほとんどの市の財政は赤信号の手前で借金だらけ、二、三は破産している」

数歩進むとすぐ、道路に別の障害物が現れた。鑑識は前日に男が倒れて死んだ場所を囲っていた。青チョークで引かれた身体の輪郭は子供の落書きのようだった。アスファルトの上の死の刻印は通行人の歩みと視線を引き止め、その思いをひととき日常のささやかな習慣から引き離して、逃れられない人間の死へと引き寄せていた。一人の女が向かいの薬局から出てくると、立ち止まって十字を切り、あるタクシー運転手は近くから見ようとスピードを落として、仕事柄だろうか訊ねてきた。

「バイクかい？　それとも車？」

少し左でいちゃついている若いカップルはこの世で最後の死者の姿勢を縁取る輪郭に目を向けようともしない。そこで一人の人間の魂が朽ちゆく身体から永遠に離れ去ったというのに。

「《交通課》の案件にペリクレス・ヤジョグル殿が出張ってこられたわけをお訊ねしてもよろしいかな」

「急いでるんだ。早い話、力を貸してくれんか。保険会社で働いているまたいとこがいるんだが、こいつが新米でな、助けを求めてきた。仕事を失うのではとビクついている。この先ほかの仕事など見つからんのは承知してるからな。ほら、あそこの左だ。昨日の午後、年金をもらってる五十五歳の女——五十五だぞ。我が国の財政がなんで赤字なのかみんないつになったらわかるんだ！——とにかく、この女が運転するゴルフ・プラスが路地から出てきた……」

「一時停止したんだろう。何が問題なんだ？　保険金を払いたくないから手伝ってやるのかい？」

「ああ、だがスピードは出していなかった。五十メートルでどれほど出せる？　分離帯の前を過ぎてすぐ、左から来たバイクと衝突した。四十代の男が乗って大通りへ降りて行くところだった。夕暮れ時でとにかく視界は悪いし、この木のせいで、特に集中しない限り運転手にはバイクが見えなかった。男は歩道に倒れ、少し車に引き摺られて材木の山に頭から突っ込んだ。暖炉の燃料用に乱雑に積んであったやつだ」

「気の毒に。で、ぼくはどうすればいい？」

「アンドニス・ペトゥニスに会って手を貸してやってくれ」

「せこい探偵仕事だな。保険会社とどう協力するんだ？」

「見てやるだけでいい。それに、街角の造園の傑作を見せてやっただろ！」

「また厄介ごとを背負わされるってことか。事故の責任はたぶん市と都市設計課と材木の運搬業者と暖炉の部屋の持ち主だろう。そう、それにさっきの作家だ。霊感を与えたっていう女神(ムーサ)も！」

「もちろん犠牲者もだぞ、もちろん！　だがみんなが責任を分担しあって、賠償金を払うだろうよ。おれたちにとっちゃ自明でも、一年前に販売員から保険の外交員になり、信頼されて調査員に昇進したばかりのペトゥニスにとっちゃな、月面着陸並みってところだ。やつの最初の犠牲者なんだ」

「被害者についてわかってるのは？」

「無職のギリシャ人。既婚だが女房も職なし、幼い子供が一人いる」

「それで保険にも入ってないとは！」

「無保険車のドライバーを援助するＮＧＯでも立ち上げるか？」

パヴロスはゴロワーズを一本取り出し、火をつけずにくわえた。手入れされた松の枝に上った猫がたえず尻尾を動かしながら怪しんでいる。分離帯はどんな犬にも侵されない自分のささやかな王国なのに。ここに腰を下ろす人間など見たことがなかったのだ。

「会いに来るよう、またいとこ君に伝えてくれ」

「今角に駐車中だ。すぐに来る。先に失礼するぞ。解決の折にはフィラデルフィア（アテネ北郊外）のいつもの場所でおごらせてくれ。アテネ周辺でも最高のヤウルトゥル（ヨーグルトソースつきの焼き肉料理）だ」

パヴロスは急いで木と壁をスケッチし、事故の場所を中心にした小さな地図を描き添えた。大小の道、家、庭、くぼみ。道を二分する樹の上に猫まで描き加えて微笑んだ。尻尾に鉛筆を巻きつかせると微笑みはさらに広がった。大文字で「一方通行の道。十一メートルの分離帯」。そして微笑みは消えた。

「パヴロス・ゲオルグラスさんですか？」

パヴロスは隣に座る場所を空けてやった。ペトゥニス青年は立ったままオドオドと挨拶し、素人っぽい報告を始めた。

「お客様であるカツァル夫人のすすり泣きと震えは話すたびにひどくなるばかりでした。通常の会話はまだできてません。何とか話してもらえたのは、分離帯を過ぎた瞬間、衝撃音が聞こえ、バイクの男が滑って自分の方に飛んでくるのが一瞬見えたことだけです。『でもヘルメットをかぶってたのよ。ヘルメットをかぶってた』とずっと言ってました」

「善良な夫人は、その音が何か月も、あるいは何年も耳に残ることをまだご存じないようだ。良心を少しでも持っている限り」

「じゃどうして泣いているんでしょうか」

「怖かったからだよ。旦那に罵られるのが怖いから。細やかな神経の持ち主だと思われたいから」

ペトゥニスは微かに口を開いたが、すぐに閉じて続けた。

「警察もまだ取り調べできてないと思います。離婚しており、息子が事故の後駆けつけましたが、状況は悪くなりました。息子に詰られるのを怖がっていたんでしょうか？」

優等生の話しぶりだ。

「母さんは鬱だから無理強いしないでほしい、と言いました。運転中、薬物の影響がなかったかどうか見るためにそのまま血液検査に送りましたが、結果はシロ。レキソタニル（精神安定剤）を半錠飲んだだけ、というのは本当のようです」

「運転手と犠牲者について集めた情報を教えてくれ」

「犠牲者はニコス・サヴィディス。家具工場の運転手として働いていましたが、三年前に倒産して無職。既婚、子供一人。最近は冷暖房もない単身者用の部屋に家族で住んでいました。女性ドライバーの方は保育所の経営者ですがすでに退職、現在は週に一度、新所長を務める姪が休みを取る日に行くだけです。その日は追徴課税の通知を受け取った後、すぐに保育所に行くところでした。関係があるでしょうか？」

見込みのあるやつだな、とパヴロスは思った。

「それはそうだろう。神経は調子っぱずれの弦みたいだったはずだ。不動産の税金請求が届いたうえにレキソタニル半錠でどうなると思う？」

ペトゥニスは困ったように肩をすくめて相手を見た。

「故人は保険に入ってたのか？」

「入ってるはずがないでしょう！　極貧ですよ、パヴロスさん！　車の女性の方は最高額の保険金を払ってますが」

「夫人は他に何か言ってたかい？」

「わたしもあっちもスピードは出してなかった、間が悪かったのよ、と何遍も何遍も繰り返して痙攣したように震えていました」

「ちょっと考えてみよう。カツァル夫人はガレージを出て右へ曲がる。すぐに例の木が真ん中に立っていて道が二つに分かれる箇所だ。左は見えるはずだろう。見通しはいい……」

「そうじゃないんです。角にジープがずっと止まってましたから。交通課に呼び出されましたよ」

「少し道に出たとしてだ、左を見たかどうかはともかく、分離帯の右側は運のいいことに誰も走っていない。そこで進んでいき、通常ならゆっくり分離帯を過ぎ、左からは車が来ないのを確認してから走り続ける。どのくらい出してたんだろうか」

「四十から五十の間です」

「その距離ではかなり出してるな。飛ばしすぎだ。バイクの方を考えてみよう。どの型かね？」

「ピアッジオの五十ccです」

「分離帯の左から来て壁の先数メートルで車とぶつかった。ちょっとここに座って見てみろよ。ほら、分離帯の中は視界が相当限られている。分離帯の端からならバイクの方が視界が少しいい。どうして止まらなかったんだろう」

「何かに注意を取られたんでしょうか」

「なるほどね。君としては、依頼人がストップのあとでスピードを上げたにもかかわらず、賠償金を払わないで済むようにしてやりたいんだろうけど」

「客観的に見ようとしてるだけです！」

「では、こうも考えられる。車の運転手は何かの理由で間違った方向を見たかもしれない。疲れていたのか、または苛立っていた、ボーッとしていた、何かに注意を取られた……あるいは自分の緑内障に気がつかず、その角がまったく見えていなかった」

深いため息が若い保険員の口から漏れた。パヴロスは初心者への講義をやめた。

「いつ検死官の所見は出るんだい？」

「最初のはたぶん夜に。必要なら二週間後には組織学調査の結果が出ます」

「薬物は？」

「アルコールがごくわずか」

「担当者は？」

「カファトスという人です」

「知らないな。検死官のエースは交通事故ごときにお出ましにならないということか」

「主任は休暇中なんです」

「冷凍庫に死体が二つでも運ばれれば休暇を返上するよ。賭けてもいい」

今度は若者の目と口が微かに開いた。

「わたしも優秀な同僚が病気休暇でこの担当になったんです」

パヴロスは縁石に座り、ペトゥニスが気をつけの姿勢で立っているのを見ていた。少しリラックスさせてやらなくては。中背で淡い色の大きな目と立派な鼻をしている。口の端はぎゅっと曲げられ、陽射しをまともに浴びても動かない。

「保険の前は何をしてたんだい？」

「店員でした」

「というと？」

「布地を扱う店です。布を見せて切ったり、ロールを巻いたり。その後はモナスティラキ（アクロポリスの北、小さな商店が並ぶ）の家具店です」

「いい仕事じゃないか。いろんな人と知り合えるんだろう。特にご婦人たちと」

「楽しい仕事でした。難しいお客さんともめたこともよくありましたが」

「けっこうだ。その経験は役に立つ」

ペトゥニスは天から舞い降りた主の天使であるかのように相手を見つめた。

「何か見なかったか、近所の聞き込みは済んだのかい？」

「いいえ。運転手が二人ほど事故の直後に止まって、救急車より先に来たバイク警官に証言しただけです。通行人が少し集まってきて、何人かはあそこのキオスクの前に座っていました。たくさんじゃありません。水曜日で閉まっている店はわずかですが、七時、スブラキ屋（伝統的なケバブの店）はがらがらで、少し向こうのカフェニオには老人が三人いました。その後交通事故課が来ました」

「わかってるよ。事故課は証拠を見せない。普通は二か月も経てば調査は終了。その先、裁判申し立ては保険会社の自由だ。周辺の人から何を聞き込んだ？」

「死者は、えっと、その、《犠牲者》はですね、ええと、数分前にキオスクに立ち寄って、店先にぶらさがる新聞を読んでいましたが、何も買わなかったそうです」

　パヴロスはそのとき周囲の家のバルコニーを見上げていた。角の二階建ての家のカーテンが引かれたばかりだった。若者に家を指差した。

「あの家を訪ねてみてくれ。自分は保険の専門だが、事故を起こした未亡人は従姉妹なので助けが必要だと言うんだ。求められたら身分証を見せるといい。相手が女なら布の話、男なら警報装置の話をしてみろ。とにかく彼らが見聞きしたことを聞き出せ。そのあとは向かいのマンションの四階だ。正面のバルコニーがまっすぐこっちを向いている。事故の場所がとてもよく見えるな」

「もし何か見たのなら、どうして降りてきて話さないんでしょう」

「このご時世に面倒ごとに巻き込まれたいギリシャ人がいると思うかい？　それに何か見たが、たいしたことはないと思ったかもしれない」

「交通課はこんな仕事はしないんでしょうか？」

「こんな頼みは余計な世話焼きと思うだろうな！　残業代はカットされてしまったしね。とにかく注意してやってくれ。なにごとも丁寧に、慎重にだ。ご近所連中は君の質問に答える義務はないんだから。剣呑な雲行きになれば即逃げろ」

若者は自分の職歴の出発点だった業種で猛威を振るう失業について何か付け加えようとしたが、抑えた。パヴロスはもう彼を見ていない。目はしっかり前方に向けられ、近づいてくる女に釘付けになっていた。小柄で細身、まっすぐな長髪を後ろで束ね、モノはいいがくたびれたジャンパーにスポーツシューズ、履き古して色褪せたパンツ。腕に抱かれた少女は頭を女の肩に寄せていた。少女の身につけた服、モーブ色のストッキング、赤いジャケットはちぐはぐだった。女の肩にはメテフミオ書店の白い布バッグがかかり、中から新鮮な菊の花が覗いていた。

「未亡人と娘さんです」ペトゥニスが囁いた。

パヴロスは黙っていた。女もこちらには注意を向けず、ただアスファルトに印された夫の身体の輪郭を見ていた。後ろの家の塀で身を支え、娘を歩道に降ろした。目はサングラスで隠れている。ためらいがちに輪郭を囲む柵に近寄り、花をそっとアスファルトに手向けた。

「出かける前に、菊に水をやってくれたのね……」と言った。さらに何か言ったが聞こえなかった。

「愛してたんだな……」パヴロスは心中でつぶやくと女に近づいた。

相手は眼鏡を頭上に押し上げた。ことばなしの会釈。視線は虚ろで、細い目は目じりがひどく吊り上がっていた。他の場合なら利発な顔つきに見えただろう。無関心に彼を見たが、その後方のペトゥニスに気づくと、少女を守るように抱きしめた。身を硬くして挨拶はしなかった。パヴロスは少女の服が細い身体にさえきつすぎるのを見て取った。親子の毎日のやりくり同様ギリギリといったところだ。

ペトゥニスは前に出て紹介しようとした。

「こちらはわたしの友人です。設計士でスケッチ画家のパヴロス・ゲオルグラスさん。特別調査員なんです。調子はいかがですか？」

「いつあの人を埋葬させてもらえるんですか？」

目の中の悲しみは怒りに変わった。少女はそれを感じ不安げに頭をあちこち向けている。

「明日にでも」ペトゥニスは宥めようと言った。

「あの人、村へ帰って暮らすのを望んでたんです。あたしはいやだった。彼の父親がお金を送ってくれてタクシアルヒス（アテネ北のエヴィア島の村。イチジクの産地として有名）へ運んでから母親の隣に埋葬することになってます」

「おじいちゃんはイチジクくれるの」

「ギリシャで最高のイチジクですね。あそこには組合もあってとびきりの仕事をしています」

パヴロスは相手の口元に何とか微かな笑みを浮かべさせることができた。彼女の方は、涼し気な視線、灰色の短髪、ジーンズのズボンにシャツのこの見知らぬ男が夫の故郷を知っているのに親しみを感じていた。あちらでは幸せな瞬間があった。イチジクがあろうがなかろうが甘い生活だった。

「ママおしっこ！」少女の声に我に返った。

「そろそろ行かなくちゃ。失礼します」

握手も交わさず、そのまま数歩離れたバス停の方へ向かった。バスは交差点に姿を見せていた。パヴロスはすぐに行動した。

「アンドニス、先に行くよ。また会おう。今後もよろしく」

親しげな調子はまるで幸運と出会ったかのようだった。

ペトゥニスには、パヴロスが女性に手を貸してバスに乗せ、続いてステップに跳び乗るのが見えた。

あの人、バスで来ててよかったよな。それともメトロだろうか？　とペトゥニスは思った。とにかく、スケッチ画家にしては鍛えてる。そう考えて立ち去った。


こうしてペトゥニスは、二時間後パヴロスがタクシーでそこに戻り、キオスクの少し向こうに駐車したアルファに乗るのを見ることはなかった。パヴロスは、ガス臭い狭い台所の中、工場のような騒音をたてる小さな冷蔵庫のそばに埋もれながらたいへんな二時間を過ごして来たのだ。


母親はネリーという名だった。ベランダの盥(たらい)で娘マリエタの身体を洗った。浴室の配管は壊れていた。灰色に染みた使い古しのタオルでそっと拭いてやり、ドアを開けたままダブルベッドに寝かしつけた。それから、甘いイチジクジュースをパヴロスに出した。彼は子供の頃からこれが嫌いだったのだが。どうしてこんな生活になったのか、を語るネリーを前にして、パヴロスは経済危機の日々に突然他人の貧困の前に引きずり出され、果てしない転落を目にせざるを得ない者のような恥ずかしさを感じていた。

ネリーは以前陶芸を学んだが、工房は次々に閉鎖した。夫が工場で働いているうちは何とかしのいでいたが、そのうち単発の仕事だけになった。

「ニコスは夜、安心して寝られるようにハーモニカを吹いてくれました。それから父親が送ってくれるツィプロ（蒸留酒）を一杯あおっていました。以前はビールが好きだったんですけど」

その後ドアを閉め、細くて暗い薄汚れた廊下を歩きながらパヴロスの心は張り裂けそうになった。マデリン・ペルー（アメリカのジャズ・シンガーソングライター）の歌声が聞こえてきたのだ。彼がいなくなってホッとした後ネリーが最初にしたのは、台所の小さな椅子(いす)の上のラジカセをかけることだった。《長く待たないで……(ドント・ウェイト・トゥー・ロング)》この環境にこれほどそぐわない曲はなかった。

陽も落ち、喉をゴロゴロ鳴らす《貴婦人(ダーマ)》を抱きかかえながらベランダに寝そべっていると電話が鳴った。ペトゥニス青年が検死官の報告が出たと知らせてきた。正式な清書は次の日の昼になるらしい。近隣の住民は衝突の音を聞いたが、目撃はしなかった。ただ……四階の女性は、ひとつきりのプランターの水やりに出ていて、バイクの男が分離帯のそばに停車しているのを目にしていた――やはり訪問するよう若者に言っておいてよかった――。

「何をしてたんだろう？」

「ボーッとしていたのか、あるいは、分離帯の中にある作家のパネルを読んでいたんでしょう。作品が刻まれてますから」

「ヘルメットをかぶって？」

えっと、えっと、の連続。最後に「とにかく、男が動き出したところは見ていません。電話が鳴ったので女性は急いで中に入りました。一分後にバン！　という音と叫び声を聞いたんです」

「よく調べたね」

「検死官の報告書を手に入れたらお知らせします」

「まず電話してくれ。こっちの方に先に届いてるかもしれない」

「あなたには渡さないでしょう」

「ペリクレス・ヤジョグルに渡すことになっている」

「そうですね、失礼しました。ではまた明日。失礼します」

相手が真っ赤になって冷や汗をかいているのが見えるようだった。愚かではないが、この仕事向きとは言えない。あまりに危なっかしくて照れ屋だ。

三時間後パヴロスはペリクレス警部と、馴染(なじ)みの店《ヴロミコス》に座っていた。警部の方が先に来ており、前にはイワシのマリネ、カボチャパイ、検死報告書が並んでいた。隣には携帯電話、さらにアニス入りのツィプロ酒の瓶。

「最近の、食事といっしょにアニス抜きのツィプロを飲む流行(はやり)ときたら！　アニスは食欲を増進させてくれるのに。ストレートで飲むならグラッパのように食後だろうが、それでも合わんな」

しかし手にした書類からは顔を上げなかった。

「パヴロス、妙な点があるぞ」

「斜め読みで理解していくその才能には感嘆するよ」

「兵営で獲得されし技能なり、だ」

ペリクレスは太いが不格好ではない鼻の上で老眼鏡の位置を直した。

「レントゲン検査。致命傷は第二第三頸椎（けいつい）の重大な損傷。脳の打撲と挫傷（ざしょう）だ。こりゃ助からん。呼吸中枢が走ってるからな。ヘルメットも役にはたたん。胸骨も骨折。左半身全体の打撲」

「予想したとおりだ」

「だが他にも要調査の事項がある。被害者はいろんな箇所に傷を負っているが、別々の時期だ。足首、肘、肩も骨折している」

「以前の傷ということかい？　今回の死亡事故のじゃなくて？」

ペリクレスはうなずき、口髭（くちひげ）を引っ張った。集中して考えているときのお馴染みの癖だ。

「いつとは言えんが、とにかく一年以上前なのは確かだ」

パヴロスは眉根を寄せた。

「仕事柄そんなに転ぶとは思えないね。視覚に障害があったのかな」

「調べておこう」

「違法の格闘商売という線は？」

「それは検死官も考えたが、鼻にも頭蓋骨にもレスリングの傷はないようだ」

「もう一度未亡人に会わなくちゃね」

「いつの間に会った？　そんなに魅力的なのか？」

「憂いを帯びた淑女ってとこだよ。ジャズの大御所の歌を聞いていた」

「事件から外すぞ。巻き込まれたのがジャズ好きの家族なら、お前さんの《親戚》だからな」

「《親戚》は他にもいるさ」

ペリクレスは唇を引き締め、眉を上げた。口髭には触れない。

「家具工場の前に亭主は設計事務所で働いていた。設計担当だ。いい事務所、まっとうな仕事だったようだ。従業員を引き留めようとしたがうまくいかず、後には共同経営者だけが残ったが、それも今じゃ完全に閉鎖された。どこよりも被害を受けた部門だ」

「それじゃ、転落は急激でひどかったろうね。家族もろとも。借金はあったのかい」

「カードは負債。車の借金も。車は取られた」

「ぼくでも車に飛び込んでるな。子供がいて養う金がないなら囲い地の壁か木にぶつかってる」

「バイクは二〇一三年のモデルだ。二〇一五年に中古のを買った。交通課の最初の報告で見たが、変だろ。どうやってそう古くないのを買った？　それに年百ユーロの保険にも入っていない」

「それも調べる必要があるね」

ペリクレスは眼鏡の上から視線を投げかけ、注文しようとしていたが動きを止めた。

「未亡人ネリーはしばらく保育所で働いていた。例の車の運転手の保育所じゃないが、同じ区域だ」

「知り合いだったかもしれない。でも、もめ事があって会う約束になってたとして、それで？　なにか間違いが起きたとか？　意味はないだろう」

「何かにおわんか？」

「全然。職業病からか、ぼくたちの推論はどうも変な方向へ行くね。たぶんそっちの線じゃないだろう。保険があったなら自殺して未亡人に金を残したとも考えられるけど」

「何も受け取れないのか？」

「無保険の車が対象の《補助基金》というのがあるけど、今この経済危機だから。ほんのすこし、それも五年後になるだろうな。それに……」

事故の議論はそこで中断された。その間に辛口ソースのミートボール、揚げナス、それに、ニンジン、新鮮なミント、マヨネーズを少々加えた凝ったザジキ（キュウリをヨーグルトで和えたサラダ）が飲み込まれていった。

「未亡人にもう一度会ってみよう。『夫は苦しんでました、まったく集中力がなくて』ということだったが、それ以上のことは訊かなかった。失業という病の症状としては当然だと思ったからね。でも、何を聞くべきか今わかったよ」

「工事現場の足場に上っていたか、とかか？」ペリクレスはそう言って、ウェイターを呼ぼうと皿をナイフで叩いた。パヴロスに田舎者の不作法だと思われているのは承知だが、この癖は止められない。

そうなると、ニコスが定職を失った五年前に遡らなくてはならない。パヴロスが解決した前回の事件では、五十年前まで遡った。今回の五年など今日一日を散歩してるようなものだ。

最後には、ヒメジのサヴォーロソース漬け（マリネの一種）をアヴァンティス農場（アテネ北エヴィア島のワイナリー）のマラグジア酒（ギリシャ産の辛口白ワイン）でやりながら、ここ数年ギリシャ人の誰もが、家やカフェニオ、どこかの列に並びながら、あるいはオフィスで闘わせている議論を避けることはできなかった。いつもいつも税金、給料の減額、イデオロギーの釣り合わない政党同士の擦り寄り、早すぎた友人の死、床に隠された金、という風に同じ話題へと移っていく。経済危機の時期にぴったり並行して、都市部で急速に増えている野良犬の話も出た。それに質と価格のずれが桁外れになってしまった日々のワインについても。

帰り道、パヴロスは中央市場まで歩いてみた。扉のそばで魚の木箱が降ろされていた。高級なタイ、赤ボラ、アンコウ。太いエビ。タコにイカ。かつて魅惑的だった場所だが、今では上の空で見ていた。経済危機はエコの意識とあいまって、消費に関するあらゆる気分を変えてしまった。贅沢は縁遠いものになっていた。洗ったばかりの大理石のベンチから流れてくる水に足を取られないように気をつけ、反対側から出た。いつもこっそりと最上の品を回してくれる卸しの魚屋が、ただ通り過ぎるパヴロスを驚いたように見ていた。しかしパヴロスは後悔して引き返し、一キロのマダイを買った。

「お嬢ちゃんに」翌日ネリーの小さな客間に入りながら言った。

若い未亡人は三十を超えているようには見えなかったが、お決まりのことばを口にした。

「お気づかいは不要ですのに」

それからパヴロスは座るようにという誘いを辞退して、精神科の同僚を来させるので話してみてはどうかと勧めた。父親をなくした幼い娘の傷に向かい合うのを手助けしてくれるはずだから。彼のことばは熱意と説得力に満ちていたので断られるはずはなかった。台所に立ったまま質問を少ししたが、訊くのを憚った質問にまで滔滔と溢れるほどの答えが返ってきた。

「いえ、ニコスは会社では製造方面じゃなくて、もっぱら設計に関わっていたんです。いい腕でした。とっても細心で、こだわりすぎるくらい」

ネリーは、夫がどんなに恐れと怒りの混じる口調でカリセアのアパートで起きた労働事故の話をしたかを思い出した。あるアルバニア人がエレベーターの箱が設置される前に穴に落ちた。保険は掛けていなかったが、幸い命は取り留めた。裁判になったか？　それは覚えていなかった。

「いいえ、眼鏡をかけたことはありません。父親同様、体は丈夫でした。一度ぶつかったことがあります。相手は気づかずに撥ねて逃げてしまって。一か月間腕にギプスでした」

「一度だけですか」

「配達もしてましたが、一度か二度撥ねられました。ひどくはありません。でも、痛がって夜は呻っていました。あるときからリウマチも始まりました」

「若いのに。以前から？」

「以前は丈夫でした。でも、心労のせいで立て続けに病気になって」

ネリーは極貧生活につながることになった決断の誤りを話して聞かせた。

「設計事務所を辞めたとき、村に帰るようにという義父のことばを聞いていれば！　二度目に職を失ったとき、無職だなんて打ち明けたくなかったんです。父親を敬い、恐れていました。なんとかなる、自分の脚で立って以前のものをまた取り戻すんだって信じていました」

「バイクは古くないんですね」

「ピザ店からもらったんです」自然な答えだ。「若い人に自分のを貸してました。それをぶつけられて、向こうは仕方なく別のをニコスにくれたんです」

一年ほど前のことだった。当時夫がどの店で働いていたのかネリーは知らなかった。何度も職を変えていた。

「友だちはいたんですか。今どき友だちは貴重だ」

「軍隊時代からの親友がいましたが、経済危機が起きてすぐにブルガリアに行ってしまいました。この五年間で二三度会っただけです。ニコスにいくらか貸してくれました。あたしたちは冷蔵庫を買い替えたし、たまっていた家賃も払いました」

「葬儀には来るんでしょうか」

「ええ、そう言いましたけど」

ネリーがパヴロスをよく知っていたら、自分が口にしたあることばにパヴロスが反応し、目の前に開けた可能性を探るつもりになったことに気づいただろう。近視用眼鏡の奥の明るい緑の目が色を変えたように見えた。今は他の情報は必要ない。紙と鉛筆を手にインターネットの前へ走るだけだ。とにかく、数年前のブルガリアのロマ人一味の犯行を調べたかった。

事件の推論を準備してペリクレス・ヤジョグルの許へ向かった。ニコスはエレベーター事故からささやかな計略を思いついたのだろう。当時責任者たちは告訴を避けるため、転落して大怪我を負ったアルバニア人に相当の金を支払った。大部分のギリシャ人同様、ニコスも危機がどんどん進行して、稼ぎも微々たる蓄えもどんどん喰いつくし、すべてを失うことに気がつかないでいた。絶望し借金を負った彼は、残った唯一の資本に手をつけた。自分の身体だ。かなりの回数成功したに違いない。ある場合には打撲、骨折、ひびといったツケを払った。命を落とすことになった追突から判断すると、馴染みの区域に住んでいて決まった道を走る年配のドライバーに目をつけ、相手よりも視界の利く角から飛び出してぶつかる。相手は保険会社との面倒を避けようと金を渡し、難を逃れる。時にはいい稼ぎになったようだ。新型のバイク——ただし二年の中古もの——が買えたほどだ。だがもちろん、妻にはピザ屋からもらったと嘘をついた。賭けをし続け、そして負けた。

「一人では難しいだろうにな」ペリクレスは頭の中で衝突の場面を思い描いていた。

「言ってなかったが、一つ奇妙なことがあるんだ。ニコスは事故の数秒前、分離帯のそばに止まっていた。ボーッとしてたとは信じられない。何かを見ていたのか。誰かを待っていたのか。結局その位置で木に隠れたまま、ゴルフがガレージから出てくるのを待っていた。そうして死に向かって助走を開始。そう、その通りだよ。最後の企てでは、ニコスはたった一人だった。以前なら仲間がいたのに。すでに家主に立ち退きを宣告されていて、相棒を待てなかったんだ」

そしてパヴロスはブルガリアの友人の件をペリクレスに語った。

「ブルガリアと聞いて、お前さんは例の一味のことを思い出したんだな。実によく組織された十人ほどのグループだという報告があった。見張りを立て、泣き落としやら脅しを使いこなし、警察とも立ち回る。パヴロス、もっとでかいヤマまで掘り出すべきか？」

パヴロスはその問いが何を意味するかよく承知していた。捜査班に知らせれば、ネリーと子供はびた一文もらえない。共犯者がいるなら自由の身になるのもまた不可能だ。これは自分の担当だ、パヴロスにしょわせることは出来ない、とペリクレスは思った。

「慎重にやってみよう。だが、母親が一味に加わってないことを確かめろ」

「帰り際に、警察の女性精神科医を派遣するから、娘の扱いを相談するようにと言っておいた」

「そりゃいい！　未亡人に共感しすぎて、自分の冷静さを失うのが心配なのか？」

「つねに専門家を尊重するってことだよ。イロー・ミティリネウもそのつもりだし」

「とにかく、彼女に言っとけ。女房が何も知らなかったのなら真実を知らせる必要はない。知っていただけなら処遇を相談することになるだろう。絡んでたなら話はまったく別だ」

二人は同意した。

殺人犯を尋問し、暴行された女性たちを慰め、アムネスティ・インターナショナルで働きながら経験を積んできたイローだが、ニコスの葬儀の二日後、せまい台所に座って幼いマリエタの頭を撫(な)で、絶望の傷跡を嗅ぎつけるよう自分を送り込んだパヴロスに心中悪態をつきながらも、部屋の臭いと未亡人の繰り言から結論を導き出していた。

「ニコス、ニコス、あなたどうしちゃったの？」と彼女は繰り返すばかりだったのだ。

パヴロスはすぐ近くのカフェニオで親友を待っていた。老人が五人、古ぼけた大型テレビに目を釘付けにしてトルコのドラマ《バハール》を見ていた。ヒロインたちは絶えず苛立ちながら、苦しみ狂ったようにわめき散らしていた。

「パヴロス、間違いなし。あなたの言う通りよ。すべてがぴったり当てはまるわ。ネリーが何も知らなかったのは確かね。もし細かいことを問い詰めるなら、夫が最低の生活を奪われないように何をしてたか気づくでしょう。生涯良心に責められて、子供に当たるかもしれない。ニコスが自分や娘のために命を危険にさらしたと知るくらいなら、今のひどい境遇を呪う方がましだわ」

イローは現実を解釈するすべを知っていた。出口が塞がれたとき、人間の魂に奈落が口を開くさまを粛々と見つめながら、その作業を行ってきた。そのための特別な訓練を受け、心の奥の深淵を見ても心が削がれることはなかった。しかし、今彼女の眼差しの中で何かが変わりつつある。身体ではない。身体の制御の仕方ならよく知っている。美しい知的な瞳が輝きを失おうとしていた。パヴロスにはわかる。一人で無理をしているのだ。

「ネリーに同情したのかい？」少しばかり優しさを込めて訊ねた。

ほとんど咎めるように相手を見ると、

「同情したのは幼いマリエタと亡くなったニコスにだけ」

「無実の子供と犠牲者ということ？」

「彼が恐怖に打ち克とうと抗った姿を考えてるの。たったひとりでぶつかって、リウマチだなんて言って」

少し黙ってから、

「恐怖がよき相棒になっていた。恐怖に慣れたって言えるかもね。日常の一部になっていたから、もう他の恐れはなかった。次第にもっと大きな一撃を求めていき、毎日の恐怖が正常だという境地に入ってしまったんでしょう。そうやって、愛する人と明日なき未来のために怯えることもなくなっていた。すぐに報酬がもらえて、最後の瞬間に幸運の女神からもお恵みが来るかもしれない。そんな希望に少しずつ後押しされた挙句の自殺ということよ」

パヴロスは子供を孤児にする危険を冒すなんて——実際そうなったわけだが——理不尽だ、

と言いかけたが、ありきたりな意見だと感じて、ただこう言った。

「極限の状態に極限の決意。スタントマンってすごいといつも思ってた」

「わたしもよ。耐えられないからといって理解しようともしない女がいちばん哀れだわ。見捨てられると甘えるだけで意志もない」

「夫を愛してたんだろう」

「彼女自身もそう思ってた。子供を愛してたから。でも、子供っていうのは、つまり自分自身なのよ。その分、おそらく祖父が埋め合わせをしてるんだわ」

「彼も孫を子供代わりに見るんだろうな」

「人生ってそういうものでしょ、パヴロス！」

「だからぼくたちは子供を作らないのかい？　恋愛の最初から最後まで自分たちだけでいたいから？」

「もっと単純なことかもしれない。生きている間、責任を背負いたくないから」

「その一方で殺人犯を捕まえるため、命を張っている。意味がないよな」

「人生の意味なんて見つからないわ。場合によっては意味を与えようとするけど。空虚が口を開いて待ってるだけ」

「こういった事件は犯罪捜査研究課主任にとっては意味を持つんだろうね。どんな決定を下すか見てやろう」

「彼のことはよく知ってるくせに！」

　事件は、ヤジョグルが注文したヤウルトゥルの前で、ちょっとした演説を添え決着することになった。

「真実は高貴なり、されど幼きマリエタはさらに貴き哉（かな）。交通事故課が謀殺あるいは重大な過失のないことを確認すれば、ただちに案件は終了するだろう。保険会社が過去の傷を重要視しないなら、おれも指摘してやるつもりはない。被害者の相棒は、ブルガリアだろうが他のどこに潜んでいようが、うちのものが見つけ出し危険な遊戯をやめさせる。さらに、保険会社は一時停止したドライバー女性に保険金を支払うべし。分離帯の中央に木の芸術作品を残しっぱなしにした市当局は、ネリーに仕事を回してやるように。以上このおれが要求する。従わないなら、キオスクの前で晒（さら）し者にしてやる」

　パヴロスは彼とグラスを鳴らした。「ギリシャ式の決算！」

「総決算だ。少しばかり回り道をしたが、皆がまっとうな道を進めるようにな」

　三人は幼いマリエタの健康と未来に乾杯し、しばらく押し黙っていた。口を開くのを恐れていたのだ。経済危機の七年目になっても逃れられない、ギリシャ人におなじみの繰り言がまたしても蒸し返されるのではと。

# 死ぬまで愛す

——ある愛の物語の一コマ——

ヤニス・ランゴス

Σ' αγαπώ μέχρι θανάτου (Στιγμιότυπα από μια ερωτική ιστορία)

ΓΙΑΝΝΗΣ ΡΑΓΚΟΣ

あんた！　人殺し！　あんた！　愛も殺意も知ってるのね。

M・カラガツィス『失われた島』

血を愛する者は狂った犯罪者だ。しかし本物の悪人ではない。

ジャン＝ポール・サルトル『聖ジュネ——殉教と反抗』

今日で一年。正直言ってずっと続くとは思っていなかった。だけど、わたしたちの一周年がこんな風だなんて想像もしてなかった……

五十がらみの女は武器を目の前にしていた。シグ・ザウエル九ミリだ。冷たい銃口が額に当てられ、ひやりと感じる。シグ・ザウエルをかまえた男は二十代半ばでアドレナリンのたぎる凶悪な面相をしていた。

二人の間には小さなショーケースのカウンターがあり、宝石類がずらりと収まっていた。カウンターの上には指輪が三つ置かれている。高価な品に見えるが実はそれほどでもない。

男は親しげな様子で女を見た。顔に虚ろな微笑が浮かんだ。

「声を出さなきゃ、大丈夫だ！」

そのことばが数学的公理であるかのように、女は身じろぎせずに立っていた。服の下は汗びっしょりだった。こういう場合に予期される通り、まっとうに思考できる可能性はほとんど吹き飛び、自然の衝動が前面に出てきた。

「助けて！　どろぼう！」突然の叫び声。小さな宝石店の中を声は飛び跳ねた。

男はすぐさま反応し引き金を引いた。弾丸が女の頭をつらぬいて後頭部から飛び出し、血と骨と脳漿が少し飛び散った。強力な衝撃波で押されたかのように身体が激しく揺れ、響きを立てて後ろの壁にぶち当たった。背中を滑らせて床に崩れ落ちる。新しく塗ったばかりの壁に血糊の帯が残った。

男は見回して、周囲が静かなのを確かめた。ショーケースの上に並んだ指輪のそばにピストルを置く。ためらい迷いながら、値踏みするかのように指輪に目を向けた。最初のをつかんで少しばかり調べてみた。一粒の石の周囲に小さなダイヤが精巧に散らしてある。

野太い男の声が後ろからした。

「なにをしやがったんだ、この野郎」

ほとんど同時に、強い筋肉質の腕が後ろから男を捕え、彼の腕をわきにはさみながら、力いっぱい締めあげた。何が起きたのか理解するのに一秒、多分それ以下で十分だった。男は少し頭を前に下げてから、素早く後ろへ突き上げた。頭は頑丈な相手の鼻に思い切りぶつかった。骨が割れる音がゴツンと聞こえ、顔が血まみれになった。目を回しながら後退すると、武器を持つ男を放した。

男はピストルをつかんで素早く振り向いた。突然入ってきた相手の血だらけの顔の前に立ち、じっと見た。若い男だ。愛嬌のある、しかしちょっと間の抜けた顔をしている。こっちより少し背が高い。拳銃を上げて顔に狙いをつける。手のひらで血をぬぐっていたまさにその瞬間、傷ついた男の瞳が見開かれた。武器を持つ男は銃口を下げ、相手の左の膝を撃った。相手は叫び声を上げながら、その場に倒れこんだ。

武器を持つ男はもう一方の手のひらを広げた。まだダイヤは手の中にある。ジャンパーのポケットに突っ込むと、床で傷つき唸っている男の身体を飛び越えて出口に向かった。ドアのところでしばらく立ち止まった。路上の動きを素早く確かめ、もう一度宝石店の方へ振り返った。倒れた男はいまや絶望に喘いでいる。再び武器を持ち上げて発砲した。弾丸はもう片方の膝を撃ちぬいた。倒れた男はその場で叫びをあげながらピクピクと動いた。

……ひとり娘。ただひとりの子供。わたしの母はお産のとき合併症で亡くなった。父は農夫で飲んだくれだった。ほとんど毎晩カフェニオから家までべろんべろんになって運ばれてきた。父はいつもわたしを罵っては殴った。母が死んだのはお前のせいだと言われた。

学校を終えるとすぐ、こっそり家を出た。その時からすっぱり縁を切った。家も村も田舎も、死臭のするその生活がもう耐えられなかった。

父はこのことを決して受け入れることができなかった。わたしを心配しながら亡くなったという話だが、わたしは信じない。とにかく、お葬式には行かなかった。誰にも借りを作りたくなかった。わたしの中であのころの生活は消え去っていた……

武器を持つ男は通りに出た。秋の涼しさに少しばかり生き返ったようだ。ふたたび身が引き締まった。素早く目をやってから方向を定めるとすぐさま左に折れ、堂々と早足で歩いた。左手にはまだシグ・ザウエルをにぎっていた。

まっすぐに通りを二つ三つ横切り、同じ方向へと進んで行った。

道では人の流れが増えていたが、誰一人男が銃を持っているのに気づかなかった。

中央大通りの角を右に曲がり、数メートル歩いたところで、ちょうどエクレアの箱を手にケーキ屋から出てきた中年の男性にぶち当たり、少しばかりよろめいてしまった。中年男性は謝ろうとしたが、武器で殴られ、前歯を砕かれて、舗道の敷石にうずくまった。

武器の男はすぐさまその場を離れたが、助けを求める男性の金切り声が聞こえた。声の方を振り向く。ピストルで狙いをつけた。男性は数十メートル後ろで叫んでいたが、胸に弾丸を喰(く)らった。突然声は途切れ、舗道に倒れて息絶えた。

武器の男があたりに目をやると、すさまじい暴力を前に驚愕(きょうがく)し、身動きできない人々の顔が見えた。とりわけ一人の若く美しい女の目を男は見つめた。女はちょうど商店の中にいたが、路上で起こったことに度を失い、視線はショーウインドーに張り付いたままだ。女の様子と言えば、赤いスカート、黒のセーター、形のいい胸とつんとした乳首。手はだらりとたれ、口を開けて、熱に浮かされたような視線を投げている。隣りには無邪気な男の子が立って手をつないでいる。当惑した様子だが、おそらくは目にした光景で恍惚状態なのだろう。

武器の男はショーウインドーに近寄り、ガラスの外側に顔をつけ女と向かい合った。その瞬間、誰か観察する者がいても、この男が何を感じていたのかを理解することはできなかっただろう。殺人者たちが霊感を与える残酷な敬虔さのみを放っていた。

五秒後ウインドーのガラスはシグ・ザウエルにより孔が開いて砕け、女は左の胸を撃たれた。服を抱きかかえながら仰向けに倒れ、男の子のほうは破片で眼球をズタズタにされ、顔をはげしくひきつらせた。

ここに来てからわたしはわずかなお金のためにいろんな仕事をした。オフィスの清掃、近所のカフェのウェイトレス、三流バーのバーテンダー。村の死臭から惨めな生活の死臭へ……

去年の今頃、貧相なブズーキバーで職をみつけた。そこであの人に出会ったのだ。わたしは花瓶のそば、彼はドアのところにいた。彼にも家族はいなかった。人生を変えようとしていたが、妙な連中にひっかかり、最後は用心棒になっていた。

タフガイぶっていたが、そこから逃げ出したがっていた。わたしにはわかった。彼の心の奥には憎悪だらけの場所で生きぬこうとする少年の純心が隠れていることを。

初めて会った時から二人は恋に落ちた。

武器の男は歩みを速め、路地へ曲がった。時に歩き時には走った。息は苦しくなり、全身が汗にまみれた。喘ぎながら少し立ち止まる。かなり離れたので、通行人たちはもはや無関心に追い越していった。方向を確かめようと周囲を見た。少々道を逸れていたが、少なくとも目標へは向かっている。

パトカーの狂ったようなサイレンの響きが近づき、喘ぎ声をおさえた。響きがどちらから来るのか知ろうとしたが、パトカーの方が早く路地へ曲がって来て、駐車してあった一台の車のドアをこすりながら男のいる場所から二十メートル離れて止まった。三人の警官が銃を突き出しながら降りてきた。

「動くな！　ピストルを捨てろ！」一人が叫んだ。太い眉、がっしりした顎だが、声に迷いがにじんでいる。

その時通行人はごく少数だったが、みな最初、ことの次第に呆然としていた。が、その後震えあがってまちまちの方向へ逃げ出した。

警官は決然とした態度を見せた。

「みんな、身を伏せろ！」

武器の男は銃を撃ち、一台の車の背後に滑り込んだ。警官隊の最初の弾丸の唸りが聞こえ、アパートの木のドアにめり込んだ。見回すと二メートル離れた歩道に、老人がひとり、ほぼうつぶせに倒れているのが見える。つるつるに禿げあがり、たいそう痩せた男で、恐怖のあまり硬直した右手にオレンジを詰めこんだ袋を持っていた。弾丸が数発、車のドアと窓に当たった。武器の男は老人の方ににじり寄り、上着をつかんだ。老人は口を開いて何か言おうとしたが、ことばは喉につかえていた。

「立て、おまえ。やられたくなけりゃな！」男は相手の顔にわめきたて、ピストルを顎の下に突きたてた。

老人は震えながら、力を振りしぼってことばに従おうとした。何とか立ち上がったが、男は老人を締めあげながら警官隊の前で盾にした。警官たちは予期せぬ展開に銃撃を止めた。男は先手を取ったのを確信すると、大声で、しかし平然をよそおって叫んだ。

「近づいてみろよ。こいつの脳みそを吹き飛ばしてやる！」

男と老人は道の開いた方へと後退した。その姿勢はダンス大会に参加するためリハーサルをしているペアのような印象を与えた。しかし、実際は銃の男は無理やり老人の身体を引き摺っていた。老人はオレンジの袋をずっとにぎりしめ、死を目前にして観念し、なされるがままになっていた。

路地の角で二人の男は姿を消した。続いてすぐ、くぐもった銃声が聞こえた。太い眉に頑丈な顎の警官が通行人に叫んだ。

「みんな伏せるんだ！　伏せろ！」

それから二人の同僚といっしょにその場所を探ろうと、四方に万全の注意を向けながら道の角へと走った。銃の男は消えていた。老人は国営電力（デイ）の電柱につかまりながら、実に窮屈な姿勢で座り込み、血まみれの指で腹を押さえていた。まだ生きているのかどうか、警官は確信がなかった。ゆっくりと近づきながら、袋から歩道にこぼれたオレンジを踏みつけたのに緊張のあまり気づかなかった。

……七月。とにかく結婚したいんだ、と言われた。だけど、二人には一銭もなかった。金（かね）はすぐにできる、いっしょにどこかへ行こう、と彼は誓う。どういう意味か説明はなかった。でも、後でわかった。武器を持って銀行に押し入ったのだ。頭がどうかしてる。でもそれくらい絶望の淵にいた。

三キロ離れたところで警察に捕まった。八万ユーロ身につけていた。重罪犯人として拘留。よくても十年は喰らうだろうと、弁護士は言った。わたしは足元の地面がくずれ落ちたように感じた。

銃の男は持てる力を振りしぼって、武器を手にしたまま左へ右へと曲がりながら、大切な場所へ走った。あるアパートの前にたどり着くと、深く息を吸って玄関から飛び込んだ。階段へ進んだが、その時エレベーターが一階に降りて、三十代半ばの女が出てくるところだった。銃の男は巧みに体重をかけてエレベーターのドアを思いっきり蹴飛ばした。ちょうど女の手がドアを開こうとしていた。金属のドアと枠とにはさまれて、女の手首が砕けた。声を出す間もなく、男はドアを開き発砲した。弾丸は喉に命中し、それから首の骨に食い込んだ。頭がほとんど吹っ飛び、身体はエレベーターの中のスーツケースに倒れ込んだ。足が邪魔してドアが閉まらなかった。

銃の男は階段を一気に五階まで駆け上がった。三軒並んだ部屋のひとつのドアの前に立った。深く息を吸う。その階の通路は薄暗く静かだった。ベルを押した。

「ベイビー(モロー・ムー)、おれだ」静かに言ったが、緊急の調子が声ににじんでいた。

息を整えながら、ドアが開くのをじっと待った。時間が流れる。もう一度ベルを鳴らした。今度はもっと強く。

「開けてくれよ！」強い調子で繰り返した。

通路は相変わらずひっそりと静まり返っている。男は几帳面(きちょうめん)な時計職人のように、頭の中で十秒きっちり数えた。そして突然、何もなかったかのように、部屋のドアを蹴り上げた。ドアは簡単に開いた。男は中に入った。

……それから最初の症状があらわれ、すぐにひどくなっていった。わたしは医者を訪ねた。医者は何度も問診し、顔を曇らせると、わたしを横にしてなにか調べた。最終の診断はまちがいようもなくはっきりしていた。病状は深刻で、日々悪化している。快復の道はない。できるのは、わずかの期間命を延ばすことだけ。

忌まわしいニュースというのはいつだって悪い知らせ特有の残酷さを連れてくる。初め、わたしは受け入れられなかった。それから怒りに駆られ、その後うずくまり、最後は受けいれた。そして身を任すことに決めた……

　あの人には何も言わなかった。言う理由がない。どっちにしても、もう何も変えられない……


　小さな部屋が乱れているのは一目でわかった。ソファに女が腰を下ろし、銃の男が騒々しく入ってきたにもかかわらず身じろぎもせずにいた。

　この女についていくつか話しておこう。男と同じ年齢。ポニーテールにしたストレートの赤毛。鼻とほほにそばかすが少し。大きな緑の目。身にまとうのはジーンズと白いTシャツ。ブラはつけず、裸足(はだし)。生活に疲れ顔色は悪い。まっすぐ前を向いているが、視線はどこにも焦点を結んでいない。顔には絶望の痕が刻まれている。小さなテーブルに散らばる錠剤。食べ残し。半分残ったウイスキーのボトル。吸い殻にあふれる灰皿。部屋の紫煙は濃く、喉を切られるようだった。

　男はテーブルをわきにどけ、女の前にひざまずいた。銃をソファの女のそばに置き、手を熱烈に握りしめた。手にキスして、それから唇にキスしたが、唇は動かない。男は口を開くが、思い直して止め、最後にことばをかけた。

「逃げてきたんだよ、ベイビー。逃げ出してやったんだ、わかるかい？　ただおまえのために！」

女を見る目は高揚してキラキラしていた。

「武器も奪い取ってやった。おまえにはもう手を出させない」

汗がひとすじ、額から流れて男の手をぬらし、女の手に落ちた。その手は男の手に包み込まれていた。男はおずおずとジャンパーのポケットから指輪を取り出し、朦朧とした相手に見える位置まで持っていった。

サイレンの唸りがますます強まって耳をつんざき、パトカーの接近を知らせていた。男は微かにバルコニーのドアの方へ目を向けた。部屋までのサイレンの距離を推し量ろうとするように。それから立ち上がって、穏やかな優しい動きで女を引き寄せた。女はかったるそうに立ち上がった。男は相手の目を覗き込みながら喉を撫でた。

「ベイビー。もう時間がない……」

女の左手を取り、こまやかな、ほとんど外科医のような動きで指輪を薬指にはめた。手はすべり落ちるに任せた。指輪は秋の陽射しに反射してきらめいた。

男は迷ったように静かに立っていた。サイレンの唸りで心臓の鼓動ははやくなった。

「今日はおれたちの記念日だ……」

一歩踏み出すと、二人の身体が触れ合った。男は軽く屈んで耳元で囁いた。

「結婚してくれるかい？」

じりじりしながらもとの位置に戻った。女の沈黙だけが男の思いを捉えていた。十秒経って——彼にはそう思えたのだが——女は苦労してことばをしぼり出した。

ずたにしてしまった。

「わたし死ぬの」そっけなくそれだけ言った。「運がよければ春が見られるかな」

今ではサイレンのひびきはすぐ近くから聞こえ、男の鼓膜をガンガン打ち、集中力をずたずたにしてしまった。

「ねえ、そうじゃない？」

女の目を覗き込んだ。奇妙なことにその目だけが暗い顔の中で輝いていた。

「おまえなしじゃ、生きてけないよ」声を震わせて続けた。

今やまるで影のようだった。

サイレンの響きが部屋中を満たした。男は突然バルコニーのドアの方に向いた。五台のパトカーがアパートの前で急ブレーキをかけ、二ダースを超える警官たちが飛び出し、荒々しい声を上げて入口へ突進した。

男はふたたび女のほうを向いた。静かに話しかける。しかし心の中では絶叫していた。

「これだけは言ってくれ……」少し間をおいて、「おれを愛してる？」

階段からは足音が聞こえた。五階へ上ってくる。

女は男をしっかりと見つめた。自分の人生すべてをその視線にこめるように。唇を男の唇に重ねて、囁いた。

「死ぬまでね」

銃撃音とともに腰が焼けつくのを男は感じた。よろめくと視線が少し曇ったが、女の手の中のピストルが微かに見えた。女の前にひざまずき、うつ伏せに倒れた。

……亡き人を偲ぶために、誰かが後に残るべきだと、ひとは言う。ただし、思い出というのはたいてい、喪失感ほどには長続きしない。だから多くの場合、忘れるより先に死ぬ方がいい。

女はバルコニーのドアを開いて外へ出た。町の光景が見える。アパート、屋上、テレビのアンテナ、衛星放送のパラボラ。いちばん奥にはイミトス山のごく一片。部屋のドアを破って警官が何人か侵入してきた。男の身体が床にうつぶせに倒れ、女が彼らに背を向けバルコニーから地平線を眺めているのを目にした。右手にはシグ・ザウエルをにぎっている。一人の警官が数メートル離れて両足を踏ん張り、狙いを定めた。キャラハン刑事（『ダーティー・ハリー』の主人公）気取りで叫んだ。

「武器を捨てて、ゆっくりふり向け！」

キャラハンの命令とは正反対に、女は稲妻のように振り向くと、警官隊に銃を向けた。すべてが凍りつく瞬間が続く。

突然ピストルを自分に向け、銃口を口につっこんで撃った。後頭部が吹き飛んだ。身体がのけぞり、背中がバルコニーの手すりに倒れかかった。少し弾んだあと、身体の重みで宙へ投げ出された。五階の高さを非常なスピードで落下し、真下に停めてあったパトカーのルーフに仰向けに激突した。

女の血が車の砕けた窓に伝って流れ始めた。左手は二か所で完全に折れ、かたわらに垂れ下がっていた。血のしずくが五つ、手のひらを染めていた。

そしてもう一滴は指輪を染めていた。

# ゲーテ・インスティトゥートの死

フィリポス・フィリプ

**Θάνατος στο Ινστιτούτο Γκαίτε**

ΦΙΛΙΠΠΟΣ ΦΙΛΙΠΠΟΥ

## 月曜日

アテネのとある春の日。太陽は輝き空は青く晴れあがって、暑さが感じられる。街角のゴミ箱の周りには微(かす)かに臭いが漂う。車は大学通り(パネピスティミウ)を走り、歩行者は国立図書館の前の横断歩道で待っている。わたしはゆっくりと歩みながら、人混みと陽射(ひざ)しを楽しんでいた。学士院(アカデミア)の外の大理石の塀には子供たちが腰を下ろして、携帯をいじり、アテネ眼科病院の階段では流しの楽師がアコーディオンを弾いていた。少し向こうではホームレスが毛布に包まり、哀れっぽく施しを求めている。

正午、わたしは貨幣博物館の中庭にある木の下に座りコーヒーを飲んでいた。新聞を読みながら二人の旧友を待つ。クリトン・サルペアスとフォティス・ロドプロスだ。クリトンには恩義があった。窮していたとき大手新聞社の仕事を回してくれたのだ。フォティスとはそこそこの仲。反りが合わなかった。

先にクリトンが姿を見せた。

「ひさしぶりだね、ティレマホス！」わたしに言った。

握手してそばに座ると、彼はエスプレッソを注文した。設計士ですでに年金を申請しており、クリオと住んでいる。クリオは服飾デザイナーでパリに出張していた。遅れてフォティスがやって来た。法学部卒だがジャーナリズムにのめりこみ、経済方面の記事を書いていた。握手しながら遅刻を詫（わ）び、座ってカプチーノを注文した。

「どうしてる、レオンダリス（ティレマホスの姓）？」わたしに訊ねてきた。

三人とも独（ひと）り身だった。彼ら二人は離婚しており子供はなし。わたしは婚約したことさえない。三人とも無職だった。

麗しい日和にわたしたちの口元も緩んだ。しかしいい気分に浸っている場合ではない。《覚書（ムニモニオ）》（二〇一〇年からの経済危機に際してギリシャ政府がEU加盟国と交わした金融支援プログラム契約）のせいで世の中は暗い方へ進んでいる。会話はわたしたちの生活を変えてしまった経済危機から始まった。

「さて諸君、今日の話題だ！」フォティスが言った。

わたしたちが集まったのは仕事の窮状を打開するためだった。裕福な船主ペリクリス・ノタラスなる人物が新しい新聞社を設立しようとしていた。彼の同級生だったクリトンがスタッフの編成を引き受けており、わたしたちに相談を持ちかけてきたのだ。

「ノタラスはいろいろ計画してるんだよ」とクリトンは言った。「取り憑（つ）かれるタイプなんだ。アイデアが浮かぶとじっとしていられない。《ル・モンド》《ガーディアン》《ディ・ヴェルト》《エル・パイス》みたいな新聞を作りたがってて、とにかくギリシャのジャーナリズムの選（よ）り抜きを集めている。論説委員には大学界から最高の教授陣を集めるつもりだ」

わたしは黙って聞いていたが、話す本人も憑かれているようだ。フォティスも黙っていた。

「最近は新聞雑誌が山ほど現れてはつぶれてる」わたしは感想を言った。「《報道》の世界も危機だ。新聞は読者を失ってるし、昔ながらのグループ企業は消えようとしてる。見通しは暗いね」

フォティスも同意見だった。「ギリシャ人は読むことをやめてしまった。新聞も雑誌も本も読まない。特に若いやつらだ。どこにいるかと思えば、インターネットの中をうろつき、携帯に張りついてる」

「この時期新聞を出そうなんてつわものはひどく後悔することになるよ」とわたし。

クリトンはわたしたちを宥めながら、友人への称賛をくり広げる。

「ペリクリスは金もアイデアもあるんだよ」と力説した。

彼が説くところでは、ノタラスは建築学を学び、その後ロンドンで商船学を専攻した。好奇心旺盛で船の株を首尾よく手に入れ、現在は十隻あまりのタンカーを所有している。

「他の船主も出版グループを持ってるだろ」わたしは言った。

「ノタラスは成功して」とクリトンは続けた。「あれこれと企業を買い上げ、政界ともコネをつくった。そうして新聞社設立を決めたんだ。すでに生い茂っている一つを買い取ろうってんじゃない。日刊紙を初めから作ろうと考えた」

「もう名前はあるのかい？」わたしは訊いた。

「ああ。新聞の名は《真実》だ」

「社長は？」フォティスの質問。

「ランブルだ。テサロニキに出張中だが。すぐにアテネに戻る」

ランブルなら知っていた。凄腕（すごうで）の記者だ。《ヴィーマ》や《カシメリニ》（ともに有名な実在の新聞）の編集長で記事も書く。《エレフセロティピア》紙が廃刊になる以前、そこの編集長もしていた。

クリトンはわたしたちに《真実》紙で働かないかと提案した。いい話だ。もしよければ翌日ピレアスへ行って発行人の船主に会い、前金をもらおうということになった。

「受け入れないわけにはいかないな」とわたしは言った。

「おれもだよ。一文無しだ」フォティスが言った。

わたしは何年も警察レポートをしてきて犯罪ネタはもうごめんだった。本のレビューをやってみたかった。フォティスは経済に強い。クリトンは映画関係が専門だ。音楽番組を流すラジオ局での経験もあった。新聞社ではノタラスの腹心として出版の顧問になるはずだ。

わたしとフォティスはクリトンに質問して新聞社に運営上の問題がないのか見極めようとした。

「他には顧問はいないのかい？」とわたしは訊いた。「ふつう出版の新参者はそばに信頼できる片腕を置くはずだが」

「《枢密院（すうみついん）》はクセニアだ。彼の女房だよ」クリトンは言った。

その女のことは知らない。ジャーナリズム界ではまったく未知の存在だった。クリトン自身の離婚を担当してもらった弁護士だと言う。ノタラスは彼女を崇拝していた。彼の最初の妻と子供は今ロンドンに住んでいる。クセニアは雇用方面の責任者になっていた。ロドプロスは彼女と知り合いらしい。二人は視線を交わしたが、彼女の顧問選出については何も言わなかった。

二時頃クリトンがみんなのコーヒー代を支払い、わたしたちは立ち上がった。中庭は人々で一杯だった。大学通りに出てわたしたちは握手した。新聞社への就職で意見が一致した。

## 火曜日

ピレアスのミャウリス海岸通りは交通の往来が激しい。歩道の左側には船主の事務所が列なり、昼夜大勢の人が行きかう。ペリクリス・ノタラスの海運会社は一フロアを占めていた。発行人はわたしたちを事務所で迎え、冷蔵庫から飲み物を出してくれた。スポーツマンタイプで、白いシャツにネクタイは締めず、銀行の出納係を思わせる。

わたしたち三人は意向を伝えた。

「前途は洋々だよ」船主は言った。

金を払って実施した市場調査の結果は有望なものだった。世間は新しい何かを求めている。堅実な分析に基づくレポートを通して市民の日常問題を扱う記事とかだ。これに対して、わたしたちは文学や芸術方面のインタビュー、あるいは国外に移住した重要人物のポートレートを重視するつもりであり、最初のテーマの一つはヤニス・マリス（一九五〇年代にデビューした《ギリシャ・ミステリの父》）の生涯になるだろう、と言った。

わたしたちが事務室を去る前に四十には届かない金髪の女が入ってきた。微かな香りを漂わせている。背が高く青い目。自信にあふれた雰囲気。ハイヒールのパンプスをはき、その場に馴染んでいる。手には携帯。ノタラスが紹介した。

「家内のクセニアだ。新聞社では顧問になるはずだ」

儀礼的な握手。全身が活力に溢れている。大臣ばりの風情でわたしたちを見た。特にクリトンとフォティスを。わたしには洟もひっかけない。名前を聞いたことさえないのだろう。それぞれに素っ気なく「よろしく」と言って肘掛け椅子に座り、携帯のキーを打ちはじめた。

ノタラスはドアのところまで送ってきた。すべてうまくいったということだ。

「ではまたいずれ、諸君」熱烈な調子で言った。

たしかに船主はわたしたちとの話し合いに満足していた。だが全員と、というわけではない。わたしの印象では、ロドプロスに対して何か含むところがありそうだった。わたしたちは会計課へ寄って前金の支払いを受け、出口へ向かった。わたしは満足していた。何か月も無職だった後、ようやく仕事が続けられ、銀行預金を切り崩したりせずに経済的な安定を得ることができる。

わたしたちの前に突然若い女が現われた。三十過ぎだろう。どこかの、おそらくノタラスの事務室から出てくるところだった。強い香水を漂わせていた。黒髪、緑の目。念入りに手入れした髪。赤く染めた爪。ヒールの高い靴。誰もが一目見ようと振り返るタイプだ。最初にクリトンが挨拶した。

「エルヴィラ！　なんと偶然だね！」

女も驚いたが、すぐに自分を取り戻した。手を差し出し、

「ごぶさた、クリトン！」少し冷ややかに言った。

クリトンは彼女をわたしたちに紹介した。娘はわたしとフォティスを見た。わたしのほうはちらりと見ただけだが、フォティスを見る目には困惑気味の表情が表れた。立ち去った後で、フォティスはクリトンに聞かれないようにわたしの耳元で囁いた。

「あの女をどう思う？」

「クラクラしそうだよ！」

クリトンの車のところに着くまで、わたしはエルヴィラのことを訊ねた。

「君の手の届く相手じゃないね！」ニヤニヤしながらフォティスは言った。

彼女への関心に気づいて、フォティスは、エルヴィラが夫と別居中だとわたしに教えた。夫はイタリアに住んでいる。子供はない。四六時中自分を売り込み、虚栄心を満たすのに夢中だ。ギリシャの新聞社かテレビ局での職を望んでいるらしい。

それから失望させるようなことを口にした。

「少し御しがたい女だ。いい子にさせるのに時々ちょいと殴らなくちゃならない。自分からそう望んでるんだな」

　その夜エルヴィラから電話がかかり、ジャーナリストのエルヴィラ・マローラだと名乗った。朝ピレアスのノタラス事務所で会ったでしょ、と言われた。

「ローマで働いてるの」

「あなたのことは全然知らないんだけど」

「知るのにいいチャンスでしょ、レオンダリスさん」

　彼女の声は熱く心地よく響く。ローマではギリシャの新聞社とテレビ局の特派員。アテネには出張で。さる地方紙のためわたしにインタビューをしたいのだ、とか。わたしは警察担当でけっこう成功している有名ジャーナリストらしい。最後に、今週会えるかと訊ねてきた。街中のカフェテリア？　それともあなたのうちの方がいいかしら？　彼女の甘いことばが心まで芳香で満たした。

　相手の声の調子に後押しされて、わたしは前向きに返した。アメリカ広場のわが家の方がいい。木曜日午後六時ごろ。

「申しぶんないわ！」

　電話を切りながら自問した。誰がわたしのことを話したんだろう。クリトンか？　フォティス？　ノタラス？　クリトンはわたしをよく知ってる。フォティスもだ。ノタラスは今朝までわたしの存在すら知らなかった。インタビューの申し込みはわたしにとって光栄だが、頭の中は疑問が渦巻いていた。罠だったら？　わたしの情報を知りたがっているやつらがいるのかもしれない。だが何のために？　どんな得があるというのだろう？　それにだ。ロドプロスはどうして彼女が《御しがたい》などと知っているのか？　彼女は船主のオフィスに何の用があったのか？　職探し？　いずれにしても、わたしはあの女に魅せられていた。近づいて知り合いになりたかった。あるいはキスか、セックスか。

わたしは大理石でできた人間ではない。

## 水曜日

船主を訪問した次の日わたしはクリトンとフォティスといっしょにホメロス通りのゲーテ・インスティトゥートにいた。昼だった。一階のカフェでコーヒーを注文し、中庭に出て飲んでいた。

「結局新聞社を牛耳るのはノタラスの奥さんになるのかい？」わたしはクリトンに訊いた。

「恐ろしく有能だからね」と言った。

「彼女のこと、昨日まで知らなかったな」とわたし。

「ぼくは以前から知ってた」クリトンが付け加えた。

「おれもだ」フォティスが言った。

わたしたち三人は新聞社の上層部における小さな同志グループのはずだ。したがって、わたしたちの間には出版に関する秘密があってはならない。わたしたちは地盤を固めスタッフを選んだ。残るは第一号を飾る記事を準備するだけだ。時間はどんどんと流れていく。

「クセニアは独裁的なタイプに見える」わたしは言った。「われわれの仕事に口出しして来るんじゃないだろうか。こっちの問題に介入したがるなら厄介なことになるな」

「虚栄心があるんだ」クリトンが言った。「ぼくたち、以前は円満な関係だったんだが」

「いつ？」

「ノタラスと結婚する前だよ。ぼくが彼女を紹介してやったんだ」

わたしはフォティスに向かって「それでも口を挟んできたらどうする？」

「クセニアは人に対する振る舞い方を知ってる。特に利用できる相手にはだ。しかしエルヴィラの方は先が読めない。おれはよく知ってる。気をつけなくちゃな」

「彼女とどんな関係がある？」わたしは訊いた。

「ぼくたちといっしょに新聞社に入る。ノタラスが雇ったよ」クリトンが答えた。


その夜。わたしはバルコニーの籐椅子に座り、向かいのバルコニーの住人の動きを眺めていた。月は空を散歩している。平和な眺め。オレンジの花の香りがここまで漂ってきた。わたしはかつて失っていた平穏を取り戻していた。経済危機とその余波が頭によみがえった。多くの若者たち、専門家、単純労働者までが、よりよい運命を求めて国を捨て国外に向かった。クリトンから電話をもらうまでは、わたしもイギリスかドイツに行こうとしていたのだ。

しかし、踏みとどまって戦おうという考えに変わった。

気分はよかった。職業上の未来には明るい兆しがあった。

## 木曜日

クリトンの提案でわたしたちは学士院通り（アカデミアス）の新聞社へ行った。映画館《エリ》の隣だ。クセニアの個人オフィスを訪ねた。彼女は新聞社の法律顧問だと自己紹介し、夫が言ったように、出版顧問でもあると付け加えた。ノタラスはピレアスで仕事に忙殺されていた。その後別の部屋で会議が行われた。各部門の編集長が揃（そろ）っていたが、わたしには知らない顔ばかりだった。クリトンは文芸欄、フォティスは経済面、わたしは書籍の担当になった。クセニアの態度は柔らかく愛嬌（あいきょう）があった。エルヴィラもいて、自由なテーマで記事を書くことになったが、クセニアは彼女に対して冷淡だった。ひとことも話しかけなかった。たぶん役立つ人材かどうか測りかねていたのだろう。

会議の中で、新聞の基本路線やわたしたちとノタラス夫妻や社長との関係といった疑問点は解決された。《真実》紙の打ち上げ計画は完成しつつあった。

歩道に出ると、わたしはクリトンに訊いた。

「クセニアとエルヴィラの間には何かあるのかい？」

「女の心理戦だよ」謎めいた微笑を向けて答えた。

木曜日はエルヴィラと会う日だった。バルコニーに座って待っていたが、彼女は来なかった。六時になり六時半になった。七時になっても女は現れなかった。わたしは苛立ち、疑いでいっぱいになった。急用ができたのならどうして電話でキャンセルしない？　七時半になって以前にインタビューを頼んできた番号にかけてみた。留守電になったのでメッセージを残した。そのあと部屋の電話が鳴った。クリトンだ。

「ひどいことになったぞ」と言った。

フォティスが死んだ。ゲーテ・インスティトゥートの男性トイレで心臓を刃物で刺されて。彼らは七時にインスティトゥートで会って、カフェ周辺をぶらつく人々を中庭から眺めながらコーヒーを飲んだ。教授や学生たち、それにただ構内の雰囲気が好きな人たちがいた。そのうち、《フランクフルター・アルゲマイネ》紙を読んでいたフォティスが立って一階のトイレへ行こうとした。大講義室へ下りる左手のところだ。しかし戻ってこなかった。床に倒れているのをインスティトゥートの掃除人が見つけた。そばに新聞が落ちていた。

クリトンのことばは震えてもいなかった。悲しみの調子さえこもっていない。世界のどこかで戦争が勃発した、と冷静に告げているかのようで、さっさと電話を切った。もちろん他の者に事を伝えるためだ。こうして、犯罪事件のせいで、エルヴィラに食わされた待ちぼうけの件は二の次になった。

タクシーをつかまえ、学士院通りの新聞発行計画の《参謀本部》へ向かった。会議室に入る前にクリトンとクセニアの喧嘩の声が聞こえた。クセニアはどうしたっていうんだろう。朝はやさしそうだったのに、今はいやな一面を見せていた。わたしが中に入ると喧嘩はやんだ。エルヴィラはいなかった。携帯を何度も見たが、彼女の番号は出ない。かかって来なかった。

クセニアとクリトンは何で言い争っていたんだろう。フォティスの死が緊張を引き起こしたのかもしれない。

「信じられない」とわたしは言った。

「起きたことは忘れなくちゃ」とクセニア。

「フォティスはわれわれには必要なやつだった」とクリトン。

クセニアは同じ意見ではなかった。いつだって失敗をしでかす男だった。ノタラスが大損をしたのはロドプロスに責任があるはずだと言った。数年前フォティスに説得されて養魚場の株を買い入れたのだが、すぐに暴落した。さらに、無責任で大言壮語するだけの詐欺師、友達の情けにすがって生きのびている男だとまで付け加えた。

「その通り！　あいつは政界や実業界にけっこうなコネを持ってた。意味はわかるよな？」クリトンはしつこかった。「コネなしに新聞社がやっていけるのかい？　フォティスがいない今、誰にその役ができる？」

「死んだ後まで問題を引き起こすなんて」クセニアは苛立ちながらも、付け加えて「フォティスがいなくなった今、エルヴィラ・マローラさんをどうするかも考えなくちゃならないわね」

エルヴィラは新聞社にとっていい人材だとわたしは信じていた。人並み以上の美貌と度胸と熱意を持っている。そのときになって、わたしはフォティスとエルヴィラがカップルであったことを知った。クセニアがそう言い、クリトンもうなずいた。緩やかな関係、拘束のない関係で、二人ともそれぞれの生活を送っていた。クリトンは、エルヴィラが採用されるべきだと執拗に主張した。逆にクセニアは彼女が気に入らず、倫理観がない女だと非難した。

## 金曜日

翌朝わたしはフォティスの死について証言しようと、アッティカ警察本部に電話した。タクシーに乗りアレクサンドラ大通りの建物へ向かった。わたしの証言を取った警官は中年の男で、これという特徴はなかったが、こと細かく自分の職務を果たした。「ロドプロスは」とわたしは言った。「長年の友人で、ある期間は連絡を取らずにいましたが、クリトンの呼びかけで、わたしたちは《真実》紙発行に関わることになったんです。殺人の時刻わたしは家にいました」エルヴィラを待っていたが結局来なかった、などと明かす必要はないと思った。

警官はノタラス、クセニア、クリトン、エルヴィラにも質問した。フォティス周辺のほかの人たちからも聞き込んだ。どんな結論を出したのかわからない。ナイフに指紋はなく、犯人は念入りに拭き取っていた。《真実》紙の幹部連中は容疑者だった。皆フォティス・ロドプロスにはいい感情を持っていなかったからだ。全員に強い殺害の動機があった。彼のせいで、ノタラスは下落した株価の数百万ユーロを失った。クセニアはそのことを知っており、フォティスに反感を持っていた。エルヴィラは恋人だったが、恋人の間には往々にして憎しみにつながる事情があるものだ。しかしながら、証言によると、ノタラス、クセニア、エルヴィラの三人のうち犯行時刻にゲーテ・インスティトゥートで目撃された者はいなかった。

彼を擁護していたクリトンにさえ動機があったようだ。以前二人は別の新聞社でいっしょに働いていたが、ひどい言い争いをしたことがあった。フォティスは偏屈な性格で、ほろ酔い気分で仕事に行くことがあった。ある日クリトンは彼を叱り飛ばし、フォティスは詰りかえした。しばらくして和解したようだったが。新しい新聞社の話で呼ばれたときわたしは意外な気がした。なんと奇妙な友情だろうか。たがいに含むところがありながら、会って話し合いをするとは。

くわえて、フォティスは女たらしで、男たちは彼をやっかみ憎む一方、女たちは彼を求めた。傷つけられた夫や恋人なら容易にこの恋敵を殺すところまでいくだろう。クリトンだって、フォティスがクリオと寝たのでは、という疑いを抱いたのではないだろうか。あるいはいちゃついている現場を見たのかもしれない。しかし、その場で殺すのは愚かだ。実行にもっと安全な場所を求めたのではないのか。

わたしは真実を追い求めていた。真実には多くの棘(とげ)があることも知っていた。

## 土曜日

土曜の朝わたしはヴァラオリティス通りのカフェテリア《ブラジリアン》でコーヒーを飲んでいた。《エル・パイス》紙を読みながら周囲にちらちら目を向け、新聞社のオフィスに行くまで時間をつぶしていた。そのときクセニアが周りを気にもかけず通り過ぎるのが見えた。帽子をかぶりシャツを着て、ミニスカートからはとびっきりの脚が露わになっていた。

「クセニア！」わたしは叫んだ。

彼女は冷淡に目を向けた。わたしは少しおしゃべりしないかと呼びかけた。相手はそばに座ったがコーヒーは注文しなかった。メトロの憲法広場(シンタグマ)駅から来たところだった。夫とグリファダに住んでいるのだ。ロドプロス殺害について意見を訊いてみた。

「敵は多かったわ」と言った。

その瞳は才気に溢れ、楽しんでいるように見えた。

「わたしの友達だったんだ」と言ってやった。

「生きてちゃいけない人間もいるのよ。悪さをするだけだから」

「犯人の心当たりはあるのかい？」

「周囲の人はみんな殺す動機があるわね。男も女も」

わたしは視線を彼女に据えた。

「君にも動機がある？」

ためらった後、彼女は自分の過去を話した。弁護士としてクリトンの離婚を担当し、後に恋人になった、というのは聞いていたが、ノタラスが前夫人と別れる際の案件も引き受けたのは知らなかった。

「あの人は主人に経済的な打撃を与えたの。十分な理由でしょ」

「じゃどうして呼びかけて、新聞社に雇おうとした？」

「クリトンが呼んだのよ。政界や実業界に顔が利くからって。クリトンがこだわったの」

「そうか。でもクリトンとは敵対してた」

「誰でも敵にまわしてたわ。二人は友達だったけどね。フォティスはクリトンの奥さんのクリオといちゃついてたの」

そういうことか！　フォティスとクリオの間に何かあったなんて知らなかった。質問がひとつ口から飛び出した。

「君はフォティスの離婚も担当したのか？」

うなずいた。

「そう。間違いだったわ。それから……」

「それから？」

「わたしたちできてしまった」

つまり、彼女もフォティスの愛人だったわけだ。新しい新聞社で重役職となる男たち二人、それに出版者の夫を加えて、いずれも彼女のお相手だったとは。

「殺しはだれの可能性が一番高いと思う？」

クセニアは謎めいた微笑（ほほえ）みを見せた。

「この、わたしね。ただしその時刻はオフィスに向かってたわ。大学通り駅でメトロを降りたところだった」

不思議な女だ。頭が切れて行動力もある。会話が終わると、彼女は立ち上がってアメリカ通りのほうへ向かい、学士院（アカデミアス）通りへと折れた。新しい会議は正午からだ。そこで犯罪に関して必要な結論が出ればいいのだが。わたしは新聞を読み続けた。半時間後ヴァラオリティス通りを通りかかったのはエルヴィラだ。自信に溢れ悠々と歩いている。香りが道に溢れていた。

「やあ！」彼女に言った。

目にしたものに不満があるかのように、こっちをじっと見つめた。火曜日の電話では朗らかだったのに。

「こんにちは」

「インタビューはしないのかい？」

「今は別のことが優先」

「どうして来なかった？　携帯にも出ないし」

「話したくないわ」と言い放つと、彼女もアメリカ通りに姿を消した。

失礼なやつだ。彼女に近づいて知り合いになり、キス、セックスへ進むというわたしの最初の目論見は消し飛んでしまった。ジャーナリズム界の女神（ディーヴァ）気どりだ。待たせたあげく謝りもしない。フォティス・ロドプロス殺しとどんな関係があるんだろうか。そう、たしかに二人は恋人だった。だがセックス以外に、何が二人を結び付けていたのか？


正午に新たな会議が開かれた。新聞社のオフィスでノタラス、クセニア、各部門長たちは考えに沈んでいた。クリトンは船主に電話して来られないと告げ、欠席していた。エルヴィラもいなかった。彼女のほうは電話するつもりさえなかったようだ。経済面担当の新しい編集長が必要だとノタラスは言った。クセニアはランブルがテサロニキから戻ったら任せましょうと提案した。《真実》発行のための意見交換は、すぐにゲーテ・インスティトゥート事件の議論に変わった。

「結局こうなってよかったよ」ノタラスが言った。

この皮肉にはいやな気持ちにさせられた。発行者の彼は最初からフォティスを望んでいなかった。ただクリトンがこだわったのだ。それ以上は言わなかったが、非難の調子が曖昧（あいまい）ながら込められていた。

フォティスがクセニアの恋人だったことが嫌悪の理由だろうと、わたしは確信した。

## 日曜日

朝電話を受けた。クリトンからエルヴィラの死を告げられ、わたしはひどい衝撃を受けた。何かがわたしの中で弾けた。

「バルコニーから落ちたんだ」と言った。

アスクレピオス通りにある彼のマンションの、中庭に面したバルコニーから落ちたのだ。こんな恐ろしい知らせを電話で話し合いたくはなかった。広場に下りるとタクシーで彼の家に向かった。

クリトンがドアを開けた。わたしたちはその運命のバルコニーに座り、彼は出来事を説明しようとした。土曜の夜クリトンは話し合おうと彼女を家に招いた。二人はウイスキーを飲み、酔っぱらった。彼女はフォティスが殺されて苦しんでいた。そのうちクリトンは浴室へ入ったが、その間にエルヴィラは宙に飛び降りた。クリトンは中庭へ駆け下りた。息絶えていたが、救急車を呼んだ。すぐに警察が到着し、一晩中の取り調べ。何度も何度も事情を説明するように言われた。そのうち二人がかつて恋人関係であったことも警察に明かした。

わたしはそれも知らなかった。

「ぼくは容疑者なんだよ」とわたしに言った。

彼の声には哀悼の調子が含まれてはいなかった。そうなのだ。ジャーナリストは、医者と同様、簡単には悲しまない。死に慣れっこになっている。だけど、こんちくしょう、エルヴィラと幸福な瞬間をともに過ごしたんだろ。どうしてこんなに冷淡でいられるのか？

「セックスしなかったのかい？」わたしは訊いた。

わたしの中で虚仮（こけ）にされた男の本能がうずいていた。エルヴィラはわたしを興奮させ、心の安寧（あんねい）をグチャグチャにしていたのだ。

「ああ」

二人のロマンスはとっくに終わっていた。ただ話し合うために呼んだだけだ、と主張した。彼女は自分のネットワークにひっかかるいろんな男たちと関係していた。自分の野望の実現に役立ってくれそうな男たちならば。ノタラスとも関係していたという。

「船主ともか？」驚いた。

「本気じゃなかったが」

彼の話はスポンジが水を吸うように、わたしの中に吸い込まれていった。記者根性が手からすり抜けていた真実を求めている。

「なんで飛び降りたんだ？　自殺する理由があったのか？」

「会社に雇ってもらえるかどうか自信がなかったんだ。クセニアには嫌われていた。警察にはそう言っといたよ。ここ数年経済危機のせいでいくらでも自殺者が出てる。絶望したり悩んだりしたあげく」

「君はどう思うんだ？」

「良心が咎めたのかもしれない」

わたしが思うに冷淡な女だった。それは似合わない。

「良心の咎め？」

クリトンは深いため息をついた。

「フォティスを殺したから」

わたしはエルヴィラの行動を思い浮かべたが、ゲーテ・インスティトゥートにいたとは知らなかった。

「君たちは三人でインスティトゥートに行ったのか？」

「いいや」

エルヴィラは金髪のカツラとサングラスで変装して行ったのだ。ロドプロスは気づかなかった。クリトンは彼女を目撃したが何も言わなかった。言う必要もなかった。

「何か秘密の約束でもあるのか、それともフォティスが隠しごとをしていないと確認したかっただけなのか。まさか殺害するためにそこにいたとは想像もできなかった」と説明した。

フォティスがトイレに立ったとき女は後をつけた。バッグに入れておいたナイフで彼の心臓を刺し、死んだのを確認してから立ち去った。

「その時やっとぼくたちをつけてきた理由がわかったんだよ」そう言って説明を終えた。

「どうして警察に言わなかったんだ？」

クリトンは肩をすくめた。もちろん彼のその行為は非難されるべきだ。ひとつの殺人を防げたかも知れない。あるいは少なくとも殺人犯逮捕に役立ったかもしれないのに、そうしなかった。なぜだともう一度訊いた。

「つまるところ、なぜ彼女がそうしたのか、ぼくには理解できるし、その行為はもっともだから。あいつは粗暴なヤツだった。飲んでは彼女を殴りつけていた。フォティスってのはひどいヤツだったんだよ」

クリトンは友人だ。信用している。そのことばを疑うことはできなかった。

## 月曜日

昼に《真実》紙のオフィスに行くと閉まっていた。他に行く当てもなく、学士院(アカデミアス)通りの方へぶらぶらと向かった。暑い日で、一片の雲が空を流れていた。クリトンの家に電話したが答えはなく、携帯は通話中だった。ゲーテ・インスティトゥートに入り、一階に座ってコーヒーを飲んだ。考えることはどっさりあった。わたしがいるのは犯罪現場だ。ここでエルヴィラがフォティスの胸を突き刺した。

しかし、彼女はなぜクリトンのバルコニーから落ちたのか？　自殺か、それとも事故か？　警察がクリトンを疑っているのなら何か理由があるのだろう。わたしが考えてみても様々な可能性があった。

正直に言っておこう。アテネは非情な町だ。非情な人間が集まっている。思いを巡らせていると携帯が鳴った。クリトンだった。新聞社に寄ったが閉まっているので、家に帰ったらしい。

「来てくれないか」頼んできた。「話したいんだ」

インスティトゥートを後にし、再びアスクレピオス通りの家を訪れた。居間に座ると、クリトンはウイスキーのボトルとグラスを二つ持って来た。まず自分から飲み出し、わたしも続いた。フォティスとエルヴィラのことを話し合った。二人の関係は情念に取り憑かれ、野蛮でまったくもって異常だったらしい。しかし、二人ともつかの間の裏切りを止めることができなかった。

「エルヴィラは嫉妬（しっと）深かった」

嫉妬からフォティスを殺した。彼の家の前でクセニアが出てくるのを見たとき、裏切られたと感じたのだ。すぐに家に入って修羅場となり、彼に殴られた。彼女は泣きわめいた。

「どうしてそこまで知ってるんだ？」

「彼女自身が話してくれた。フォティスもその通りだと言った」

「謎めいた女だ！」わたしは言った。

「幸せをつかむ間がなかった」クリトンは断言した。

「エルヴィラは幸せだったろう」わたしは言った。

このことばは噴飯ものだった。命の糸を突然切られた女を「幸せ」とは呼べないだろう。しかし自然は彼女に美貌を授けた。欲しいものは何でも容易に手に入った。この点から見れば「幸せ」だ。男たちとの戯れのルールを自分で決めておいて、遊び興じていたのだから。

「どんな風に落ちた？」すでに説明は聞いたはずなのに、突然わたしは訊ねた。

一瞬考えていた。少し酒を口にし、こちらを見て言った。

「押したやつがいる」

「誰だ？」

「クセニアだよ」

長年のジャーナリスト経験からいろいろなことを見聞きし、非情な精神が身についていた。何にも驚くことはない。それにウイスキーも飲んでいた。エルヴィラを死に追いやったのはクセニアの手だった。自分の男たちを奪おうとする危険な女と見たのだろう。

「どうして今頃それを言うんだ？」わたしは訊ねた。

「君は友だちだから。知っといたほうがいい」

「昨日はここで違う話をしたね」

「真実はむずかしい代物だ。ぼくは言うことができなかった。そんな精神状態じゃなかったんだ」

わたしは何も言わなかった。他の質問をする気分ではなかった。わたしに嘘をついたのなら、それは彼自身の問題だ。すっかり混乱しきって、わたしはその場を去った。いくつかの疑問は解かれないままだ。クセニアとクリトンが共謀してエルヴィラを殺したのかもしれない。バルコニーから投げ落としたのは、クリトン一人でか、あるいは二人が協力してなのか？　クセニアは夫を失うのを恐れたのだろう、とわたしは思った。ノタラスはエルヴィラの恋人だったのだから。クリトンは潔癖な男だと思っていたが、果たしてそうなのだろうか？　この犯罪から何を得たのか？　わたしにはわからない。

わたしは密告屋ではない。殺人犯の処罰を手助けするのにふさわしい人間とも思わない。前にも言ったが、クリトンには恩義があった。打ち明けられた秘密を公にしようなどというつもりはない。そうすればエルヴィラが生き返るわけでもないし。

警察には勝手に有罪の証拠を探させておけばいい。

夜ベッドで寝つけなかった。目を閉じるとフォティスとエルヴィラの血塗れの死体が浮かんできた。神の正義と人の正義のことを考えた。警察がどうあがいたところですべての犯罪を解決するわけにはいかない。法の網の目をうまく逃れる者はいるのだ。

## 火曜日

警察はゲーテ・インスティトゥートのカメラに撮影されたビデオを見て、エルヴィラが金髪のカツラとサングラスで入ってくるのを確認した。クリトンは再び証言に呼ばれたが、それが彼女であるとは明かさなかった。フォティス・ロドプロスとエルヴィラ・マローラ殺害事件は世間に激震を起こしはしなかった。自堕落(じだらく)な人間が二人、姿を消したというだけのことだ。ある者は喜び、ある者は悲しんだ。件(くだん)の新聞が出版されることはなかった。ノタラスは手を引き、投資は暗礁に乗り上げた。その金はギリシャではなく他の場所で使われるのだろう。彼は海外(オフショア)の会社とスイス銀行の口座を持っているのだ。傍らではクセニアが冥府の番犬(ケルベロス)さながらに控え、他の女を寄せ付けないよう目を光らせることだろう。

フォティスの死はすぐに忘れたが、エルヴィラの死はわたしの心を震撼(しんかん)させた。彼女には恐ろしいまでに幻惑されていたのだから。しかし、この寂しさもやがて乗り越えられ、わたしの身体(からだ)にも心にも傷跡を何ひとつ残すことはないだろう。

# 解説

橘　孝司

ギリシャ・ミステリと聞いて読者は何を想像されるだろうか？　ソフォクレスの『オイディプス王』？　確かに世界文学に名をとどめるこの悲劇は、オイディプスの正体を巡ってサスペンスあふれるストーリーが展開し、クライマックスの破滅へと突き進む。この点でたっぷりとミステリ要素を含んでいる。

しかし、ソフォクレスから二千年以上を経た現代のギリシャにミステリ作品はないのだろうか？

その答えの一つとして、本書をお届けしたい。ここに収録されているのは現代ギリシャを代表するミステリ作家十五人の力のこもった短編である。アンソロジーなので、ミステリ・シーンの現在の広がりが俯瞰できるのではないかと思う。

## 本書について

この本の出版事情は少し変わっているのでひとこと触れておきたい。

本書にも作品を提供している作家ヴァシリス・ダネリスはコンスタンチヌポリ（ギリシャ人はイスタンブールを今もこう呼ぶ）でギリシャ語を教えるかたわら作品を発表しているが、隣国トルコにギリシャ・ミステリの情報が伝わっていないことを残念に思い、書下ろし短編アンソロジーを編んでトルコで出版しようと思い立った。ギリシャの代表的なミステリ作家たちに声をかけたところ、十一編の短編が集まった（二〇一七年頃、フェイスブックを通じてダネリス氏と知り合った筆者は原稿ファイルを読ませてもらい、ギリシャ・ミステリが一望できるこういうアンソロジーの日本語訳が出せればいいのになあと思っていた）。その後十一作品はトルコ語に訳され、二〇一八年にイスタンブールのイストス社から『グリーク・ノワール』（*Yunankarası*）として出版された。

これが好評をもって受け入れられ、二〇一九年にはギリシャ本国のカスタニオティス出版社がもともとのギリシャ語作品を出すことになる。その際、大物作家四人の作品がつけ加えられ、全十五作品収録の大サービス版に拡大された（ただし作家の一人が作品を差し替えている）。しかも、同社の人気ミステリ・アンソロジー《ギリシャの犯罪》（*Ελληνικά εγκλήματα*）シリーズに五巻目として組み込まれた（この重要なシリーズについては、後述の「ギリシャ・ミステリ小史」参照）。

この『ギリシャの犯罪5』を日本語訳したものが本書である。

というわけで、本書はトルコ語翻訳版、ギリシャ語オリジナル拡大版に続く、三番目の出版物であり、翻訳としては二番目ということになる。

## 作家と作品紹介

収録順にしたがい、十五人の作家と作品について簡単に紹介していきたい。

**【以下では作品の趣向やトリックに触れている部分がありますので、作品読後にお読みください】**

①アンドレアス・アポストリディス「町を覆う恐怖と罪――セルヴェサキス事件」

Ανδρέας Αποστολίδης, *Τρόμος και ενοχές πάνω από την πόλη : Υπόθεση Σελβεσάκη*

先に挙げた『ギリシャの犯罪』の第一巻から第四巻まですべてに作品を寄せた作家が六人いる。この六人はこれまでギリシャ・ミステリを牽引(けんいん)してきた大御所たちでもある。勝手ながら筆者は敬意をこめて《ギリシャ・ミステリ六歌仙》と命名したい。アポストリディスはこの《六歌仙》のひとりである。

一九五三年アテネ生まれ。もともとは映像プロデューサー、翻訳が本業である（ギリシャで小説一本でやっていくのはなかなか難しい）。たとえば、タンザニア・マサイ族の国立公園からの強制退去を扱ったドキュメンタリー映画「人のいない場所」（二〇〇九年）は海外の批評家賞も受賞し、高く評価されている。

翻訳では、ハメット、チャンドラー、ジェイムズ・エルロイ、ジェローム・チャーリンなど七十冊を超える欧米作品を手がけている。特にパトリシア・ハイスミスがお気に入りのようで、『見知らぬ乗客』、『ヴェネツィアで消えた男』やリプリー・シリーズ五作をすべて翻訳し、自身も贋作（がんさく）「劇場のリプリー」を書いている。

ミステリ作家としては一九九五年の中編「負けゲーム」でデビューした。アテネ中心のマンションでの縊死（いし）をめぐるクリスティー風のフーダニット・パズラーであるが、一九六七年に始まる軍事政権を時代背景とし、軍部の大物が重要な役割を演じるなど、社会への視線は鋭い。

その後『メトロの幽霊』（一九九六年）、『ペンション《アポロン》の犯罪』（二〇〇〇年）などを経て、傑作『ロボトミー』（二〇〇二年）を発表する。

人呼んで（これも筆者が勝手に呼んでいるだけだが）《リアリズムの極北》。

この代表作はストーリーが複雑すぎてあらすじを書くのも簡単ではないのだが、新任のギリシャ警察長官が組織犯罪対策強化と警察内部改革を目指し、マフィアと深くつながった古参の警察上層部を抑え込もうとするところから話が始まる。新設の《内務課》に配属された若きエースの警部はまずは医療機器の強奪事件を捜査するのだが、ここからアテネのマフィア界の勢力交代と抗争、その資金源となる石油密輸、大規模な保険会社の交通事故詐欺などの凶悪な犯罪が次々に絡んできて、先の見えない社会の闇が広がっていく。長官と警部の最終目標はおろか、目前の事件が解決するのかどうかさえおぼつかない。善悪の境界は消えかかり、読者の共感できるような人間もほとんど現れない。作家は複雑怪奇な犯罪の網の目を執拗(しつよう)に追っていく。

短編も多く、『警察物語五十年』（一九九八年）、『お前はパパドプロス！』（二〇〇九年）などにまとめられているが、「ギリシャ語翻訳」なるおもしろい趣向の短編作品もある。読者のご想像通り、コナン・ドイル「ギリシャ語通訳」のパスティーシュで、独立戦争直後の新生ギリシャ王国で企てられる犯罪（ドイル作品の登場人物につながるもの）をホームズ自身が語る。

二〇一〇年創設の《ギリシャ・ミステリ作家クラブ》の初代会長を務めたが、その看板はだてではなく、作品執筆以外にもミステリ研究分野で大きく貢献している。欧米ミステリも射程に入れた『ミステリ小説名鑑』（二〇〇九年）や《ギリシャ・ミステリの父》とされる作家の研究書『ヤニス・マリスの世界』（二〇一二年）を上梓(じょうし)し、新聞連載だけで埋もれていたマリス作品を数十年ぶりに次々と監修して刊行、さらに、二十世紀初めに雑誌連載されたままだったギリシャ初のミステリを発掘して二〇一三年に出版している。

「町を覆う恐怖と罪――セルヴェサキス事件――」は社会・政治事件の闇の奥底まで読者を引き摺(ず)り込むこの作家の特色が出ている。語り手は国家情報局の捜査官（？）らしい。以前から反体制的な傾向のあった翻訳家に接近していくが、意味ありげな暗示が重ねられるだけで真相ははっきり語られない。翻訳家が旧ユーゴで何をしていたのか、なぜ殺されたのか？そもそも題名の人物名が記録から削除された（作品中で言及されるのは数回だけ）とあっては、読者が行間から推測するしかない。翻訳した『ギリシャの犯罪5』版ではトルコ語版『グリーク・ノワール』にかなり加筆され、語り手が実はセルヴェサキスの同僚で翻訳家にわざと接近することや、クライナ以前に翻訳家とモスタルの墓地で出会っていたことなどが加えられている。「考古学博物館」での爆撃機の三日月の徽章はもともと日章旗だったが、この入れ替えが何を意味するのかはよくわからない。

なお、『ギリシャの犯罪5』では題名はただ「セルヴェサキス事件」であるが、『グリーク・ノワール』の題名のほうが魅力的と思われるので、そちらを採用した。

**②ネオクリス・ガラノプロス「ギリシャ・ミステリ文学の将来」**
*Νεοκλής Γαλανόπουλος, Το μέλλον της ελληνικής αστυνομικής λογοτεχνίας*

ジョン・ディクスン・カー『三つの棺』『ユダの窓』のギリシャ語訳を出していることからも明らかなように、この作家を形容するなら《ギリシャ・ミステリ随一のトリック派》となろう。

一九七二年アテネ生まれで、本業は弁護士という変わりダネ。《ギリシャ・ミステリ作家クラブ》第五代会長を務めた。

ミステリ・デビューは長編作品『ヨルゴス・ダルシノスの改版』(二〇〇七年)。いかにもミステリ好きらしく、凝った仕掛けが施されている。殺害されたミステリ作家をめぐり、心理派、社会派、ハードボイルドといった異なるミステリ・サブジャンルの作家たちが容疑者としてゾロゾロ登場、数段構えのどんでん返しで楽しませてくれる。被害者は遺稿の中で容疑者たちを告発しているが、日記の体裁ながら新作ミステリのようでもあり、どこまでが現実なのかはっきりしない。しかも合間に作家の短編作やプロットのメモが挟まれており、キラキラ光るミステリのおもちゃ箱のような作品。

長編には他に『どこにもない死』（二〇〇九年）、『家族の犯罪』（二〇一一年）がある。最新作『理想の探偵』（二〇一八年）は十九世紀ロンドンが舞台のホームズ・パスティーシュであり、グローサー街二二一番地Bに住むシャーウィン・ホップズがカー風の不可能犯罪に立ち向かう。ただ雰囲気を再現した贋作（がんさく）というのではなく、ある登場人物に生じる心の変調の原因、あるいは罪と罰、社会正義をめぐる対話はすさまじい迫力があり、弁護士である作者の信条が込められているように感じる。

「ギリシャ・ミステリ文学の将来」は二つの短編が挿入された構成で、トリックは古色蒼然（こしょくそうぜん）たるネタだが、取り扱いがひねってある。リアリズムを称揚するくせに、若手のトリック作品を失敬する大家への諷刺（ふうし）が効いている。作家自身の古典派へのこだわりを宣言するかのような作品。

**③ティティナ・ダネリ「最後のボタン」**

Τιτίνα Δανέλλη, *Το τελευταίο κουμπί*

《ギリシャ・ミステリ六歌仙》のひとり。《ギリシャ・ミステリ作家クラブ》第二代会長を務めた。

一九四三年アテネ生まれ。もともとイタリア文学を学んでいた人で、一九七一年に普通小説『成功せしもの』でデビューした。その後普通小説を三作発表し、一九九五年に戯曲作品でギリシャ文化省の国家戯曲賞を受賞している。二〇二一年に亡くなった。

ミステリ・デビューは、他の男性作家との合作という珍しい方式の『一プラス一はお好きなだけ』（一九八一年）である。その後も男女合作の二作品を発表している。

単独でのミステリ・デビューは『クレオパトラの嘆き』（二〇〇〇年）。すでに自身の視点や文体を持ったベテラン作家が三十年目にして発表したミステリということになる。以下、『判事ゲーム』（二〇〇二年）、『第四の女』（二〇〇四年）と長編が続く。これらの作品ではアッティカ警察本部長官ヴラホスがシリーズキャラとして活躍する。ヴラホスは階級は中将という大物だが、少年のような細やかな感受性を持っており、その目を通して事件の関係者たちの心理が浮き彫りにされていく。読者が共感できる度合いは異なるが、無視できる人物は一人もいない。作者が目指しているのは、まさにある章のタイトルにもなっている《心理の検死解剖》。真犯人は主要人物の中にいるはずなのだが、（叙述トリックというのではなく）フーダニットに踏みとどまれるギリギリのところまで心理を解剖しようとする。

「最後のボタン」はダネリの最後の作品である。背景となる六〇年代の不良集団《テディ・ボーイズ》やケネディー夫人のヘアスタイルといった若者文化が素描されている。また、作中に出てくるパパンドレウ首相辞任はその後相次ぐ短命政権を経て、数年後に軍事クーデターにつながっていく。

しかしながら、こういった社会・政治的背景の描写を超えて、人間の心理に向かう執念はこの短編でも尽きることがなく、秘密を明かそうとしない目撃証人の少年や、夫人と出会った際の弁護士の心の動きが語られる。いちばん印象的なのは理想家肌で世間知らずの若手警官の空回りだろう。

**④ヴァシリス・ダネリス「バン・バン！」**

*Βασίλης Δανέλλης, «Μπανγκ μπανγκ!»*

本アンソロジーのもととなったトルコ語版『グリーク・ノワール』を企画編集したのがこのダネリスである。

一九八二年アテネ生まれの若手作家。英国留学の後、ジャーナリストとして各種の新聞、雑誌に寄稿するかたわら、二〇〇九年に短編「街が牙をむくとき」でデビューした。アテネで起きた異なるタイプの三つの事件を通じて都市の街角に潜む危険を浮かび上がらせている。最初の長編は『黒いビール』（二〇一一年）。ある事情から路上のミュージシャンとして生きる主人公が、殺害された知り合いの大道芸人を人並みに埋葬してやろうと、アテネの街角を駆け回る。正義感を振りかざすのではなく、死の直前におごってもらった一杯の黒ビールへの返礼、というささやかな理由を筆力によって読者に納得させる。

さらに、『アスフォディルの園』（二〇一四年）、『列車の男』（二〇一六年）と続き、二〇一七年に最新作『死の時間』を出している。『列車の男』は不思議な味わいのある作品で、駅で起きた二つの死（転落死と心臓マヒ）という単純な謎が提示され、五人の目撃者の証言の食い違いを新聞記者が調査する。ただし、証言を組み合わせると一つの全体像が出来上がるクリスティー風のパズルではなく、バークリー式のにぎやかな推理合戦でもない。証人たちが自身の心情や希望を目撃した状況にはめこもうとして、記憶を再編集しているのではないか、と新聞記者は疑いを持つ。当然、真実の実在性や客観性への不信につながっていく。

ダネリスの作品を《実存的ミステリ》と呼ぶ評論家もいる。たしかに犯罪は起きているのだが、純文学に近づいている。

二〇二一年からは《ギリシャ・ミステリ作家クラブ》六代目の会長を務めている。ダネリスの好きなことばに「外向きの（エクソストレフィス）」というのがあり、いまや盛況となったギリシャ・ミステリをもっと広く内外に紹介しようという強い思いを抱いている。この志向は、『グリーク・ノワール』や『バルカン・ノワール』の編集に結実している。『バルカン・ノワール』（二〇一八年）はバルカン七か国を代表するミステリ作家二十一人の短編をギリシャ語に訳するというユニークな試みであり、各国のミステリ小史も付されている。

「バン・バン！」は作者のこだわるノワールもの。ナンシー・シナトラの同名曲の流れるバーで幕を開け、女性視点での恋愛への傾斜と絶望を追っていく。人名・地名がまったく現れず、人物の心理に特化した作品。ダネリス作品では幸せな結末を迎える主人公が少ない。作家の人生観の現われだろうか。

### ⑤サノス・ドラグミス「死せる時」

*Θάνος Δραγούμης, Νεκροί χρόνοι*

本名ソドリス・パパセオドル。一九六五年トルコに隣接したエヴロス県に生まれる。小学校教師を務め、後ジャーナリストになるが、二〇〇二年以降執筆業に専念する。現在までに二十作を超える長編と児童書七作を著わし精力的に活動している。本名での作品以外にも、並行してサノス・ドラグミスのペンネームでミステリ作品も手がけ、『サロニカの虐殺』(二〇一一年)、『黒い夜明け』(二〇一三年)、『高潔な詐欺師たち』(二〇一七年)の三つの長編を出している。『サロニカの虐殺』は第二次大戦中ドイツ占領下のテサロニキで起きた殺人をギリシャ人警察官が追うスリラー作品。占領軍と占領される市民が単純な善悪二元論で対立するのではなく、親独の大学人や宗教界が市民を管理する一方で、ギリシャ人レジスタンスとドイツ軍に協力するギリシャ民兵が大っぴらに殺し合い、闇市はギリシャ人マフィアに仕切られている戦時下の複雑な状況が展開する。『黒い夜明け』では極右派の抬頭(たいとう)、『高潔な詐欺師たち』は政治犯罪がテーマの非情な犯行が描かれる。

本名の作品のほうにも、著名な詩人がモチーフに使われる『カヴァフィスの殺人』(二〇一二年)という面白そうな作品がある。

「死せる時」はサイコパスの探偵が一人称で語るホラー調の作品。残酷シーンはドラグミス作品によく現れるようで、ある評者はパパセオドル作品と並べて、《ジキルとハイドの作家》と呼んでいる。しかし、ただどぎつい描写があるだけではなく、アテネの名物になってしまったというデモ隊と警官隊との暴力的な衝突やSNSの負の面などギリシャのリアルな社会問題が書き込まれている。

**⑥アシナ・カクリ「善良な人間」**

*Αθηνά Κακούρη, Ένα καλό ανθρωπάκι*

《ギリシャ・ミステリ六歌仙》で、ティティナ・ダネリと並ぶもう一人の小野小町（おののこまち）。本アンソロジー中もっとも早くから執筆している大御所である。一九二八年ペロポネソス半島のパトラに生まれた。

一九五〇年代末から敬愛するアガサ・クリスティー風の短編を雑誌「郵便夫」などに書き始めた。いまだミステリ小説に対して偏見のある時代で、掲載されるまでずいぶんと苦労したらしい。《現代ギリシャ・ミステリの父》ヤニス・マリスとも交流があり、微笑（ほほえ）ましいエピソードをエッセイに綴（つづ）っている。

事件のタイプに応じて、凶悪事件を扱う本職のゲラキス警部、日常の謎に首を突っ込むトゥーラ夫人（《ギリシャのミス・マープル》）、ユーモラスな国際警察官ダポンテスの三人の探偵を使い分けている。長編は『幽霊狩人』（一九七四年）一作きりで、短編が専門。今でも『流行の犯罪』（二〇〇〇年）、『悪魔の園』（二〇〇一年）、『切られた首』（二〇〇一年）の新編集版で代表短編作が読める。謎の解明が中心のフーダニットものが多いが、登場人物たちに対する作者のコメントがなかなか辛辣である。恐ろしいほどの執念を持って目的に邁進する高齢者が作品によく登場する。

すでに七〇年あたりから普通小説・歴史小説にも手を広げ、ペロポネソス半島の特産品干しブドウの運搬船の物語『プリマロリア』（一九九八年）やバルカン戦争に従軍した女性を主人公とする長編『セクリ』（二〇〇五年）によって《ニキフォロス・ヴレタコス賞》、《アテネ学士院ペトロス・ハリス財団散文賞》などの文学賞を受賞している。最近も第一次世界大戦参戦をめぐる国王と首相の対立を扱う『二人のベータ』（二〇一六年）や十九世紀初めのギリシャ独立戦争を描く『一八二一年、終わらざる始まり』（二〇一三年）など、資料を渉猟して書き上げた力作を発表し続けている。《ギリシャのクリスティー》と筆者は勝手に呼んでいるが、単なるレッテルであり、ミステリに納まりきらない幅広い執筆活躍をしている作家である。

「善良な人間」はゲラキス警部のようなシリーズ・キャラは登場せず、凡庸な一市民が主役である。地中海性気候のギリシャでは山火事が夏に多発し環境破壊問題となっているが、強引な違法宅地開発やそこに群がる巨大な利権を絡めて、ミステリ風に仕立てている。同じテーマはアポストリディスも短編作品に仕立て、複雑なこの組織犯罪のメカニズムを曝いているが、カクリ作品ではむしろ個人の心に焦点があり、冒頭で描かれた正義感や優しさが過激に変貌し、犯罪に行き着く不気味な姿が読みどころとなっている。

**⑦コスタス・Th・カルフォプロス「さよなら、スーラ。または美しき始まりは殺しで終わる」**

Κώστας Θ. Καλφόπουλος, *Γεια σου, Σούλα ή Ό,τι αρχίζει ωραίο τελειώνει με φόνο*

アテネ南の港町ピレアスの生まれ。独ハンブルク大学で社会学を専攻し、一九六六年からジャーナリズムと編集に従事、新聞「カシメリニ」紙などに文芸記事を多数投稿している。社会学関連の著作が多いが、ミステリ作品としては中編の「カフェ・ルカーチ――ブダペスト・ノワール」(二〇〇八年)と「奇妙な夏」(二〇一一年)、短編集『一コマ一コマ』(二〇一三年)がある。

作品執筆以外にも編集面で活躍しており、十八人の作家・評論家が《ギリシャ・ミステリの父》に捧げる評論・エッセイ集『ヤニス・マリスのための十八章』(二〇一六年)、マリスが創造した主人公探偵へのオマージュ短編集『ベカス警部の帰還』(二〇一二年)、短編八作のドイツ語訳アンソロジー『ヘラス・ノワール』(二〇一九年、自身の「さよなら、スーラ」も含む)を編纂している。

ピンボールをこよなく愛しているそうで、そのエッセイや評論も書いている。

「さよなら、スーラ」は六〇年代が舞台のストレートなノワールもの。流行歌手、俳優、スポーツなど当時の風俗が盛り込まれている。純情な男が色仕掛けで転落していく心の動きは時代を超えてもそう変わらない。警察に罪を告白したにもかかわらず、あまりに物語めいていて信じてもらえないという皮肉で終わる。

### ⑧イエロニモス・リカリス「無益な殺人未遂への想像上の反響」

Ιερώνυμος Λύκαρης, *Η φανταστική αντανάκλαση μιας αχρείαστης απόπειρας φόνου*

本書に登場するうちでもっとも異色の作家がこの人である。

一九五三年アテネ生まれ。反軍事政権活動にかかわり、オーストラリアへ亡命、十五年間在住。様々な職業を経験したというが、これ以外の情報は不明で、本にもネットにも顔写真すら載っていない。

ミステリ・デビューは『ギリシャの犯罪2』（二〇〇八年）所収の短編「親友への慈悲」。長編は『クズたちのロマンス』（二〇一一年）、『黒いボンボン』（二〇一三年）、さらに『嫉妬は刃物』（二〇一四年）に始まる《七つの大罪》シリーズを発表している。

摩訶不思議な「無益な殺人未遂への想像上の反響」には少々説明が必要である。作者リカリスが右記短編でデビューできたのは（実在の）編集者アンデオス・フリソストミディスの強い推薦によるものであり、フリソストミディスの序文というのも実際に『ギリシャの犯罪4』冒頭に付されている。収録作をめぐって出版社社長と激論になり、嵩じて殺害、南米へ逃亡というブラック・ユーモアたっぷりのミニ・ノワール風序文なのだが、リカリスはその設定をそのまま借用し、さらにひねりながら生まれたのが本短編である。

実は『ギリシャの犯罪』を第四巻まで編集してきたフリソストミディスは二〇一五年に亡

くなっており、第五巻（つまり本アンソロジー）は彼に捧げられている。トルコ語版『グリーク・ノワール』所収の十一作品中、十作品はそのまま『ギリシャの犯罪5』にも収められたが、唯一リカリスの「まあ、なんという日」（独首相来訪で厳戒態勢下のアテネで起きた麻薬犯罪）だけは、本短編に差し替えられた。デビューにあたって名物編集者に大きな恩義を負っていたリカリスは、作家ならではの独特なやり方で追悼を表したということだろう。

しかし、ただの内幕話ではなくて、リカリスの作風がよく出ている。《七つの大罪》シリーズでは、《嫉妬》《貪欲》といった罪を体現する人物が語る奇怪な犯罪を、主人公が吟味しながら嘘(うそ)や虚飾を暴いていくという構成になっているが、本短編でも同じフォーマットが用いられている。執拗に語られるグルメの品々や主役が最後に抱く嫌悪感から見ると、隠れたテーマは《貪食》なのかもしれない。

### ⑨ペトロス・マルカリス「三人の騎士」

Πέτρος Μάρκαρης, *Οι Τρεις Καμπαλέρος*

《現代ギリシャ・ミステリ六歌仙》の中でもっとも知名度があり、国外にも知られた作家。数か国語に翻訳されている。

コンスタンチヌポリ出身で、一九六五年に劇作家としてデビューした。日本でも公開されたテオ・アンゲロプロス監督の映画『こうのとり、たちずさんで』『ユリシーズの瞳』『エレニの旅』などの脚本でも知られる。翻訳家（ドイツ語、トルコ語に堪能）として、ゲーテやブレヒトなども訳している。

作家生活三十年目に初めて手がけたミステリ長編『夜のニュース』(一九九五年)を手始めに、十冊を超すミステリ長編を発表。シリーズ・キャラとしてアッティカ警察本部殺人課のコスタス・ハリトス警部を登場させる。リアルな庶民派警官として造形されており、妻(これも典型的なギリシャ婦人である)との意地の張り合いや娘とのやりとり、そのボーイフレンドへの不信感など、ごく普通のギリシャ人家庭の様子が描き込まれる。一九九八年と二〇〇七年に二作品がテレビドラマ化されたこともあって、ハリトス警部の名は今やベカス警部とならぶギリシャのミステリ探偵の代名詞になっている。

『夜のニュース』は初めアルバニア不法移民による単純な痴情殺人だと思われていたのが、数件の殺人事件が続き、被害者の残した謎の旅程メモをめぐって、テレビ局、大手運送旅行社、一九八〇年代末以降の共産圏国家の崩壊、と事件の背景は国境を越えどんどん広がっていく。(海外での知名度とあわせて、《国境を越える作家》と呼ばせていただきたい)。

続く『ゾーン・ディフェンス』(一九九八年)、『チェは自殺した』(二〇〇三年)なども同様に現代のギリシャ社会をリアルにとらえた骨太の作品となっている。《経済危機三部作》の一作目『期限切れの負債』(二〇一〇年)は二〇一三年の第十一回《欧州ミステリ大賞(Prix du polar européen)》(仏週刊誌《Le Point》の主催)を受賞している。

「三人の騎士」はハリトス警部物ではないのだが、社会に目を向ける作家の作風がよく出ている。主役の三人組は半世紀前の流行歌の主人公に擬されており、寓話風にも見えるが、失業・ホームレス問題、オリンピックの負の財産という社会問題が盛り込まれている。ボディービルダーの理屈は一見奇妙に響くが、一人歩きできない自国への強烈な皮肉だろうか。読後感が悪くないのは、困難な境遇にもかかわらず友人のために命を張る主人公、誠実に支えてくれる警部、気のいい店主たちの存在である。同じ社会派でも、徹底的にリアルで感傷とは無縁のアポストリディス作品とは異なり、読者に何らかの希望を与えてくれる。

**⑩テフクロス・ミハイリディス「双子素数」**
Τεύκρος Μιχαηλίδης, *Δίδυμοι πρώτοι*

一九五四年アテネ生まれだが、一家はキプロスの出身。仏ピエール・エ・マリー・キュリー大学で数学の学位を取得した。一九八一年から中等教育機関で数学を教えており、中学生向けの本も出している。二〇〇六年にはフランス政府より《教育功労章シュヴァリエ》を授与された。

デビュー作はユニークな設定の『ピタゴラスの犯罪』（二〇〇六年）で、六か国語に翻訳されている。二十世紀初頭を舞台にした貧しい数学者の毒殺事件がテーマだが、留学先のパリやドイツの風俗や時代精神が活写されている。有名な数学者や芸術家たちが顔を見せ、バルカン戦争や福音書事件（王妃の肝いりで聖書が口語ギリシャ語訳されたため保守派の暴動が起きた）など激動の時代が描かれている。合間に挿入される古代のピタゴラス教団のシーンが事件とどうつながってくるのかが読みどころである。

経歴から《数学ミステリ派》とでも呼びたいところだが、友愛数や双子素数といった数学の概念が登場するものの、知識がないと話が理解できないわけではなく、ストーリーを象徴するモチーフ程度の扱いである。

『ピタゴラスの犯罪』からも感じられるが、数学に加えて歴史にも関心が深いようで、『球形の鏡、平面の殺人』（二〇一六年）や『大いなる教会での殺人』（二〇一九年）では十二世紀キプロスと七世紀ビザンツ帝国での犯罪を描いている。

ミハイリディスのシリーズキャラは短編「個人の裁き」（二〇〇八年）で登場した女性警察官オルガ・ペトロプルである。短編集『財政調整の犯罪』（二〇一五年）では七作すべての主役を務める。ボルヘスを愛し、周囲の男性警官の偏見とパワハラに悩みながらも、正義への信頼を捨てず謎を解決していく。この点では伝統的な女性ヒーローだが、しかし作品で扱われるのは極右派による不法移民へのリンチ、インターネット犯罪、機動隊警官による謀略、国際試験委員会の組織犯罪といったきわめて現代的な犯罪であり、権力者が罪を逃れて終わることも少なくない。結末でオルガはよく無力感に打ちひしがれた姿を見せる。

「双子素数」は本アンソロジーの中では比較的オーソドックスな警察ミステリ。ただし事件は警察によっては解決されず、単身で巨悪に立ち向かう被害者の兄の復讐（ふくしゅう）で終わる。サッカーチームのオーナーによる八百長強制とサッカーくじによる巨大利益という現代風の組織犯罪が事件の背景になっている。

## ⑪コスタス・ムズラキス「冷蔵庫」

*Κώστας Μουζουράκης, Ψυγείο*

一九七四年アテネに生まれ、ギリシャ中部のマグニシア県で育つ。アテネ技術教育研究所で古代遺物・芸術品保管学を学んでいる。

二〇一〇年長編ミステリ『蠍の中の蛇ども』でデビューした。アテネ市内で五人組が起こした銀行強盗、ギリシャ北部のピンドス山脈の森にすむ不思議な娘、シーヴァ（古代のテーバイ）にある怪しげなバー《蠍》、という三つのストーリーが交錯していき、最後に壮絶なアクションが爆発するノワールものである。二〇一六年には第二長編『悪しき紙』を発表している。短編としては二〇一一年『ギリシャの犯罪4』に「鉄筋コンクリート」を寄せている。『蠍の中の蛇ども』のある人物が再登場し、非合法の活動にまみれた大手悪徳企業をゆすろうとして逆に殺された友人のために、特殊部隊と対決する羽目になる。決闘の前夜に小さな島の木陰で過ごす静謐なひと時が印象に残る。

「冷蔵庫」は復讐ものに分類されるだろうか。被害者の老人が殺害の前になぜ膝を撃たれたのか、という謎を巡って、一九六七年から七年間続いた軍事独裁政権下での罪が暴かれ、さらに、その後も続く警察機構の秘密主義・密告や移民の問題も素描される。過去の罪を凍らせ隠しておく、しかし時に秘密が漏れ出し悲劇が起きる場所の比喩として、《冷蔵庫》が使われている。舞台は作者の育ったギリシャ中部の山だが、地名・人名がほとんど現れず、さらに全編過去形ではなく現在形で書かれているという、叙情的雰囲気に満ちた作品である。

⑫ヒルダ・パパディミトリウ「《ボス》の警護」
*Χίλντα Παπαδημητρίου, Ο φύλακας του Αφεντικού*

一九五七年アテネ南のカリセア地区の生まれ。ニール・ヤング、ボブ・ディランなどを聞いて育った。大学では法学を専攻する。二十代でレコード店をオープンしている。一九九四年以降は数多くの翻訳を手がけ、ミステリ関係だけでも、クリスティー、ハメット、チャンドラー、ロス・マクドナルド、ミネット・ウォルターズ、ジェイン・ハーパーなどを訳している。ちょっと意外だが、渡辺淳一「花埋み」や小川洋子「密やかな結晶」の訳が目を引く（ギリシャ語に翻訳された日本の文学作品はまだまだ少数である）。

ビートルズやザ・クラッシュに関する音楽評論を多数発表し、ZOO、Pop&Rock、Sonicなど欧州の音楽雑誌にも投稿している。作品中でも作者好みの音楽が言及されることが多く、《音楽ミステリ派》と呼んでおきたい。

ミステリ小説では、これまで『一握りのレコードのために』（二〇一四年）、『死の頻度』（二〇一六年）、『誰にも悪しき狙いあり』（二〇一八年）、『疑わしきは罰すべし』（二〇二一年）の長編四編を発表している。また、ギリシャでは珍しい（四作家による）合作リレーミステリ『黙示録』（二〇一八年）にも参加し、おどろおどろしい陰惨なストーリーを持ち前のユーモアで明るくしている。

デビュー作『一握りのレコードのために』でシリーズキャラ、ハリス・ニコロプロス警部が登場する。ビートルズとエラリー・クイーンを愛し、携帯の《イエロー・サブマリン》のメロディーで目覚める新しいタイプの探偵だが、母親には頭が上がらない。「名探偵を気取ったりしてないで早く家庭をお持ち！」とせっつかれている。

雪の積もるアテネでCDコレクター撲殺事件を追っていくが、コートを羽織って登場すると「クルーゾー警部か」と周囲にからかわれ、仕事にのらないと喫茶点に飛び込んでコカ・コーラ・ライトとハンバーガーをパクつくという頼りない主人公。このユーモアはハードなリアリズムの多いギリシャ・ミステリにあって貴重な味である。

「《ボス》の警護」も本アンソロジー中、随一の後味の良さだろう。ポップ音楽があふれ、少女にお咎（とが）めなしのラストといい、警護チームの若々しい団結力といい、ジュブナイルものを思わせる爽（さわ）やかさがある。ハリス警部は多少成長したらしく、以前より逞（たくま）しくなっている。

**⑬マルレナ・ポリトプル「死への願い」**

*Μαρλένα Πολιτοπούλου, Θανάσιμη ελπίδα*

一九五〇年アテネ生まれ。アテネ大学で政治学を学び、二〇年間新聞に文芸記事や映画評論を寄稿し、ラジオ放送にも関わってきた。一九九三年初めて中編小説「蜥蜴（とかげ）の響き」を発表し、以来『寄り添う恋人たち』（一九九七年）、『罪の家』（二〇〇二年）、『夏の追伸』（二〇〇三年）などの普通小説を著わしている。

ミステリ長編としては『マリオス氏の遅すぎた後悔』（一九九九年）がデビュー作で、アポストリディス、ダネリ、マルカリスらと同じく一九九〇年代から現れたミステリ第二世代に属する。その後、『十二の神、三つの殺人』（二〇〇五年）、『ポラロイドの記憶』（二〇〇九年）、『列車のペネロペ』（二〇一五年）の長編が続く。

これらの作品では、豪放で庶民派の犯罪研究課主任ヤジョグル、これに協力する芸術家肌の建築士パヴロス、繊細な女性精神科医イローのトリオがシリーズ・キャラとして活躍する。移民の流入で変わりゆく避暑地の様相、カジノに巣喰（すく）うマフィア、手抜き建築工事による甚大な被害など、現代社会の姿が克明に描かれているが、作家の志向は、いつの時代も変わらない人間の愛憎の闇をえぐり出す方向に向いていると感じる。

「死への願い」は謎・捜査・解決という、本アンソロジー中でもっともオーソドックスな警察ミステリで、警官たちが平凡な交通事故の裏に隠された犯罪を地道な調査で暴く。他の所収作品以上に二〇一〇年のギリシャ経済危機が黒い影を落とし、自分の身体（からだ）を危険にさらすところまで追い詰められた元エリートの悲劇が描かれる。最後のヤジョグルのことばには、控えめながら将来への希望が込められているのだろう。

⑭ヤニス・ランゴス「**死ぬまで愛す――ある愛の物語の一コマ――**」

Γιάννης Ράγκος, *Σ' αγαπώ μέχρι θανάτου* (*Στιγμιότυπα από μια ερωτική ιστορία*)

《ギリシャ・ミステリ作家クラブ》第三代会長を務めた人。

一九六六年アテネ生まれ。ジャーナリスト出身で現代史のレポートや旅行ガイドなども書いているが、二〇〇五年『胎児の姿勢』でミステリ・デビューした。フーダニットが骨格の作品だが、激化する公共事業の受注競争、行政への贈賄（ぞうわい）、違法賭博、同性愛者への偏見など、現代ミステリ的な動機を持つ容疑者がぞろぞろ登場し、第一作からすでに社会派の片鱗（へんりん）を見せている。

代表作は何といってもノンフィクション・ノベル『血が匂う』（二〇〇八年）。一九六九年軍事政権下にあるギリシャ全土を震撼（しんかん）させたシリアルキラー事件で、犯人はドイツ人青年二人組だった。二人の生い立ちから、犯行、目撃者証言、逮捕、裁判、処刑までを膨大な書類を渉猟して小説に仕立て、異様な緊迫と疾走感で描き切った傑作である。

短編には、不気味に胎動する極右勢力と陰湿な人種差別の中でレバノン系女性警官が活躍する「黒い肉」（二〇一一年）や、テロ組織による実業家誘拐事件にかこつけて成り上がろうとする野心家ジャーナリストを描く「エントロピー」（二〇一一年）、十九世紀前半に独立革命に揺れるペロポネソスの古都が舞台の歴史ミステリ「アナプリの犯罪」（二〇一四年）などがある。

他の活動も多岐にわたり、現実の事件をテレビドラマ化した《赤い輪》シリーズの脚本（二〇〇〇年—）、「エロトクリトス」、「沼の秘密」といった中世・現代ギリシャ文学傑作のコミック小説制作（二〇一六年、二〇一八年）、ギリシャ・ミステリの嚆矢（こうし）である『プシヒコの犯罪』新版監修（二〇〇六年）なども手がけている。

「死ぬまで愛す」はサブタイトル「ある愛の物語の一コマ」が示すように、男が犯罪を重ねながら恋人の許へ向かう一直線のノワールもの。余計な描写が一切そぎ取られ、主人公の焦燥感とストーリーの疾走感（この作家の持ち味）のみで作品が構成されている。

## ⑮フィリポス・フィリップ「ゲーテ・インスティトゥートの死」

*Φίλιππος Φιλίππου, Θάνατος στο Ινστιτούτο Γκαίτε*

五人目の《現代ギリシャ・ミステリ六歌仙》。

一九四八年ギリシャ西方のケルキラ島生まれで、航海無線士として働いた経歴がある。

本アンソロジー中では、アシナ・カクリに次いで早い時期から執筆しており、ミステリ・デビュー作は一九八七年の長編『死の輪』である。一九八〇年代はギリシャで刊行されるミステリ小説はごく少数であり、フィリップなどこの世代の作家の奮闘が九〇年代以降に重要な作家たちが次々とデビューする地固めをした。

続く長編として、『モナリザの微笑み』（一九八八年）、『黒い鷹』（一九九六年）、『さらば、テサロニキ』（一九九九年）、『女たちが愛した男』（二〇〇九年）などがある。警官ではなく、事件に巻き込まれた素人主人公が謎を追うのだが、周囲は一枚も二枚も上手の悪党ぞろいで、空回りが目立つことになる。初期作品にシリーズキャラとして登場する新聞記者レオンダリスは、『さらば、テサロニキ』の書名がほのめかすように、機会あるごとにフィリップ・マーロウを気取るが、腕力はからっきし、ろくに謎も解けずに駆け回っているだけで、パロディかとさえ思わせるところがある。

フィリップは文学への傾倒が強く、カヴァフィス、カザンザキス、エリティスといった実在の文学者を主人公にした普通小説も書いている。アンソロジーに収録された短編（「恋する女たち」「深く青い湖」「ヨーロッパをさまよう亡霊」など）や新聞雑誌の文芸評論は多数に上る。特筆すべきは二〇一八年の『ギリシャ・ミステリ文学史』。四百ページを超える力作で、ヤニス・マリスを中心とするギリシャ・ミステリ小説の流れを現実の社会的事件に絡めながら詳述している。作家たちを網羅し体系的に整理した研究書というわけではないが、このテーマを正面から扱う大部の本としては他に類書がなく、巻末のビブリオも重宝する。

フィリプ作品の中にはテレビ業界の裏側、幼児売買、国籍詐取といった社会の闇が織り込まれ、ストーリーを牽引する力になっている。しかしながら、この作家の一番の関心は、そういう闇の中で犯罪へと転がっていく男女の愛憎関係を執拗に描く点にある。「ゲーテ・インスティトゥートの死」にもこの特徴が凝縮されていて、あらすじだけで男女の多角関係に混乱しそうだが、多情な男女の間のこのぐちゃぐちゃ・どろどろ具合が持ち味である。名付けて《愛欲ひとすじ》。

レオンダリス氏は今作では経済危機のあおりで失業中。あいかわらず奔走している割には関係者の恋愛の輪に入れてもらえない姿が悲哀を誘う。

残念ながら、《六歌仙》の最後のペトロス・マルティニディスだけは本書（つまり『ギリシャの犯罪5』）に作品を寄せていない。テサロニキ大学建築学教授であり、この北の町を舞台にした作品で楽しませてくれると同時に、評論によってもミステリを価値ある文学として援護してきた重要な人物である。

## ギリシャ・ミステリ小史

ここからは、ギリシャ・ミステリの歴史をごくかいつまんで紹介してみたい。言うまでもなく、筆者が理解している範囲内での話に過ぎず、もれている作家もかなりいると思うが、大雑把であれひとつの俯瞰が提示できればと思う。まとめるにあたって、特にフィリポス・フィリプ『ギリシャ・ミステリ文学史』、ヤニス・ランゴス「アテネとミステリ文学――都市を暴きだすエックス線写真」(二〇一八年)、エリサベト・コジャ『ギリシャ散文一九七四―二〇一〇』(二〇二〇年) などを参考にさせてもらった。

なお、丸抜き番号は先の解説で触れた本書収録の作家十五人である。

ギリシャ・ミステリ文学の流れを考えようとするならば、まずは現代ギリシャ文学全般に目を向ける必要がある。ギリシャの文学は古代・中世・近代を通じて絶えることなく書きつがれているが、現代ギリシャ文学は十九世紀前半オスマン・トルコ帝国から独立を勝ち取った時期あたりから始まるとするのが一般的である。

ごく大まかに言って、十九世紀のギリシャ小説は前半が浪漫主義、後半はリアリズムの時代である。この後半期にはミステリ的趣向を含む小説が見られる。例えば、《近代ギリシャ短編小説の父》ゲオルギオス・ヴィジイノス（Γεώργιος Βιζυηνός、一八四九―一八九六）には「わが母の罪」や「誰が我が兄を殺したのか」（ともに一八八三年）がある。前者は事故からわが子を死なせてしまった母親の異常な行動を描く。後者は復讐と錯誤の殺人が入り組む事件を時間軸に沿ってではなく、真相が最後に明らかになるように構成している。庶民の生活を数多くの散文で綴った巨匠アレクサンドロス・パパディアマンディス（Αλέξανδρος Παπαδιαμάντης、一八五一―一九一一）の中編「女殺人者」（一九〇三年）では、社会に隷属する地位に幻滅し、異様な妄念から犯罪を続け、破滅に進む主人公が描かれる。

しかしながら、これらの作品は通常ミステリとはみなされない。普通文学の書き手たちが犯罪をモチーフに取り入れた例であって、謎の解明よりも罪と贖いの問題が眼目とされている。「わが母の罪」の題名に現れる語もἔγκλημα（crime）ではなく、αμάρτημα（sin）である。

今日最初のギリシャ・ミステリとされるのは、二十世紀初めに現れた、傾向の違う二つの作品である。以下ではこの二作品の時期を「揺籃期」とし、そこから現代までをごく大まかではあるが、次のような六つの時期に分けて、ギリシャ・ミステリの流れを概観していきたい。この区分はおおよそ前述のランゴスの論文に依っている。

## （1）二十世紀前半――揺籃期

（2）一九五〇―六〇年代――抬頭期
（3）一九七〇―八〇年代――停滞期
（4）一九九〇年代――復興期
（5）二〇〇〇年代――興隆期
（6）二〇一〇年代以降――現在

## （1）二十世紀前半――揺籃期

従来、ギリシャ・ミステリの嚆矢とされてきたのは、「新アテネ派」の純文学作家パヴロス・ニルヴァナス（Παύλος Νιρβάνας、一八六六―一九三七）による中編「プシヒコの犯罪」（一九二八年）である。「新アテネ派」というのは、ギリシャ文学史の中で、それまで擬古体による執筆が主流だった浪漫主義的な潮流に対して、二十世紀末に現れたリアリズム志向の文学者グループを指し、話しことばに基礎を置く平易なギリシャ語（ディモティキ）で詩や散文を綴ろうとした。最初は山村漁村の素朴な生活をリアルに描く短編に始まり、やがて都市の上流階級の風俗描写へ進み、さらには心理主義や社会主義の観点を取り込みながら、その方向も分岐していくことになる。

「プシヒコの犯罪」はアテネ郊外での殺人をめぐって、容疑者の逮捕、投獄、起訴、断罪、とミステリの常道を踏みながらストーリーが進んでいく。ただし、探偵が登場するわけでもなく、謎が論理的に解かれるわけでもない。作者の狙いは二十世紀初めの、ゴシップ談義に明け暮れる上流サロンから不気味で陰惨な獄舎まで様々な階層の人々の風俗を描写することにある。《ミステリのパロディ》と呼ぶ批評家もいる。

これに対して、二十世紀初めに雑誌「ヘラス」に連載された（一九一三年一二月―一四年三月）通俗スリラー作品が作家アポストリディス①によって発掘・出版され、なんと百年目にして再び注目を浴びることになった。『シャーロック・ホームズ、ヴェニゼロス氏を救う』（*Ο Σέρλοκ Χολμς σώζων τον κ. Βενιζέλον*）である。現在ではこれがギリシャ・ミステリの長編第一号と認められている。当時「ヘラス」誌はホームズ物の翻訳をいくつか載せており、作者名を伏せたこの作品も読者にはドイル新作の翻訳と受け取られたようである（実は雑誌発行者の手によるらしい）。当時リアルタイムで進行中だったバルカン戦争の講和会議のためにロンドンを訪れたギリシャ首相ヴェニゼロスを、敵方勢力から守ろうとベーカー街の高名な探偵が奮闘する。時代情勢を背景として採り入れてはいるが（そのため交戦国ブルガリアが敵役にされている）、テロリストを追ってホームズがロンドンの街を駆け回る楽しい読み物である。「唇の曲がった男」や「青い柘榴石」をパクっているのもご愛嬌。

一方は二十世紀初めのギリシャの風俗描写、他方はロンドンを舞台にした謎と冒険という風に、二つの作品はまったく別の方向を向いているので、ミステリ文学史上の先陣争いはあまり意味を持たない気がする。

この《揺籃期》にギリシャのミステリ読者人口を増やしたのは、第二次大戦前に現れキオスクや新聞雑誌取り扱い店で販売された廉価な週刊誌である。一九三五年に米パルプマガジン「ブラック・マスク」に範を取った「マスカ（仮面）」（Μάσκα）と英仏もの志向の「ミスティリオ（謎）」（Μυστήριο）が創刊された。犯罪、謎、冒険、恐怖などがテーマの大衆小説を翻訳掲載し、のちにはギリシャ人翻訳家自身の創作も載せたが、あくまでニューヨークやロンドンが舞台の《外国もの》だった。若者から絶大な人気を得たが、親からは有害図書のレッテルを貼られ、政治色とは無縁だったにもかかわらず、左派からも右派からも受け入れられなかった。数年後両誌は休刊となるが、戦後復刊され、特に「マスカ」は一九七四年まで長寿を保った。

一九三八年大手新聞「カシメリニ」紙にクリスティー風のエレニ・ヴラフ（Ελένη Βλάχου、一九一一—一九九五）「ペトロス・ヴェリニスの生活の秘密」が連載され（エレニは同紙社長の娘）、『プシヒコの犯罪』以来のミステリ長編となった。ただ残念ながら書籍化はされていない。

## （2）一九五〇～六〇年代——抬頭期

第二次大戦中ギリシャは枢軸国に占領されていた。これに対しレジスタンスは激しい抵抗を試みるが、左派右派に分かれ別々の勢力を形成し、大戦末期占領軍が去った後武力による内戦につながっていく。一九四九年に共産軍の敗北により内戦は終結したが、国土にはいまだ傷跡が残った。やがて北方の共産圏に対する西側の防波堤と位置づけるアメリカの経済援助により、アテネなどの都市部は復興繁栄へと進んで行く。しかし同時に、農村からの急激な人口移動が始まり住宅環境の劣化、インフラ整備の立ち遅れ、貧富差の拡大などの問題を抱えることになった。

表面的な都市の繁栄と享楽の時期に現れたのが、《ギリシャ・ミステリの父》ヤニス・マリス（Γιάννης Μαρής、一九一六―一九七九、本名ヤニス・ツィリモコス）である。記念すべきデビュー作は上流階級の象徴であるアテネ中心で起きた殺人事件『コロナキの犯罪』（一九五三年）。撲殺された芸術家をめぐって容疑者が続々登場し、ギリシャ人探偵が殺人鬼を追って読者に馴染み深い風景の中を疾走する。

この作品はまず、週刊誌「家族」に連載されたのち、アトランティス社により書籍化された。その後の作品も発行部数の多い新聞紙「アクロポリス」、「アポイェヴマティニ」などにまず連載されてから書籍化されるというプロセスをとり、一般読者に広く読まれる流行作家となった。マリスは「プロート」紙の編集長も務めながら通俗ミステリを書き続け（多い時には年間六作にものぼる）、生涯に六十作を超す作品を残した。一九五八年の『列車の男』に始まる作品の映画化も人気を後押しした（近年も二〇〇六年―二〇〇八年に二シーズンにわたってテレビシリーズ『ベカス警部の物語』が放映されている)。

マリスは占領下でＥＡＭ(ギリシャ民族解放戦線。共産党指揮下の抵抗組織)の出版部門で働いていたが、自作品の中では政治やイデオロギーを前面に出すことはなく、エンタメに徹している。犠牲者や容疑者となるのは『コロナキの犯罪』のような上流階級の富豪、起業家、あるいはこれに食い込もうとするジゴロやマフィアで、動機も古典的な金銭や愛憎にまつわるものである。注意してみれば、占領軍に協力した密告者や闇市で稼いだギリシャ人商人の過去なども描かれているのだが、正面に押し出されることはない。

マリス・ミステリの主人公ベカス警部はシムノンのメグレ警視をモデルに創られたらしい。物的証拠や帰納推理よりも、事件にかかわる人物たちの心理と人間関係から謎に迫っていく。小太りで太い口髭(くちひげ)、黒縁眼鏡(めがね)、暑くてもネクタイを外さない野暮(やぼ)な風体の普通のオジサンであり、難事件であろうと簡単にはあきらめない昔気質(かたぎ)の頑固者。妻と娘を愛するよき家庭人である(ただし、後の作家のように家庭の様子は詳細には描かれない)。退職した後も娘の嫁資を稼ごうと私立探偵になり、『私的な事件』(一九六四年)や『恐怖の夏』(一九七一年)では息を切らせながらも、若いチンピラと渡り合っている。間違ってもホメロスを引用したりはせず、徹底して庶民派である。

新聞連載ということもあって、マリスのミステリはとにかく読者サービスを第一にしている。謎、サスペンス、アクションを駆使し、連載の三か月間読者を引っ張り続ける。テーマも様々で、密室殺人の『楽屋の犯罪』(一九五四年)、ギリシャらしい古代遺物密売の『めまい』(一九六一年)、ミッシング・リンク物の傑作『十三番目の乗客』(一九六二年)、ナチスに奪われたユダヤ人の財宝探し『アフロディテの手』(一九六三年)、ベカスが出ないノンシリーズでも、十九世紀が舞台の歴史ミステリ『九時四十五分の列車』(一九六〇年)、第二次大戦中のスパイ・スリラー『虹作戦』(一九六六年)、大戦直前の独裁政権下のスリラー『ジョン・アヴラキオティスの失踪』(一九七六年)、デルフィ博物館の強盗計画『ピュティアの微笑』(一九七一年)などあの手この手のエンタメ題材が並ぶ。書名は挙げられないが叙述トリック作まである。

マリスのミステリは商業上成功したにもかかわらず、通俗作品ゆえに生前文学批評家から評価されることはなかった。しかし、後のミステリ作家たちに与えた影響は絶大で、マルカリス⑨は「マリスこそ《ギリシャ・ミステリの父》だよ」と言い、フィリプ⑮は「われわれは皆マリスの子供だ」と述懐する。

実はマリス作品には一つだけ日本語訳が存在する。ヤンニス・チリモコス著、津西屋茂介(つにしやもすけ)訳『四つの物語――新ギリシャ風土記』(二〇〇七年、講談社出版サービスセンター)であり、四つの中短編を収録したマリス『四重奏』をギリシャ語から直接訳したものである。著作権の関係等で作者の本名で出版されたらしい。訳者は第一回ギリシャ国費留学生であり、生前ギリシャ文学の研究、翻訳、紹介に尽力された鈴木敦也(すずきあつや)氏のペンネームである。

マリスの同時代のライバル作家はフリストス・ヘロプロス、ニコス・マラキス、アンドロニコス・マルカキスなど少なくはないのだが、今日でも読まれている重要な作家として二人の名を挙げなければならない。

まず、右で触れた「マスカ」誌の熱烈な読者から出発したジミー・コリニス（Τζίμυ Κορίνης, 一九三七―）がいる。一九五五年に英作家ピーター・チェイニーの創造したレミー・コーションの翻訳でデビューし、おびただしい数のスリラーを訳した。ライバル紙の「ミスティリオ」やほかの総合雑誌にも寄稿している。一九六三年からは「マスカ」編集長を十年間務め、通俗スリラー以外にもエラリー・クイーンやレックス・スタウトの作品を採用するなど編集改革を行った。「マスカ」が一九七四年廃刊となってからも自身の名を冠した雑誌を創刊し、今日でも健筆を振るっている。自作としても『マケドニアの嵐』（一九八五年）、『死とのたわむれ』（一九九〇年）、『フェニックスの時』（二〇一四年）などの長編やハードボイルド愛あふれる評論『パルプ・フィクション』（二〇一八年）などを発表している。

もう一人はギリシャ初の女性ミステリ作家アシナ・カクリ⑥である。五〇年代終わりから六〇年代にかけてクリスティー風の謎解き短編を週刊誌「郵便夫」に発表した。今日でも『流行の犯罪』などの新版短編集で主要作を読むことができる。広範囲の読者にアピールするように新聞連載していたマリスとは対照的に、カクリは外国ミステリの愛好家に向けて、トリックを仕込んだ巧みなストーリーテリングの短編を提供した。

マリス、コリニス、カクリに代表されるこの《擡頭期》はギリシャ・ミステリの第一世代と言える。

## （3）一九七〇―八〇年代――停滞期

ギリシャ現代史の歩みは平坦ではない。一九六〇年代半ばの政治の不安定は一九六七年―七四年の軍事独裁制につながり、その失政はトルコ軍のキプロス侵攻を引き起こして、社会全体が苦難の時期を迎える。都市の環境汚染や交通問題が深刻化し、人々は郊外に快適な住まいを求めるようになる。現実社会の犯罪も変質し、金銭や愛憎が動機である伝統的なものから、過激なテロリズム、サイコパスの犯罪、組織犯罪などが増えてきた。

文学一般の主流テーマは政治問題であったが、ミステリ小説もまた軍事政権の断罪・ナショナリズムなどテーマが限られ、二十年間でわずか四十数点の刊行にとどまっている。

しかし、停滞期とは換言すれば次の段階への準備期でもある。著名な作詞家フォンダス・ラディス（Φώντας Λάδης, 一九四三―）は短編集『人間と人形』（一九八七年）で麻薬売買やフーリガンなど都市に潜む暗い面をえぐり出してみせた。しかし同時に、彼の創造した、空回りし続けながらも自信過剰の探偵像はユーモアにあふれ、パロディに近づいている。フィリポス・フィリプ⑮は長編『死の輪』や『黒い鷹』などで社会悪をストーリーの背景に据える。しかし、この作家の持ち味は個人の感情、とりわけ男女の愛欲が犯罪につながっていく愚かしい様を冷静に描く点にある。

年代が少し遡(さかのぼ)るが、ティティナ・ダネリ③は一九七一年に普通小説でデビューし、文学者としての名声を固めた後、一九八一年に他の作家との合作『一プラス一はお好きなだけ』でミステリにも手を広げた。単独での第一作は『クレオパトラの嘆き』である。犯罪に巻き込まれた人物たちの心理を容赦なく解剖していく点が特色である。

この八〇年代に真摯(しんし)なミステリ研究書が発表されたことも、その後の復興期への布石となった。テサロニキ大学建築学教授のペトロス・マルティニディス（Πέτρος Μαρτινίδης, 一九四六—）は『亜流文学擁護』（一九八二年）によって、ミステリ・SF・コミックなどの大衆文化が研究に値することを示し、《亜流文学》（παραλογοτεχνία）なる蔑称で呼ばれていたミステリの認知度を上げるのに貢献した。「マスカ」の作家ディミトリス・ハノス（Δημήτρης Χανός, 一九二八—）は八巻ものの研究書『大衆文学』（一九八七—九〇年）を刊行し、「山賊もの」、「恋愛もの」といった大衆文学作品と並んで、ミステリを論じている。

### （4）一九九〇年代——復興期

軍事政権が崩壊し、民主制に復帰してから十五年以上が経った。政治的には二大政党の間で政権がしばしば移行するが、世の中は独裁国家と秘密警察の暗い記憶から徐々に抜け出そうとしている。二〇〇四年アテネ・オリンピック大会に向けて関連施設の建築ラッシュとなり、併せて市内のメトロ、新国際空港、首都圏を横断する高速道路などのインフラ整備が始まる。これらは株式市場の好景気と人々の楽観につながりはするのだが、並行して社会の問題は深刻化していく。甚大な影響を及ぼしたのが旧共産主義国の相次ぐ崩壊である。隣接するギリシャは五十万人を超す移民難民を受け入れることになり、続くレイシズムや過激派の蔓延につながっていく。また、大掛かりな組織犯罪が増加し、縄張り争い、麻薬、石油密輸、違法賭博などでマフィアグループが対立する。しかし、これらはミステリ小説にもすぐれて現代的なモチーフを提供することになった。

この時期ギリシャ・ミステリは大きな転換を迎える。文学作家たちや他の分野の専門家が次々とミステリ執筆に参入し、同時代の社会問題を正面から見据えた作品を書くようになったのである。出版数が徐々に増えるとともに質的にも向上が見られた。《亜流文学》という偏見も徐々に減少していく。

こうして、八〇年代のダネリやフィリプたち先行者も含めて、第二世代の作家たちの時代が到来する。

まず、《ギリシャ・ミステリ作家クラブ》初代会長を務め、著作でも研究書でも多大な貢献をするアンドレアス・アポストリディス①が一九九五年に『負けゲーム』でミステリ・デビューする。その内容はクリスティー風フーダニットだったが、代表作『ロボトミー』のように、政治家・警察・マフィア・極右勢力が複雑に絡み合う犯罪の構造を、冷徹なジャーナリズム風に解きほぐすのが本領である。

ペトロス・マルカリス⑨はすでにドイツ文学翻訳家、劇作家として名を成しており、アンゲロプロス映画の脚本家としても知られていた。アポストリディスと同じ年に『夜のニュース』を発表し、ベカス警部の伝統を引くハリトス警部を創造した。移民難民、政界・経済界・ジャーナリズムの腐敗など複雑な社会問題を炙り出すとともに、ハリトス家を通じて夫婦・親子・異世代間の対立や和解といった普遍的な問題も織り込む。

前節に登場した建築学教授ペトロス・マルティニディスも『連続して』（一九九八年）、『火災の際』（一九九九年）など故郷テサロニキを舞台にした犯罪小説を次々に発表し、自身の知悉する大学の陰湿な内幕と、これに抗うヒーローたち（弱い立場の大学院生など）を描いた。

同じくテサロニキ派ともいうべきなのが、一九九五年『刑事弁護士』でデビューのアルギリス・パヴリオティス（Αργύρης Παυλιώτης）である。この作家も悪に染まらない弁護士を主役に立て、ヒーロー小説の趣がある。

評論家コジャは『ギリシャ散文一九七四―二〇一〇』で、面白い指摘をしており、ギリシャ社会のリアリティーを作品で描き上げるのにもっとも成功しているのはアポストリディスであり、中期以降のマルカリス、マルティニディス、パヴリオティスはステレオタイプ化が目立つという点でその域には達していない、と言う。善悪やイデオロギー対立がはっきりしすぎているというのである。しかしながら、筆者の見るところ、これは作家が作品を書くことで何を目指すのか、ひいてはミステリ読者が何を求めるのか、に依ると思う。アポストリディスの網の目のように分岐する現実の描写と非情な結末（ハッピーエンドなどありえず、感情移入できる人物もほとんどいない）に惹かれる読者もいれば、現実の暗い面を描きつつもこれに染まらないヒーローに焦点を据えたマルティニディスやパヴリオティスを、あるいは、困難に出会いながらも一抹の希望を忘れない庶民警官やその家族の姿がカタルシスを与えてくれるマルカリスを愛好する読者もいるだろう。

この時期の最後にデビューしたのが二人の女性作家マルレナ・ポリトプル⑬とフリサ・スピロプル（Χρύσα Σπυροπούλου、一九五七―）である。ポリトプルは人気の探偵トリオを生み出した。スピロプルは一九九八年中編「湖の霧」を発表し、北ギリシャの幽玄な自然の中での不可思議な事件を描いたが、後に犯罪ミステリとして長編『ざわめく湖水』（二〇一八年）に拡大している。二人とも社会問題を作中に取り入れながらも、人間心理の綾を描き切ろうとする作風である。

## （5）二〇〇〇年代——興隆期

一九八〇年代のミステリ小説の書籍出版数は年間二、三点に過ぎなかった。ところが一九九〇年代になると、徐々にではあるが右肩上がりに増え、二〇〇〇年あたりからは多い場合二十点を超えるようになった。その勢いを借りるかのように二〇一一年ギリシャ経済危機の真っただ中にあっても四十点を数えており、二〇一六年には七十二作に及んでいる（ただし、全体の出版総数が増加しているので、ミステリ関係が特に伸びたというよりは、その趨勢（すうせい）に乗っているということであろう）。

この二〇〇〇年代をギリシャ・ミステリの興隆期と呼びたい。

この時期はフィリプやマルカリス世代を受けついだ、いわば第三世代である。現在のミステリシーンを牽引する作家たちが次々に現れる。また、新たなサブジャンルが開拓されるのも目を引く。

本アンソロジーに収録された作家としては、《数学ミステリ》テフクロス・ミハイリディス⑩、ノンフィクションものを得意とするヤニス・ランゴス⑭、《ギリシャ・ミステリ随一のトリック派》ネオクリス・ガラノプロス②がいる。ランゴスとガラノプロスは《ギリシャ・ミステリ作家クラブ》会長を務めている。

その他には、舞台劇の脚本家・監督であり、都市の暗黒面を描きながら文学色の溢（あふ）れる『カスコ』（二〇〇一年）、『灰』（二〇〇八年）のセルギオス・ガカス（Σέργιος Γκάκας, 一九五七―）、『ディミトリオス・モストラスの失われた書庫』（二〇〇七年）、『赤い旅団の隠れた中核』（二〇一六年）などイタリアが舞台の作品が多いディミトリス・ママルカス（Δημήτρης Μαμαλούκας, 一九六八―）などが挙げられる。ガカスは《作家クラブ》の第四代会長を務め、二〇一四年からはアテネのハランドリ区の助役として文化活動を担当している。ママルカスは以上の二作品のうち最初のものが二〇〇七年に《ギリシャ民族書籍センター》主催の読者賞にノミネートされ、二つ目の作品は雑誌「アナグノスティス」の二〇一七年長編部門大賞を受賞している。どちらの賞も特にミステリ小説を対象としたものではなく、ストーリーテリングの巧みさが読者に評価されたのだろう。

本格的な歴史ミステリが登場するのもこの時期である。以前マリスも十九世紀末を舞台にしたスリラー『《白い岩》の秘密』（一九五九年）、『九時四十五分の列車』（一九六〇―六一年）、『疑惑』（一九六四年）などを書いてはいるが、時間的にはたかだか六十年から八十年ほどの過去にすぎない。これに対し、ビザンツ学者でありミステリマニアでもあるパナイヨティス・アガピトス（Παναγιώτης Αγαπητός, 一九五九―）が九世紀の中世ギリシャを舞台にしたミステリ三部作、『黒檀のリュート』（二〇〇三年）、『青銅の眼』（二〇〇六年）、『琺瑯のメドゥーサ』（二〇〇九年）を発表した。専門の知識を駆使して描かれる灼熱のカイサリアの町を、あるいは厳冬のテサロニキを殺人犯が跳梁し、司法長官レオンがこれを追う。《数学ミステリ》ミハイリディス⑩も歴史ものに関心を持ち、十二世紀のリチャード獅子心王によるキプロス征服時代の『球形の鏡、平面の殺人』や六世紀ユスティニアヌス大帝時代の『大いなる教会の殺人』を著わしている。

女性作家にはミミ・フィリピディ(Μιμή Φιλιππίδη)がいる。カリフォルニアで映画・テレビの製作を学び、脚本執筆を手掛けるとともに、膨大な数の映画脚本を翻訳している。ミステリ界には、ブルガリアとの国境地帯で見つかった死体と戦前の秘密に迫る『グラニティス村に埋められて』(二〇〇六年)でデビューした。近作『フォキリドゥ通りの犯罪』(二〇一九年)では軍事政権下での犯罪を描く。

この時期の重要な出来事として、以下の二つに触れておきたい。

まず、二〇一〇年に第二、第三世代の作家が中心になって《ギリシャ・ミステリ作家クラブ》(η Ελληνική Λέσχη Συγγραφέων Αστυνομικής Λογοτεχνίας, 略称ΕΛΣΑΛ(エルサール)。英語名はGreek Club of Crime Writers, 略称G.C.C.W.)が創設された。最初は二十五名から出発したが、現在は四十七名に増えている。ギリシャにおけるミステリ全般の認知度を高め、作品の質・量の拡大充実を目的としており、大都市だけではなく地方都市も積極的に訪れてシンポジウムや読者との交流を行っている。初代会長はアポストリディス①で、現在は第六代目のダネリス④が務める。メンバーは各自の作品を発表する以外に、『危険への扉』(二〇一一年)、『ベカス警部の帰還』(二〇一二年)、『場所が犯人を暴く』(二〇一四年)という三つの短編アンソロジーを発表している。『危険への扉』はなかなか面白い企画で、最初に主要な登場人物のプロフィールや事件の種類(主人公の失踪と一件の死)が決められており、執筆者はそれを膨らませながらストーリーを作り上げていく。各作家の特質が浮き彫りにされる仕掛けである。『ベカス警部の帰還』は題名から想像される通り、ギリシャでもっとも知られた探偵（同時に作家たちのアイドル）に捧げる十五人の作家たちのオマージュ集。多くの作家が自分のキャラと伝説の警部を無理やり共演させようとしているのが微笑ましい。『場所が犯人を暴く』はアテネ以外の土地を舞台にした一種のトラベルミステリもの。十短編を収録する。北部のコモティニやドラマ、南部のラコニアやマニなど日本人にはなじみの薄い場所に読者をいざなってくれる。ランゴス⑭の十九世紀歴史ミステリ「アナプリの犯罪」もここに収録されている。

同じくミステリの評価向上に大きな役割を果たしたのが、カスタニオティス社の《ギリシャの犯罪》シリーズである。同社は二〇〇六年にイタリア人ミステリ作家九人による書下ろしアンソロジー『犯罪』（*Crimini*）のギリシャ語訳を出版した。これがミステリファンに好評で迎えられたことから、同じコンセプトによりカクリ⑥、マルカリス⑨、フィリプ⑮たちギリシャ人作家十人の短編アンソロジー『ギリシャの犯罪』を二〇〇七年に出す。これも評判となって続編が刊行され、第二巻（二〇〇八年）と第三巻（二〇〇九年）は十三作、第四巻（二〇一一年）は十九作と収録数も増加していった。編者フリソストミディス（本書のリカリス作品⑧に不思議な役割で登場する人物）は『『戦争と平和』並みに分厚くなったぞ』とジョークを飛ばしている。大御所の作品だけではなく、ダネリス③やリカリス⑧のような有望な新人にデビューの機会を与えたり（ギリシャにはミステリの専門雑誌がない）、別のジャンルの作家に作品を求めたりしている点でも、画期的なシリーズとなった。

## （6）二〇一〇年代以降――現在

この時期ギリシャ全土を震撼させた経済危機にもかかわらず、前節でも触れたようにミステリ出版は衰えを見せていない。作家・作品だけではなく、これを評価する出版社・読者が着実に増加してきたということだろう。

これまで以上に新人たちが続々と登場し、百花繚乱（ひゃっかりょうらん）の様相を呈するが、必ずしも年齢的な意味に限らない。

長年ミステリ読者クラブを主宰しミステリファンを牽引してきたアンドニス・ゴルツォス（Αντώνης Γκόλτσος、一九四五―）が二〇一六年『献辞』で作家デビューした。軍事独裁制を背景にしながらもフーダニットがベースの快作である。他にも叙述ミステリというか、メタミステリっぽい不思議な作品も書いている。あるいは、ビートルズなどの音楽評論で知られ、作品にも音楽愛があふれるヒルダ・パパディミトリウ⑫や、すでに本名で十五冊以上の普通文学の著作があるサノス・ドラグミス⑤のように名のある作家たちもミステリを書き始める。

他には、ノワールから出発し《現実》の不確実性を舞台劇のような調子で描くヴァシリス・ダネリス④、人間の強欲をブラックユーモア調に仕立てるイエロニモス・リカリス⑧、ノンフィクションにこだわり、罪と罰の問題をみつめるニーナ・クレタキ（Νίνα Κουλετάκη, 一九六〇—。著作に『女殺人者たち』二〇一九年）などがいる。

　もっとも新しいところでは、ハードなアクションと警察捜査を結合させたグリゴリス・アザリアディス（Γρηγόρης Αζαριάδης, 一九五一—。著作に『殺人者のモチーフ』二〇一五年、『暗闇の迷宮』二〇一八年）、スウェーデンのギリシャ移民二世を主人公警官に据えたヴァンゲリス・ヤニシス（Βαγγέλης Γιαννίσης。著作に『憎悪』二〇一三年、『城』二〇一六年）、エヴィア島を舞台に組織犯罪と個人の愛憎をうまく融合するディミトリス・シモス（Δημήτρης Σίμος, 一九八七—。著作に『蛙(かえる)』二〇一六年、『盲目の魚』二〇一八年）の三人は特色あるシリーズキャラを創造し、読者を魅惑し続ける《旬》の作家たちである。

　これに対して、女性作家のほうも実に多様な方向性を見せている。エフティヒア・ヤナキ（Ευτυχία Γιαννάκη, 一九七六—）は崩壊しかけた警官の家庭を描きながら、同時に大都市アテネの今を浮かび上がらせる（『後ろの座席で』二〇一六年、『小さな神の病』二〇二〇年）。コンスタンディナ・モスフ（Κωνσταντίνα Μόσχου）はとぼけた男性私立探偵を主役に据え、危険な冒険をユーモアで包む（『レモンパイ』二〇一八年、『ターコイズの女たち』二〇二〇年）。対極にいるのが、アメリカ育ちの過激な女性警官《ヴァンパイヤ》が凶悪犯を追ってノンストップで突き進むキキ・ツィリンゲリドゥ（Κική Τσιλιγγερίδου、『沈んだ空』二〇一九年、『炎の地獄』二〇二〇年）やＳＮＳを題材に神経症的な人物たちの衝撃のストーリーをつづるイリニ・ヴァルダキ（Ειρήνη Βαρδάκη、『風船ガム』二〇二〇年）である。エレナ・フスニ（Ελενα Χουσνή）は『黄金の復讐』（二〇一六年）で大企業の女社長の奇妙な殺害にノーベル賞詩人セフェリスをからめ、『縞のシャツの子供』（二〇一七年）では幼児虐待を扱う。

また、積極的に外国語訳を出し、いわば海外から活躍を始める作家たちもいる。ミノス・エフスタシアディス（Μίνως Ευσταθιάδης）は『ダイバー』（二〇一八年）が国内で評判となりフランス語に訳されて、南仏トゥールーズのノワール協会《オクシタニ・黒スミレ賞》翻訳ミステリ部門賞の候補になっている。フリストス・マルコヤナキス（Χρήστος Μαρκογιαννάκης, 一九八〇―）のようにパリで犯罪学を専攻し、ギリシャが舞台の『法学部六階の殺人』（二〇一四年）、『舞台の死』（二〇二〇年）などの著作をフランス語でも出す作家もいる。

研究書の面では、アポストリディス⑩がすでに『ミステリ小説名鑑』（*Τα πολλά πρόσωπα του αστυνομικού μυθιστορήματος*、二〇〇九年）を刊行しギリシャ内外のミステリ作家を分析していたが、二〇一二年の『ヤニス・マリスの世界』ではマリスの全作品を論じている。これは大先輩への愛が嵩じて主要作品の結末まで割っている危険な本である。二〇一八年にはギリシャ・ミステリを社会の動向（特に犯罪やマス・メディア）との関係で論じた大部のフィリプ⑮『ギリシャ・ミステリ文学史』が出版された。

また二〇一六年には、ミステリ専門雑誌「ザ・クライムズ・アンド・レターズ・マガジン」（The Crimes and Letters Magazine, 略称ＣＬＭ）の刊行が始まった。作品ではなく、主に評論、エッセイ、新刊情報などを掲載する雑誌である。半年刊で、「ヤニス・マリス」「地中海ノワール」「偉大なるボス、シムノン」の特集を組み、ギリシャ出版情報のトリビア情報もあって面白かったのだが、財政上の理由で三号で廃刊。その後、二〇一八年に「ポラール」（Πολάρ）と改称し、出版元を変えて現在まで続いている。「北欧ミステリ」、「ポラールとネオ・ポラール」、「コミック・イン・クライム」、「女性作家」、「トルコのミステリ」、「ジャン＝パトリック・マンシェット」、「パトリシア・ハイスミス」などが特集されている。

今こうして書いているうちにも、多くの有望な作家たちがデビューし続けている。機会を改めてまたご紹介できればと考えている。

なお、ここに記した内容は「翻訳ミステリー大賞シンジケート」のエッセイ・シリーズ「ギリシャ・ミステリへの招待」に書影入りでさらに詳しく書かれているので、ぜひ覗いていただければと思う。

http://honyakumystery.jp/category/book_guide/book_guide20

また、「日本ギリシア語ギリシア文学会」の年刊会誌『プロピレア』にはアシナ・カクリの短編二点とヴァシリス・ダネリスの短編一点の拙訳が掲載されている。無料公開されているので、こちらもご覧いただければうれしい。

ヴァシリス・ダネリス「アリス」
https://ir.lib.hiroshima-u.ac.jp/ja/journal/Propylaia/-/24/article/46850
アシナ・カクリ「涙のためのハンカチ」
https://ir.lib.hiroshima-u.ac.jp/ja/journal/Propylaia/-/25/article/48249
アシナ・カクリ「切られた首」
https://ir.lib.hiroshima-u.ac.jp/ja/journal/Propylaia/-/26/article/50193

## 参考文献

Ράγκος, Γιάννης. "Αθήνα & Αστυνομική Λογοτεχνία: *Η αποκαλυπτική ακτινογραφία μιας πόλης.*", 2018 https://ipolizei.gr/athina-kai-astunomikh-logotexnia/
（ヤニス・ランゴス「アテネとミステリ文学——都市を暴きだすエックス線写真」）
Φιλίππου, Φίλιππος. *Ιστορία της ελληνικής αστυνομικής λογοτεχνίας. Ο Γιάννης Μαρής και οι άλλοι.* Πατάκη, 2018.
（フィリポス・フィリプ『ギリシャ・ミステリ文学史——ヤニス・マリスと他の人々』パタキ社、二〇一八年）
Ελισάβετ Κοτζά. *Ελληνική πεζογραφία 1974-2010.* Πόλις, 2020.
（エリサベト・コジャ『ギリシャ散文一九七四—二〇一〇』ポリス社、二〇二〇年）

# 訳者あとがき

本訳書が完成するまで様々な方のお世話になりました。

まず、『グリーク・ノワール』の草稿をわざわざ送ってくださり、訳者の細かな質問に懇切丁寧に答えてくださった作家ヴァシリス・ダネリス氏（κ. Βασίλης Δανέλλης）と『ギリシャの犯罪5』のゲラを快くお送りくださったΊρις社のカテリナ・フラング氏（κα Κατερίνα Φράγκου）には厚くお礼申し上げます。（訳者がブログに載せたミステリ作品の書影にダネリス氏が一言コメントを書かれたのがすべての始まりでした）。

また、ギリシャ・ミステリのエッセイ連載でいつもお世話になり、訳者を竹書房にご紹介してくださった《翻訳ミステリー大賞シンジケート》事務局・翻訳家の白石朗氏、翻訳出版の様々な可能性を探ってくださった北海道大学文学部教授の戸田聡氏と国立台中科技大学応用日語系助理教授の南雄太氏、翻訳文を詳細に校正された広島大学客員講師でギリシャ文学研究者の佐藤りえこ氏、訳者が翻訳計画を立て始めた五年前に《翻訳ミステリー大賞シンジケート》にご紹介くださった《フーダニット翻訳倶楽部》の影山みほ氏に対しても感謝の気持ちでいっぱいです。

そして何よりも、訳者の企画を受け入れ、出版を実現してくださった竹書房編集部の水上志郎氏と編集部の皆様には感謝してもしきれません。

皆様どうもありがとうございました。

橘 孝司（たちばなたかし）

ギリシャ・ミステリ傑作選

# 無益な殺人未遂への想像上の反響

2023年７月５日　初版第一刷発行

編者……………………ディミトリス・ポサンジス
訳者……………………橘孝司（たちばなたかし）
装幀……………………坂野公一（さかのこういち）（welle design）

発行人…………………後藤明信
発行所…………………株式会社竹書房
〒102-0075
東京都千代田区三番町8-1
三番町東急ビル6F
email：info@takeshobo.co.jp
http://www.takeshobo.co.jp
印刷所…………………凸版印刷株式会社

定価はカバーに表示してあります。
落丁・乱丁があった場合は furyo@takeshobo.co.jp までメールにてお問い合わせください。
Printed in Japan

Mystery & Adventure

〈シグマフォース〉シリーズ⓪
## ウバールの悪魔　上下
ジェームズ・ロリンズ／桑田健［訳］

神の怒りで砂にまみれて消えた都市〈ウバール〉。そこには、世界を崩壊させる大いなる力が眠る……。シリーズ原点の物語！

〈シグマフォース〉シリーズ①
## マギの聖骨　上下
ジェームズ・ロリンズ／桑田健［訳］

マギの聖骨――それは〝生命の根源〟を解き明かす唯一の鍵。全米２００万部突破の大ヒットシリーズ第一弾。

〈シグマフォース〉シリーズ②
## ナチの亡霊　上下
ジェームズ・ロリンズ／桑田健［訳］

ナチの残党が研究を続ける〈釣鐘〉とは何か？　ダーウィンの聖書に記された〈鍵〉を巡って、闇の勢力が動き出す！

〈シグマフォース〉シリーズ③
## ユダの覚醒　上下
ジェームズ・ロリンズ／桑田健［訳］

マルコ・ポーロが死ぬまで語らなかった謎とは……。〈ユダの菌株〉というウィルスが起こす奇病が、人類を滅ぼす⁉

〈シグマフォース〉シリーズ④
## ロマの血脈　上下
ジェームズ・ロリンズ／桑田健［訳］

「世界は燃えてしまう――」〝最後の神託〟は、破滅か救済か？　人類救済の鍵を握る〈デルポイの巫女たちの末裔〉とは？

TA-KE SHOBO

*Mystery & Adventure*

〈シグマフォース〉シリーズ⑤
# ケルトの封印　上下
ジェームズ・ロリンズ／桑田 健［訳］

癒しか、呪いか？　その封印が解かれし時――人類は未来への扉を開くのか？　それとも破滅へ一歩を踏み出すのか……。

〈シグマフォース〉シリーズ⑥
# ジェファーソンの密約　上下
ジェームズ・ロリンズ／桑田 健［訳］

光と闇の米建国史――。アメリカ建国の歴史の裏に隠された大いなる謎……人類を滅亡させるのは〈呪い〉か、それとも〈科学〉か？

〈シグマフォース〉シリーズ⑦
# ギルドの系譜　上下
ジェームズ・ロリンズ／桑田 健［訳］

最大の秘密とされている〈真の血筋〉に、ついに辿り着く〈シグマフォース〉！　組織の黒幕は果たして誰か？

〈シグマフォース〉シリーズ⑧
# チンギスの陵墓　上下
ジェームズ・ロリンズ／桑田 健［訳］

〈神の目〉が映し出した人類の未来、そこには崩壊するアメリカの姿が……「真実」とは何か？「現実」とは何か？

〈シグマフォース〉シリーズ⑨
# ダーウィンの警告　上下
ジェームズ・ロリンズ／桑田 健［訳］

南極大陸から〈第六の絶滅〉が、今、始まる……。ダーウィンの過去からの警告が、明らかになるとき、人類絶滅の脅威が迫る！

〈シグマフォース〉シリーズ⑩
## イヴの迷宮 上下
ジェームズ・ロリンズ／桑田 健［訳］

〈聖なる母の遺骨〉が示す、人類の叡智の根源とその未来――なぜ人類の知能は急速に発達したのか？ Σ VS 中国軍科学技術集団！

〈シグマフォース〉外伝
## タッカー&ケイン 黙示録の種子 上下
ジェームズ・ロリンズ／桑田 健［訳］

〝人〟と〝犬〟の種を超えた深い絆で結ばれた元米軍大尉と軍用犬――タッカー&ケイン。〈Σフォース〉の秘密兵器、遂に始動！

〈シグマフォース〉シリーズⓍ
## Σ FILES 〈シグマフォース〉機密ファイル
ジェームズ・ロリンズ／桑田 健［訳］

セイチャン、タッカー&ケイン、コワルスキのこれまで明かされなかった物語＋Σをより理解できる〈分析ファイル〉を収録！

THE HUNTERS
## ルーマニアの財宝列車を奪還せよ 上下
クリス・カズネスキ／桑田 健［訳］

ハンターズ――各分野のエキスパートたち。彼らに下されたミッションは、歴史の闇に消えた財宝列車を手に入れること。

THE HUNTERS
## アレクサンダー大王の墓を発掘せよ 上下
クリス・カズネスキ／桑田 健［訳］

その墓に近づく者に禍あれ――今回の財宝探しは最高難易度。地下遺跡で未知なる敵が待ち受ける！ 歴史ミステリ×アクション!!